El ave de las mil historias

GRANTRAVESÍA

KIYASH MONSEF

EL AVE DE LAS MIL HISTORIAS

Traducción de Luis Carlos Fuentes

GRANTRAVESÍA

El Ave de las Mil Historias

Título original: *Bird of a Thousand Stories*

Publicado según acuerdo con Simon & Schuster Books para Young Readers, un sello de Simon & Schuster Children's Publishing Division

Traducción: Luis Carlos Fuentes

Ilustración de portada: © 2025, Sasha Vinogradova
Diseño de portada: Krista Vossen

D.R. © 2025, Editorial Océano de México, S.A. de C.V.
Guillermo Barroso 17-5, Col. Industrial Las Armas
Tlalnepantla de Baz, 54080, Estado de México
info@oceano.com.mx

Primera edición: 2025

ISBN: 978-607-584-107-6

IMPRESO EN MÉXICO / *PRINTED IN MEXICO*

Para Sibley
Para Tilden

Que sus corazones estén siempre llenos de aventuras,
y sus aventuras llenas de corazón.

EL AVE DE LAS MIL HISTORIAS

Érase que se era, érase que no era.

Todas las mañanas, en la antigua ciudad de Nishapur, dos niñas huérfanas alimentaban a los gorriones que se posaban cada noche en los enebros, los cotoneaster y los almendros.

La ciudad en aquellos días era rica en oro, especias y seda. Sus calles eran anchas y parejas, sus plazas bullían por el comercio y sus jardines florecían, exuberantes y fragantes, con jazmines y granadas. Pero la pobreza es siempre igual, hasta en la más próspera de las ciudades, y las huérfanas de nuestra historia eran pobres a más no poder. Vivían en la calle. Trabajaban a cambio de centavos y de trozos de pan seco y dormían en los jardines cuando nadie las ahuyentaba de allí.

Los gorriones eran sus únicos amigos, pues en aquella gran ciudad nadie quería la carga de cuidar a dos chiquillos más, y por si fuera poco, niñas. Pero los gorriones estaban agradecidos por las migas de pan y los poquitos granos que las huérfanas guardaban para compartir con ellos. Y un día les mostraron su agradecimiento enseñando a las huérfanas el lenguaje de las aves.

—Niñas —dijeron los gorriones—, os agradecemos vuestra bondad. Pero no podemos soportar más vuestro sufrimiento. Debéis buscar al Bulbul-e-Hazar-Dastan, el Ave de las Mil Historias. Él sabe todo lo que hay que saber y os reunirá con vuestras familias.

Ninguna de las niñas recordaba a su verdadera familia ni había soñado nunca con reunirse con ella. Lo único que habían conocido en su vida era el cruel orfanato donde se conocieron y las duras calles donde ahora vivían. Y, aunque no lo admitieran, o tal vez ni siquiera se dieran cuenta en ese momento, el canto de los gorriones tocó algo profundo en el interior de ambas: una secreta esperanza de que tal vez no estuvieran tan solas.

Y así, las dos huérfanas partieron en busca del Ave de las Mil Historias. Estaban confiadas y llenas de esperanza porque eran listas y valientes, y porque conocían el lenguaje de las aves, y porque para ellas el mundo sólo podía mejorar. Pero lo que los gorriones no contaron a las huérfanas fue que el Ave de las Mil Historias había sido hecho prisionero por una bruja y que era custodiado por un malvado gigante en el lejano castillo de Ven-y-Nunca-Te-Irás.

Puede que estos gorriones no supieran nada de la bruja, el gigante y el castillo de Ven-y-Nunca-Te-Irás. O puede que sí, y prefirieron guardarse estos detalles.

A veces, sobre todo al principio de un viaje, es mejor no saber esas cosas.

| CAPÍTULO UNO |

LA OTRA COSA QUE ME DEJÓ MI PAPÁ

Caía ceniza del cielo.

Descendía entre la sucia neblina color naranja en una llovizna dispersa de pequeños copos. Aterrizaba con quietud, más suave que las plumas, más ligera que la nieve. El polvo fino y pálido se acumulaba en parabrisas, hojas, pestañas, se introducía en fosas nasales, gargantas y pulmones.

A ciento cincuenta kilómetros de Berkeley el mundo ardía. Un rayo sin lluvia había caído sobre árboles secos, y el calor y el viento hicieron el resto. Ahora un bosque entero estaba en llamas y el aire tenía un gusto a agrio y chamuscado, y yo volvía a casa de la ferretería con rollos de cinta azul para pintar porque era lo que Malloryn Martell decía que necesitaba para su hechizo antihumo.

Cuando entré a casa, me quité la ceniza de los ojos y me la sacudí del pelo. Las partículas cayeron suavemente hacia el piso a través de un rayo de luz anaranjada de la tarde. Cerré la puerta tras de mí para evitar que entrara el aire viciado.

En la cocina se oía música calipso, una alegre y entusiasta voz de chica que cantaba al compás de la letra, y el ruido de la comida preparándose.

—¿Qué estás haciendo? —grité.

—Ensalada de pasta —dijo Malloryn desde la cocina—. Grace mandó un mensaje. Está en camino. También va a recoger a Carrie.

Entré a la cocina. Malloryn Martell, de rizos rubios y ojos grandes y brillantes, mezclaba un bol de pasta fría con puñados de pimiento fresco picado, chícharos congelados y frijoles blancos de lata. A sus pies, Zorro, su zorro gris, dio unos ladriditos a modo de saludo. Sus ojos ámbar brillaban igual que los de Malloryn.

—¿No estropearán el hechizo o algo? —pregunté.

—Claro que no —dijo Malloryn—. Entre más seamos, mejor. —Añadió a la pasta suficiente sal y un generoso chorro de aceite de oliva, volvió a revolverla, haciendo bailar sus rizos con cada giro de la cuchara, y la probó. Le ofreció un frijol a Zorro, que lo engulló con un placentero tamborileo de sus patitas sobre el linóleo. —Sello de aprobación —dijo Malloryn—. Pondré platos para todos.

Malloryn era una bruja, y una fugitiva (o, como ella decía, se estaba "tomando un descanso" de su familia), y también mi *roomie,* y mi amiga. Llevábamos casi un año viviendo juntas. Ella y Zorro —su "familiar"— dormían en la habitación contigua a la mía. En época de escuela, hacíamos la tarea juntas. Y en ocasiones, juntas salvábamos el mundo.

Cuando acabaron las clases al inicio del verano, se puso a trabajar de tiempo completo en la tienda de ocultismo de Oakland, donde ya trabajaba por las noches. Cuando no estaba haciendo eso, o reuniendo ingredientes para un encantamiento o un hechizo propio, normalmente estaba cocinando. Incluso me preparó un pastel arco iris sorpresa de cinco pisos para mi cumpleaños dieciséis y le escribió «Feliz cumpleaños,

Marjan» con glaseado rosa en la parte superior. Era la primera vez que alguien me hacía un pastel desde que mi madre había muerto. Mis lágrimas me sorprendieron casi tanto como a Malloryn. Pero tal vez también hicieron que el pastel supiera mejor. O tal vez simplemente Malloryn era una buena cocinera. Supongo que ambas cosas podían ser ciertas.

La casa donde vivíamos había pertenecido a mi papá. Ahora era mía. Yo aún no estaba segura de quererla. Se sentía solitaria de una forma que era tranquila y abrumadora a la vez. Había recuerdos por cada rincón. Los pisos crujían. Todo era viejo. Pero no tenía muchas opciones. Y, entre la preparatoria y la Otra cosa Que Mi Papá Me Dejó, realmente no me quedaba tiempo para buscar otro lugar donde vivir.

Como sea, la casa era mejor con Malloryn. Ella hacía que la cocina oliera bien. Escuchaba música alegre sin forzarlo demasiado. Trabajaba en extraños proyectos que incluían velas y cristal marino y hierbas, ninguno de los cuales tenía mucho sentido para mí, y ninguno de los cuales parecía funcionar exactamente como se esperaba, pero todo ello hacía que mi vieja casa se sintiera cálida y sorprendente y distinta.

Malloryn metió la ensalada de pasta en el refrigerador y fue a poner la mesa del comedor. Busqué un vaso limpio y lo llené con agua del grifo. La garganta me dolía por el aire de afuera, pero el aire de adentro no era mucho mejor. Tomé un trago, me enjuagué la ceniza de la boca, la escupí y luego tomé otro.

Tap tap tap.

Un ruido en la ventana de la cocina me hizo brincar. Un petirrojo picoteaba el vidrio con espasmódica urgencia. Estaba posado en el alféizar de la ventana, con las plumas notablemente esponjadas.

Tap tap tap.

Su brillante ojillo negro se posó en el mío por un segundo, con una mirada tan intencional y precisa que me quedé sin aliento.

—Mal —la llamé por encima de mi hombro—. Ven a ver esto.

El ojillo del petirrojo se mantuvo fijo en el mío por un momento más, luego se volvió hacia otro lado, como si el mensaje que había venido a entregar, cualquiera que éste fuera, ya hubiera sido olvidado. Un instante después, extendió las alas y se fue volando.

—¿Qué pasa? —preguntó Malloryn, que regresaba del comedor con una cuchara en la mano.

—Un pájaro —dije—. Estaba golpeteando la ventana. Sentí como si me mirara.

Pegué mi cabeza contra el vidrio para tratar de ver hacía dónde había volado, pero ya había desaparecido sobre el alero.

—Probablemente quiera escapar del humo —dijo Malloryn—. Los confunde. Escuché que parvadas enteras están cayendo del cielo. Así nada más, muertos por agotamiento porque no saben dónde aterrizar. —Miró con tristeza hacia la ventana y después a la cuchara que traía en la mano, lo que le recordó que había dejado algo sin terminar en la otra habitación. La vi marcharse y después volví a asomarme una vez más por la ventana, como si un caótico pajarito, con todo el cielo al alcance de sus alas, fuera a regresar a tocar otra vez con su pico en mi sucia ventana.

Me di cuenta de que no había dicho exactamente lo que quería decir.

Lo que quería decir era que había sentido como si el petirrojo me estuviera buscando *a mí*.

Grace Yee llegó diez minutos después. Estacionó fuera de mi casa la traqueteante camioneta que amorosamente habíamos bautizado como la Ballena Azul y la apresuré a entrar para que la puerta no tuviera que estar abierta durante mucho tiempo. Grace hizo una exagerada expresión de náuseas.

—¿Dónde está Carrie? —pregunté.

—Lo intenté, Mar —contestó Grace—. Sólo es una clase en línea, pero ya sabes cómo es.

Yo sabía cómo era Carrie Finch: neurótica y siempre tratando de ser la mejor en todo. Eso a veces era encantador. A veces sus detallados apuntes de clase nos salvaban el pellejo. Y a veces era simplemente molesto.

Malloryn le ofreció a Grace un rollo de cinta, pero ella levantó una mano donde ya sostenía con firmeza un rollo de cinta azul.

—Traje la mía —dijo. Sus padres tenían una ferretería.

—Colóquenla en los bordes de las ventanas —dijo Malloryn—. En cualquier lado donde pueda haber una ranura.

—No te ofendas, Mal —añadí—, pero ¿estás segura de que esto realmente es un hechizo?

—Lo será si funciona —dijo, guiñándome un ojo. Tiró de un tramo de cinta de su rollo, lo cortó y lo pegó en la ventana que le quedaba más cerca—. Abracadabra —exclamó.

—Después lo harás en mi casa —dijo Grace y se puso a pegar cinta, moviendo la cabeza al ritmo de la música calipso de Malloryn.

Grace, Mal y yo teníamos un vínculo algo especial. A veces Malloryn nos llamaba un aquelarre. Quizá era verdad; Malloryn podía encontrar magia en cualquier lado. Ella y Grace me entendían de una forma que nadie más me entendía. Cuando yo me encontraba en compañía precisamente de estas dos personas, no tenía que guardar mis secretos con tanto ahínco. Podía relajarme, y fuera lo que fuese que estuviéramos haciendo —comprando víveres, haciendo la tarea, pegando cinta en ventanas viejas para que no entrara el humo de un incendio forestal—, el tiempo parecía rodearnos y pasar de largo. Y cuando esos momentos terminaban y alguien se tenía que marchar, el final siempre llegaba un poco demasiado pronto.

Luego de una hora de trabajo, habíamos sellados casi todas las ventanas de la planta baja. Grace se estaba sirviendo una segunda ración de ensalada de pasta. Malloryn estaba arriba, colocando cinta en las ventanas de su habitación. Y yo estaba fijando un pedazo de cartón en la boca de la chimenea cuando se oyeron los toquidos en la puerta.

Tap tap tap.

Los toquidos fueron cortos y secos, tres golpes rápidos y eficientes que sonaron por encima de las canciones isleñas y nos sacaron a todas de nuestro trance de cinta azul.

—¿Esperas a alguien? —preguntó Grace, mirándome fijamente.

Me puse de pie y me dirigí a la puerta. Malloryn se asomó desde la parte alta de las escaleras y le chasqueó la lengua a Zorro, quien se deslizó hacia la habitación del fondo. Grace me lanzó una mirada recelosa.

—No pasa nada, G —dije. Su única respuesta fue un gesto lleno de escepticismo. La insté a meterse a la cocina, donde estaría fuera de la vista. Después de un momento de un silencio aprensivo, sacudió la cabeza y se dirigió a la parte de atrás de la casa, dejándome sola.

Abrí la puerta.

Al otro lado estaba parado un hombre de mediana edad, de cabeza calva y redonda, que usaba un traje de color claro.

—Karl —dije.

—Marjan —replicó él con un acento ligeramente alemán. Un auto con el motor en marcha esperaba en la calle, bloqueando la entrada.

—¿Ahora? —pregunté.

Él asintió.

LA GRAN FAMILIA Y EL PEQUEÑO DRAGÓN

Érase que se era, érase que no era.

Por muchas generaciones, una gran familia guardó un pequeño dragón dentro de una tetera de hierro.

El dragón siempre había sido pequeño, y hasta donde se sabe, siempre había vivido en la tetera. La familia, por otro lado, no siempre había sido grande, y ni siquiera había sido siempre una familia. Al principio sólo había un chico, un chico que gastó sus últimas monedas en una tetera de hierro porque creía que ésta cambiaría su suerte.

Y vaya que se la cambió. El dragón le dio al chico un propósito. Lo conectó con gente que lo necesitaba. Le abrió los ojos a un mundo de bestias fabulosas y de los humanos que las cuidaban. El dragón ayudaba a las criaturas más maravillosas a encontrar un hogar con personas cuyas vidas los llamaban a gritos. Ése era su don: reconocer a la gente valiosa. Y cuando el chico, ya anciano, posó finalmente la tetera por última vez, lo hizo en la amorosa compañía de sus muchos hijos y nietos, todos los cuales compartían su propósito, y el del dragón.

El dragón emparejaba a las criaturas imposibles del mundo con compañeros dignos, y la familia hacía el trabajo de reunirlos. Por muchas generaciones, la familia manifestó los deseos del dragón y protegió el maravilloso entramado de humanos y criaturas que abarcaba todas las culturas y las estaciones de la vida. Eran buenos en su trabajo. Y obtenían una recompensa por ello. Quizá no obtenían una recompensa tan grande como hubiera sido posible. Después de todo, un rey o un papa seguramente habrían ofrecido una fortuna mucho mayor por sus servicios que la que ofrecía un herrero. Pero los reyes y los papas suelen no ser la mejor compañía para las criaturas imposibles, como cualquier pequeño dragón te dirá de inmediato. Así que enormes fortunas a menudo fueron rechazadas, en favor de humildes obsequios. Aun así, había suficiente en los cofres de la familia para mantenerlos felices, o cuando menos seguros.

Pero las familias cambian, especialmente cuando suficientes fortunas han pasado intactas frente a sus ojos. Una familia, incluso una de buen corazón, puede hacer lo correcto pero sólo hasta cierto punto antes de poner a prueba la voluntad del mundo. En algún lado, a varias generaciones de distancia de aquel chico que sujetó la tetera por primera vez con sus manos temblorosas, esta familia se dio cuenta de que, si uno decide ignorar los deseos de un dragón en una tetera, no hay mucho que el dragón en la tetera pueda hacer.

¿Y en verdad el mundo era peor si un hipogrifo pasaba a las manos de un magnate ferrocarrilero en lugar de a las de un ingeniero ferrocarrilero? ¿Si de pronto un guiverno fuera vendido a un monarca en vez de a un molinero?

Queda por ver si esta familia, que llegó a dominar el fino arte de excusar su propia avaricia, hizo de éste un mundo peor. Puede ser que sí.

En algún lugar de la familia, sin embargo, un espíritu puro sobrevivió. Porque un día, uno de ellos liberó al dragón. Fue un acto de desafío, y también un acto de gracia. Y fue un acto de esperanza, esperanza de que esta familia, que había perdido el rumbo, de alguna manera encontrara un nuevo camino.

Pero la codicia es una mancha pegajosa que lleva a la ruina. Penetra el alma como el alquitrán en la ropa. Y esta gran familia se había revolcado en la codicia durante demasiado tiempo como para poder alguna vez liberarse de ella. Sin un dragón que los guiara, la única voz en sus oídos era la voz de su propia ambición.

¿Y quién habría de detenerlos? Tenían riquezas, poseían un conocimiento sin igual de las criaturas cautivas en el mundo y eran poderosos.

Y así, un acto de esperanza creó, por el contrario, un nuevo legado sombrío: una tetera y unos corazones vacíos por igual.

| CAPÍTULO DOS |

ES. TAM. BUL.

—Necesito un minuto —dije—. Espérame aquí. Afuera. —Cerré la puerta, en parte por el aire contaminado y en parte porque había un mundo afuera y otro mundo adentro, y necesitaba mantenerlos separados. Malloryn y Grace sabían que yo no trabajaba del todo sola. Y creo que ambas sospechaban que mis empleadores no eran las personas más honorables. Pero hasta ahora, ni Grace ni Malloryn los habían conocido, y yo tenía la intención de que siguiera siendo así.

La mochila de viaje estaba en el piso de mi armario, exactamente donde la había dejado luego del último viaje. Adentro estaba mi pasaporte, un par de cambios de ropa y un poco de dinero para emergencias. Agarré la mochila y me dirigí hacia la puerta.

Parada frente a la escalera, Malloryn me interrogó con la mirada.

—Yo te avisaré —dije.

—Espera —exclamó ella. Corrió hasta su habitación y regresó con algo dentro de su mano—. Déjame ver tu muñeca.

Estiré un brazo y ella abrió la mano, revelando una cinta azul pálido. Procedió a atarla alrededor de mi muñeca.

—Como protección —dijo—. Igual que la cinta de pintar, pero para el peligro.

Apretó con fuerza el nudo de la cinta. Yo no sentí nada diferente.

Grace esperaba al pie de la escalera. Se había colocado entre la puerta y yo, con una expresión fiera en el rostro.

—No tienes por qué trabajar con gente sospechosa —dijo, lanzando una mirada de desconfianza hacia la puerta.

—Es la única forma —repliqué. Eso era verdad por varias razones, pero Grace tenía una mirada que podía hacerte dudar de ti misma, incluso si sabías que estabas en lo correcto.

—Nada de héroes, Mar —dijo.

—Ni siquiera sé lo que es un héroe —añadí, un poco demasiado casualmente. Ella me fulminó con la mirada y se negó a apartarse hasta que la tomé en serio—. No te preocupes, G —dije por fin—. Volveré pronto.

—Más te vale —respondió ella. Una acusación, una condena y una sentencia, todo a la vez.

El crimen: abandonar mi hogar en compañía de unos extraños de dudosas intenciones, irme muy lejos y hacer algo que probablemente sería peligroso.

Las víctimas: todos aquellos que me importaban, incluyéndome a mí.

Sentí que todos los ojos en la casa que no eran los míos apuntaban hacia mí. No sabía qué decirle a Grace, ni a Malloryn, así que simplemente desvié la mirada y me deslicé hacia la puerta, sintiendo la culpa retorcerse en cada articulación de mi cuerpo.

Karl seguía de pie donde lo había dejado. Parecía ligeramente aburrido. Yo me dispuse a salir, pero antes de poder dar un paso, una mano me sujetó por el hombro y me hizo a un lado, y Grace se interpuso frente a mi y adonde yo trataba de ir, tendiéndole a Karl un bolígrafo y una hoja de papel que sujetaba con un puño apretado y tembloroso.

—¿Qué es esto? —preguntó Karl—. ¿Quién eres tú?

—Yo soy su amiga —repuso con una voz tensa—. Y *esto* es un contrato. Y tú vas a firmarlo.

—Yo no firmo esas cosas —dijo Karl, confundido y ligeramente ofendido de una manera que resultaba algo divertida.

—Entonces mi amiga no irá contigo —advirtió Grace. Levantó más el papel y el bolígrafo hasta casi ponérselos en la cara, y lo atravesó con la mirada. Finalmente, Karl suspiró.

—¿Qué dice? —preguntó, arrebatándole el papel y el bolígrafo y observándola con recelo.

—Dice que protegerás a esta chica a toda costa y que la traerás sana y salva de regreso a casa. Y vas a firmarlo, o ella no irá a ningún lado.

—¿Cuánto tiempo llevas cargando eso? —susurré.

—Cállate, Mar —dijo Grace, lanzándole a Karl toda la fuerza de su mirada fulminante y voluntariosa.

—Esto no es jurídicamente vinculante —replicó él, incrédulo y nervioso—. No hay un notario. No hay testigos. Es totalmente inadecuado.

—No. Me. Importa —dijo Grace con firmeza—. Firma.

Karl levantó la vista del papel, miró a Grace, y volvió nuevamente al documento. Con otro suspiro, se dio por vencido. Garabateó algo en la parte baja de la hoja y se la devolvió a Grace con una mirada de fastidio.

—Ahora llegaremos tarde —me dijo, se dio la media vuelta y se dirigió molesto hacia el auto.

—Gracias —le susurré a Grace, y de verdad lo sentía, pero era difícil explicar exactamente qué le estaba agradeciendo. Ella lanzó una mirada amenazadora en dirección a Karl.

—No me agrada él —dijo—. No me agrada nada de esto.

—Tengo que ir —contesté—. Alguien necesita mi ayuda. Él me llevará allí. Así es como hacemos siempre. Está bien.

—Sólo prométeme —pidió— que si tienes que elegir entre lo correcto y lo que te traerá a salvo de vuelta a casa… prométeme que vendrás a casa.

Ahora me miraba con una silenciosa y terrible intensidad, urgiéndome a hacerle esa promesa.

—Okey —dije—. Lo prometo.

Satisfecha, Grace volvió a fulminar con la mirada a Karl. Yo tomé mi mochila y bajé los escalones hasta la banqueta y el auto estacionado.

—Ésa es una buena amiga —añadió Karl en voz baja cuando me acerqué.

—Sí —dije—. Lo es.

—Debes tener cuidado con los amigos —continuó.

—¿A qué te refieres? —pregunté, pero Karl sacudió la cabeza para indicar que no hablaría más.

Volví a mirar a Grace, sola, parada en la entrada de mi casa. No creo que haya esperado que la viera en ese momento, porque por un segundo no parecía feroz ni dura. Tenía los hombros caídos y un destello de preocupación en los ojos. Pero en cuanto se dio cuenta de que la estaba observando, enderezó la espalda y adoptó una expresión agresiva.

Nada de héroes.

Karl se aclaró la garganta con un dejo de impaciencia, luego señaló con un gesto hacia la oscuridad al interior del auto. Yo asentí débilmente en dirección a Grace y subí. La puerta se cerró tras de mí. Un momento después, Karl llegó al otro lado del auto y también subió.

—¿A dónde vamos? —pregunté.

—Estambul —contestó.

• • •

Estambul.

Las sílabas rebotaron dentro de mi cabeza durante todo el silencioso trayecto rumbo al aeropuerto. Karl me condujo rápidamente a través de la seguridad, después hacia la puerta de embarque, donde esperamos todavía en silencio. Cuando llamaron para pasar a nuestros asientos —uno en pasillo y uno en ventana arriba del ala, con un asiento vacío entre los dos— abordamos rápidamente, nos sentamos en silencio, volamos en silencio.

Karl era mi controlador. Era neerlandés. Le habían dado el empleo en la primavera, y supongo que era bueno haciéndolo, pero eso no significa que me agradara. Era rígido y sin sentido del humor y tan extraordinario como la sal de mesa. De hecho, era tan ordinario que, si lo estuvieras buscando activamente en una habitación, probablemente lo verías un par de veces sin notarlo antes de darte cuenta de que está allí. Fuera de dar instrucciones o de compartir información esencial, raramente hablábamos. Parecía disfrutar leyendo viejos libros polvorientos sobre historia oscura, eso cuando no estaba asegurándose de que yo no me perdiera de vista.

Era pariente lejano de mi antiguo controlador —de quien nunca hablábamos— y de todos los demás involucrados en este negocio, excepto yo. Una grande y turbia familia, con mucho dinero y muchos secretos. Se llamaban a sí mismos los Fell, y yo no les agradaba, pero me necesitaban para proteger sus bienes. De cierta forma yo también los necesitaba, porque ellos me ayudaban a encontrar a la gente que *realmente* me necesitaba. *Tu familia y la nuestra, somos un ecosistema,* había declarado Karl una vez, entrelazando sus dedos para demostrar, supongo, que de alguna manera encajábamos ordenadamente y en igualdad.

De cierta forma, tenía razón. Nosotros *éramos* un ecosistema. Pero no uno ordenado, y definitivamente tampoco en igualdad. Los Fell tenían todo el poder, todo el dinero y todas las conexiones. Yo, básicamente, no tenía otra opción más que ayudarlos, porque era la única manera en que podía hacer las cosas que tenía que hacer. Lo único que a Karl y su familia les importaba, a final de cuentas, era el dinero y la influencia, para protegerse a sí mismos y a su futuro.

¿Está mal ayudarlos?

Esa pregunta era un pez espinoso en el fondo del mar: un peligro que era mejor observar desde lejos, porque las espinas estaban cargadas de veneno.

Así que aquí estábamos. Sin hablarnos, desconfiando el uno del otro, pero todavía tratando, cada uno por sus propios motivos, de hacer el Trabajo juntos.

A mitad del vuelo, me volví hacia Karl y me aclaré ruidosamente la garganta. Él levantó la mirada del libro que estaba leyendo —éste parecía ser sobre la vida cotidiana en un pueblo medieval—, con los ojos ya entornados con recelo.

—¿Puedes decirme algo sobre el paciente? —pregunté.

Él dudó por un momento, intentando descubrir mis intenciones.

—Para no llegar completamente desprevenida —añadí.

—Es algún tipo de problema respiratorio —dijo por fin.

—Ah —exclamé yo. Habría tenido que parar allí, pero Karl simplemente parecía demasiado engreído, así que no pude resistir molestarlo un poco—. No podemos tener problemas respiratorios, ¿verdad? Quiero decir, un problema respiratorio bajaría el precio de venta en un veinte por ciento cuando menos, ¿cierto?

Karl frunció el ceño.

—¿Qué? —continué—. Dime que me equivoco. Dime que no es de eso de lo que se trata. Dime que realmente te importa el... —Casi dije "animal", pero había algunas reglas que yo no iba a romper—... paciente.

—El paciente es tu responsabilidad —dijo Karl—. El resto no te incumbe.

—¿Hay un comprador? —pregunté.

—No —repuso Karl.

Volvió a su libro, satisfecho de haber tenido la última palabra. Yo volví a aclararme la garganta. Trató de ignorarme, pero después de un momento, volvió a fruncir el entrecejo y dejó el libro.

—¿Sí, Marjan? —dijo, con una paciencia forzada que me llenó de una discreta y mezquina alegría.

—¿Tendremos algo de tiempo libre, una vez que hayamos terminado? —pregunté—. ¿Como para ver un poco de la ciudad?

—¿Por qué preguntas eso? —repuso Karl, lanzándome una mirada sospechosa de reojo.

—Oh —añadí tranquilamente—, es que nunca he estado en Estambul. Me gustaría ver, ya sabes —miré la portada de su libro—, cómo es la vida de todos los días.

Hizo un leve gesto de enfado, lo que significaba que estaba pensando. Finalmente, suspiró con resignación.

—Veamos cómo resulta el trabajo —dijo. Volvió a su libro con el ceño fruncido.

Era un hilo muy fino el que yo estaba siguiendo. Un nombre que mi tío Hamid había mencionado alguna vez cuando le pregunté por la generación anterior a la de mi papá: un primo lejano que se había marchado de Irán y se había perdido de vista. Una dirección que nadie estaba seguro de que fuera la actual, porque ninguna carta que se mandara allí era respondida jamás. Sin promesas, sin garantías, sólo un vago "quizá", en una ciudad que, hasta ahora, no tenía planes de visitar.

Estambul.

Es. Tam. Bul.

Tap tap tap.

Descendimos a través de una gruesa capa de nubes. El resplandeciente Bósforo y la deslumbrante Santa Sofia pasaron frente a la ventana, y Karl colocó un separador entre las páginas de su libro. Pasamos rápidamente por la aduana (los Fell eran muy buenos para algunas cosas) y tomamos un taxi. Poco tiempo después, abría la puerta de una pequeña pero funcional habitación de hotel cerca del centro de la ciudad, me dejaba caer sobre la cama y me quedaba dormida.

Temprano a la mañana siguiente se reunió con nosotros en el hotel un tipo un poco mayor que yo, de cabello rizado y oscuro, precavidos ojos color marrón y una expresión cautelosa y neutra. Nos saludó en silencio con una reverencia y nos llevó hasta un taxi que él había llamado.

Ya antes habíamos tenido contactos locales, cuando íbamos a lugares donde ninguno de nosotros hablaba el idioma. Normalmente eran así. Silenciosos. Discretos. No se presentaban ni hacían preguntas. No hacían contacto visual. Ocupaban en una habitación tanto espacio como una sombra.

Fuimos conducidos por una calle ancha y arbolada, con escaparates a todo lo largo de la manzana. Los letreros estaban escritos con letras que parecían familiares, pero con excepción de la palabra "burguer" en lo que parecía un restaurante de shawarmas, no pude entender nada de lo que decían. Había demasiados acentos y marcas extra, y las letras siempre parecían estar en el orden equivocado. Las palabras terminaban demasiado pronto o se extendían demasiado, o formaban sonidos que en ocasiones me recordaban a las palabras en farsi que conocía, aunque no estaba para nada segura de siquiera pronunciar correctamente las palabras en mi mente.

En las mesas al aire libre de un café se conversaba animadamente. Las aceras estaban abarrotadas de hombres en camiseta y camisa polo, mujeres con pañoletas en la cabeza y largas túnicas o gafas de sol y chaquetas de mezclilla. Giramos bruscamente hacia una pequeña colina cuesta arriba, y el pavimento se convirtió en adoquín. Dimos vuelta de nuevo, esta vez hacia un patio estrecho y sombreado, y nos detuvimos.

—Antes de continuar —le dijo Karl a nuestro guía—, haz favor de vendarte los ojos.

Dogan Ozgener estaba en sus treintas y tenía una apariencia triste y desaliñada. Todo en él —desde su cabello oscuro y despeinado, sus abundantes cejas y su barba rasposa hasta su arrugada ropa y sus largas y delicadas pestañas que me recordaban a las de mi papá— denotaba soledad y tristeza. Aun así, me sonrió cálidamente, nos condujo al interior del edificio y nos ofreció té.

Dogan vivía solo en un pequeño y oscuro apartamento de la planta baja que estaba lleno de piso a techo de cosas viejas. Sus padres, nos explicó, vivían en el piso de arriba. Por todos lados había libros, discos de vinilo, viejos televisores cuadrados y partes de computadoras. Una pequeña cocina en un rincón estaba repleta de ollas y sartenes, más de las que una persona que vive sola podría necesitar. Sobre una estrecha hornilla había dos teteras de metal, la más pequeña asentada sobre otra más grande. A cada quien nos trajo una taza de vidrio y un platito, y nos llevó a una pequeña mesa junto a la pared, que no era lo suficientemente grande para todos.

—¿Fuerte o suave? —tradujo nuestro guía. La venda estaba fuertemente atada sobre sus ojos. Eso no parecía molestarlo, pero dirigía sus palabras hacia el espacio vacío que se encontraba entre todos nosotros.

Karl lo pidió fuerte y yo pregunté si podía ser intermedio. Dogan se dirigió a la cocina y regresó un momento después con una tetera en cada mano. Sirvió en las tazas del contenido de la tetera pequeña. El té era del color del cedro, y su aroma ahumado se elevó y llenó el apartamento. A mi taza le añadió un chorro de agua caliente de la tetera grande, y el color en su interior se transformó en un ámbar profundo.

Mientras bebíamos, Dogan comenzó a hablar.

—Dice que está en su patio trasero —tradujo el guía—. Dice que siempre ha sentido que su trabajo era cuidarlo.

—Eso no es raro —apunté yo.

—Dice que apareció hace tres años —continuó el guía con voz neutra y precisa—. A sus padres no les agrada. No creen que sea justo que él se tenga que dedicar a cuidarlo en lugar de buscar una esposa… otra esposa. Ellos quieren tener nietos. Pero…

Dogan guardó silencio, y el guía también.

—¿Entonces estuviste casado? —pregunté.

—Fue un error —dijo el guía—. Dice que cometió un error. Terminó muy mal.

Dogan miró a la lejanía y sacudió la cabeza ante los fantasmas que encontró allí.

Yo apenas alcanzaba a ver el patio trasero. Era un humilde y sombreado pedacito de jardín, con unos cuantos arbustos rodeados por todos lados por las paredes del edificio de apartamentos. No parecía haber nada inusual o fuera de lugar.

—Tienes muchas cosas —dije.

—Demasiadas —dijo el guía, traduciendo las palabras tristes de Dogan—. Dice que no puede deshacerse de nada. Todo significa algo.

Dogan se levantó y de un estante tomó al azar un libro con las esquinas dobladas.

—Esto —dijo el guía—. Leyó este libro cuando estudiaba en la universidad. Un amigo se lo regaló, un buen amigo, al cual no ha visto en mucho tiempo. Cuando él observa este libro, ve el rostro sonriente de su amigo. Se siente más joven y más feliz, como era en aquel tiempo. Si me deshiciera de este libro, ese momento se perdería con él, y esa parte de su vida moriría.

Dogan se encogió de hombros y volvió a poner el libro donde lo había tomado.

—Aquí todo es así —añadió el guía.

Por un momento nadie dijo nada. Estaba la habitación, las cosas que había en ella, los recuerdos que contenían, y todo eso era pesado y silencioso.

—Cuéntame de tu amigo en el patio —dije.

EL CORDERO EN EL JARDÍN

Érase que se era, érase que no era.

El jardinero de un gran señor descubrió un brote inusual saliendo de la tierra en un apartado rincón de la propiedad. Su primer instinto fue arrancarlo, como haría con cualquier otra hierba, pero en el momento en que puso su mano sobre este brote tan particular, sintió que había algo distinto en él, algo especial.

Como el señor nunca visitaba ese rincón de su jardín, el jardinero decidió dejar que el brote creciera, para ver en qué se convertía. Y la verdad sea dicha, aunque este señor era bondadoso, no dejaba de ser un señor, y el jardinero no dejaba de ser un sirviente suyo, por lo que su vida y todo su trabajo le pertenecía al señor. Y el jardinero quería tener una cosa que le perteneciera sólo a él.

Todos los días cuidaba el brote, como hacía con el resto de las plantas, y todos los días el brote crecía. Se volvió grueso y fibroso. Desplegó sus raíces bajo el suelo, le salieron hojas y extendió sus ramas hasta formar un arbusto de lo más extraño con la forma de un cordero, con una cabeza y una cara y un cuerpo y piernas, todo unido al tallo que alguna vez había sido el pequeño brote.

Y entonces, un día, para sorpresa del jardinero, el arbusto alzó la cabeza y miró al jardinero a los ojos, y luego comenzó a caminar sobre sus temblorosas piernas de cordero, trazando despacio un pequeño círculo alrededor de su tallo.

No era difícil mantener oculto al cordero. El señor era un hombre muy ocupado y rara vez visitaba su jardín. Y cuando lo hacía, nunca llegaba hasta el rincón apartado donde el extraño cordero se había enraizado. Pero sólo para estar seguro, el jardinero reacomodó las plantas del jardín, de manera que el cordero siempre estuviera oculto a la vista. Sólo pasando entre dos espinosos rosales era posible que alguien viera a la pequeña criatura recorrer lenta y fatigosamente un círculo alrededor del tallo que lo mantenía enraizado al suelo para pastar la hierba que crecía debajo de él, y la avena y el forraje que el jardinero le traía. El cordero estaba a salvo, y el secreto del jardinero le pertenecía sólo a él, y tal vez él hubiera debido ser feliz.

Pero cuando cuidaba a la pequeña criatura, en ocasiones miraba sus extraños ojos e imaginaba ver allí algo que sufría y anhelaba. Así como el jardinero anhelaba tener alguna cosa que fuera suya, así, imaginaba, anhelaba el cordero un lugar más allá de los muros de este jardín.

Finalmente, el jardinero decidió que ayudaría al cordero, porque, aunque la criatura estaba a salvo, no parecía ser feliz. Vino al jardín una noche con una sierra y fue a cortar el tallo del cordero, que para entonces ya estaba seco y era casi tan duro como la madera. Pero en ese momento le surgió una idea. Si cortaba el tallo, el cordero sería libre; pero si era libre, entonces el jardinero ya no podría mantenerlo a salvo. El cordero podría marcharse, podría dejarlo a él y al jardín para siempre, podría perderse para el mundo.

Así que dejó la sierra e hizo un nuevo plan.

A la noche siguiente, agarró una pala y salió de los muros del jardín y encontró un lugar en los bosques cercanos que parecía similar al terreno donde estaba el cordero. Allí cavó un agujero lo suficientemente profundo para las raíces del cordero. Entonces regresó al jardín y desenterró al cordero. Lo levantó y pasó su tallo por encima de sus hombros, de manera que de un lado colgaba el cordero y del otro lado colgaba la bola de sus raíces. Así lo llevó cargando a través de las puertas del jardín y hasta el bosque, al lugar que había escogido para él. Y delicadamente, con cuidado, con todo el amor de un padre por su hijo, colocó las raíces en su nuevo hogar y las cubrió de tierra. Después volvió a casa y se fue a dormir, convencido de que había hecho lo correcto.

Al día siguiente regresó al bosque con un puñado de forraje y avena. Aunque los ojos del cordero brillaban ante las maravillas del ancho mundo, caminaba despacio y comió de mala gana su alimento. Aun así, el jardinero creía que había hecho bien en darle un nuevo hogar, y lo dejó para ir a cumplir sus deberes para con su señor.

Volvió nuevamente al otro día y los ojos del cordero seguían brillando, pero comió aún menos y caminaba en círculos aún más despacio. No obstante, el jardinero decidió ser paciente, lo alimentó y le dio agua como de costumbre, y se marchó.

Al tercer día, el jardinero regresó al nuevo hogar del cordero. Pero cuando llegó al bosque, el cordero había muerto. Sus raíces se habían marchitado en esta nueva tierra.

| CAPÍTULO TRES |

OBJETOS EXTRAÑOS

El cordero del patio de Dogan era una masa enmarañada de enredaderas y hojas que envolvían un armazón de ramas en forma de cordero que de alguna forma parecía capaz de moverse lenta y fatigosamente. Su lana era un musgo o liquen que crecía en densos manchones a lo largo de las trepadoras que envolvían su cuerpo. Aquí y allá, flores de un rosa pálido brotaban entre las enredaderas. Sólo sus pezuñas —unas puntas de madera de color pardo verdoso, como ramas en ciernes— estaban descubiertas.

Cuando Dogan nos llevó afuera por la puerta trasera, el cordero levantó la vista de la hierba para recibirnos. Sus orejas eran unas anchas hojas que surgían de su larga cabeza triangular. Entre sus orejas, las ramas se retorcían sobre sí mismas para formar un cráneo. En la base del triángulo, un grupo de enredaderas se ocupaba de pulverizar un puñado de hierba con un movimiento circular, como de una boca. A ambos lados de su amplia frente, cerca de sus orejas, se abrían paso por entre las enredaderas y el musgo, dos flores doradas cuyos pétalos estaban dispuestos en forma de reloj de arena alrededor de un centro oscuro.

Las enredaderas y las ramas que formaban su cuerpo parecían juntarse en su vientre, haciendo un nudo que se estiraba en un tallo leñoso y retorcido que se anclaba en el suelo. El corderito nos observaba desde el extremo de su ronzal con sus extraños ojos de flor. Después de un momento, una pata trasera se levantó del piso, casi como si tuviera mente propia, y rascó distraídamente uno de los flancos.

Sentí la emoción de lo maravilloso. Incluso mi soso y aburrido chaperón guardaba otro tipo de silencio. Ese instante, cuando una cosa imposible se vuelve posible justo frente a tus ojos, nunca pierde la gracia.

La garganta del cordero sufrió un espasmo, lo que rompió el hechizo. Hizo un ruido rasposo y susurrante, como una ráfaga de viento entre las ramas de un árbol. Pasó un momento y lo hizo otra vez. Una tos, si es que las plantas pudieran toser.

—Lleva una semana haciendo eso —dijo el guía, traduciendo las palabras de Dogan—. Antes nunca lo había hecho.

—Okey —dije—. Veamos qué descubro.

Me aproximé despacio al cordero, con las manos extendidas, las palmas arriba, la mirada abajo. No se veía particularmente peligroso, ni parecía que fuera a llegar muy lejos si intentaba escapar. Pero un animal, en especial uno indefenso, merece saber que no vas a lastimarlo.

Los ojos de flor del cordero me seguían. Sus pétalos se entrecerraron ligeramente y se abrieron de nuevo cuando pasé por un rayo de sol. Dos huecos se ensancharon levemente justo encima de su boca, donde habrían estado las narinas si se tratara de un cordero real. Crucé el espacio que nos separaba con pasos lentos y cuidadosos, haciendo una pausa entre cada uno de ellos para asegurarme de que el cordero no entrara en pánico.

Por fin estuve lo suficientemente cerca para tocarlo. Giré una mano y levanté el dorso para que el cordero pudiera olerla. (¿Los corderos-planta pueden oler? ¿Existía otro nombre para lo que estaba haciendo? ¿Algún otro sentido de las plantas?) Con un ligero resoplido, fragante a tomillo y acedera, el cordero indicó su satisfacción, o al menos su aceptación a que me metiera en sus asuntos durante unos minutos. Su cabeza rozó mi mano, luego descendió de nuevo hasta la hierba que tanto parecía estar disfrutando.

—Aquí vamos —dije, tanto para el cordero como para mí misma, coloqué mi mano contra su follaje, y entonces nos conectamos.

La primera vez que me encontré con una criatura, este momento me sobrecogió. Yo entonces no sabía que hubiera algo especial en mí, y no tenía la menor idea de lo que estaba a punto de pasar. Con el tiempo aprendí, luego de un poco de prueba y error, a controlar las sensaciones cuando me llegaban, a dejarlas pasar despacio, como un grifo, de modo que se superpusieran delicadamente sobre las mías propias, en lugar de noquearme dejándome inconsciente. Incluso estaba aprendiendo a separarlas, a sentirlas una por una, en lugar de todas juntas a la vez.

Fui consciente de una multitud de sensaciones que no me eran familiares, pero al mismo tiempo me resultaban significativas. Un cosquilleo en la punta de mi lengua, alineado con una onda eléctrica que me recorría la espina dorsal. Un agradable calor que aumentaba y disminuía, aumentaba y disminuía justo debajo de mi piel. Una deliciosa anticipación brillaba hacía mí desde la dirección de la luz del sol, y un leve pulso que irradiaba en mi estómago parecía llegar de la tierra misma.

También pude sentir la conexión entre el cordero y Dogan. Había una consciencia obediente de su presencia, un sentido del tiempo construido en torno a sus llegadas y sus partidas, al ir y venir de su olor en el patio. Era incómodo ver a este hombre de esa forma tan extraña e íntima. Era descortés, como asomarse a la ventana de la casa de un desconocido. Pero el ritmo de sus idas y venidas, y las huellas que dejaba, eran la forma en que el cordero entendía su mundo.

Dejé que todo entrara, que diera vueltas dentro de mí, lo equilibré cuidadosamente sobre mi propia consciencia hasta que todo se volvió estable y pude abarcarlo por completo, al cordero y a mí.

—Ahí estás —susurré.

El cordero me miró abriendo un poco más los pétalos de sus ojos. ¿Había confianza en la oscuridad de esas pupilas de reloj de arena? ¿Me sentía de la misma forma que yo lo sentía a él? No podía saber cómo las criaturas me percibían a mí. Sólo sabía que algo se abría en mí para dejarlas entrar, y ese algo no se cerraba.

Sentí los tranquilos ritmos internos del cordero inundando los míos. Dejé que mi atención vagara delicadamente por sus funciones: el flujo de nutrientes, la captación de la luz del sol, la transferencia de oxígeno y dióxido de carbono, la recepción de información a través de los pétalos de las flores y los sistemas de raíces. Mi papá, cuando estaba vivo, me había enseñado técnicas de diagnóstico en su clínica veterinaria. Ésta era mi técnica de diagnóstico. Así era como yo entendía a las criaturas que conocía. Así era como yo les ayudaba.

Todas las sensaciones me resultaban desconocidas, pero nada se sentía fuera de lugar. No había incomodidad, ni ansiedad ni dolor. El cordero funcionaba como se esperaría que funcionara: una silenciosa monotonía de pasos lentos, alimentación lenta, respiraciones lentas. Yo también trabajaba como se esperaba: mi consciencia estable, a caballo, entre mi cuerpo y el cordero.

De pronto una contracción irregular explotó en el cuerpo del cordero, agitando mis pensamientos con tanta intensidad que tuve que hacer mi mayor esfuerzo para mantener la conexión. La tos estremeció mis costillas, y siguió escociendo en un rincón de mi pecho incluso después de que el ataque hubo pasado, como si una piedra o una púa se hubiera quedado atorada allí.

Respiré profundo y me reconcentré en la conexión. Allí estaba el flujo de la vida. Allí estaba la opaca regularidad de la salud.

—De nuevo —susurré—. Ahora sí estoy lista.

El cordero volvió a toser. Esta vez ya me lo esperaba, y sentí cómo la tos salía rasguñando desde aquel rincón lleno de púas. Un sitio justo detrás de las costillas del lado derecho. Deslicé mi mano por el pecho de la oveja y sentí el desgarrador impulso moviéndose más cerca.

—Encontraste algo —dijo Karl desde la orilla del patio—. ¿Qué es?

Su voz, y la punzada de maldad que la acompañaba, me sacudieron. Mi atención se tambaleó entre dos realidades separadas: una realidad pequeña y contenida donde los nutrientes fluían desde la apacible tierra y un objeto extraño incrustado al interior de un tórax cubierto de musgo, y otra realidad con Karl.

Quería decirle a Karl que guardara silencio, pero no valía la pena el esfuerzo. Ni siquiera valía la pena reconocer su existencia, no en ese momento, con una criatura bajo mi mano que necesitaba mi ayuda, con esa sensación punzante que comenzaba a desaparecer, con la ubicación que un momento antes había sido tan clara ya desdibujándose y perdiendo nitidez.

Tenía que actuar rápido. Ignoré a Karl y evité que mis ojos y oídos se ocuparan de las cosas que no podía controlar. En vez de eso, me ocupé de la única cosa que podía hacer mejor.

—Disculpa si esto se siente incómodo —le dije a la oveja. Delicadamente, pero tan rápido como me era posible, comencé a hacer a un lado las hojas, el musgo y las trepadoras de flores pálidas. Justo debajo pude ver la estructura de sus costillas, las gruesas enredaderas endurecidas formando una jaula redonda, y al interior de ella…

Lo extraño que era aquello me dejó sin aliento. Brillantes y coloridas estructuras, parecidas a frutas o vegetales, llenaban su cavidad torácica. Entre dos sacos violeta que semejaban berenjenas, un bulbo de un rojo profundo latía con un pulso suave y regular. Calabazas amarillas y verdes y naranjas se encimaban unas con otras, y era evidente que todas cumplían con alguna función vital. Había montones de estructuras más pequeñas similares a frutas —rojas, verdes, negras—, y cada una estaba viva y cumplía su propósito.

—Eres tan extraño —le susurré al cordero.

La sensación punzante en el pecho de la oveja estaba cediendo, ocultándose entre los órganos y volviéndose más difícil de localizar. Pero yo sabía dónde estaba, lo suficientemente cerca. Deslicé un dedo, luego otro, entre las costillas del cordero, y cuando quedó claro que no le molestaba, comencé a manipular las estructuras, apartándolas cuidadosamente, siguiendo el eco de la tos.

Traté de ignorar el vértigo que me producían las sensaciones del cordero superpuestas sobre las mías: mis dedos volviéndose una presencia extraña dentro de un pecho que sentía como si fuera el mío, moviendo cosas que no debían ser movidas. No era doloroso, sino raro y desconcertante. No podía ignorar las sensaciones, pues ellas eran mi guía. Estaba persiguiendo la tos, la púa que pinchaba. Era más como si tuviera que ignorarme *a mí* y concentrarme sólo en el cordero y en mis dedos, hasta que descubrí un racimo de pequeños frutos anaranjados. Al centro del racimo, uno de los frutos había crecido más grande que los demás, y entonces se abrió. Al interior de su arrugada carne marrón había una semilla dura y rugosa, tan grande como mi pulgar.

—Lo tengo —dije. Tomé la semilla con ambos dedos y tiré de ella por entre las costillas de la oveja.

Volvió a toser mientras le acomodaba nuevamente el follaje sobre sus costillas, pero esta vez se sintió distinto. Imprecisa, tenue, una sombra de la tos que había sentido antes. Cerré mi mano alrededor de la semilla. Una extraña urgencia irradiaba de ella, por lo que, en cuanto estuvo fuera, la apreté fuertemente entre mi puño.

Me separé del cordero con la semilla en la mano. La consciencia superpuesta se fue y se disolvió en la nada, de modo que sólo quedaron el patio y mi propio cuerpo. La sensación de regresar a mí misma, de terminar una conexión, era como saltarse un escalón bajando una escalera.

—¿Y bien? —preguntó Karl.

—Creo que lo encontré —respondí una vez que hube recuperado el aliento—. Algo le estaba presionando el… bueno, es difícil de explicar. Como sea, ya lo arreglé.

La semilla en mi mano me transmitía una sensación propia, una especie de frecuencia musical que zumbaba en mis oídos y me hacía difícil pensar. La idea de mostrársela a Karl me generaba la misma incomodidad punzante que la semilla misma le había generado al cordero.

—Ya veo —dijo Karl, nada impresionado—. ¿Y ahora ya está sano?

—Debería estarlo —contesté.

Trataba de mantener mi voz uniforme, pero me resultaba difícil con el zumbido en los oídos. Sostuve la respiración y esperé que Karl no lo notara. Él miró al cordero, después a mí. Luego se encogió de hombros, satisfecho y aburrido. Cuando volteó hacia otro lado, deslicé la semilla dentro de mi bolsillo, y el zumbido desapareció.

Volví a pasar mi mano por el costado del cordero y sólo percibí un dolor leve donde había estado la semilla. El cordero sentiría esa molestia por algunos días. Y tal vez seguiría tosiendo un poco. Pero iba a sanar.

—Al comprador —dijo Karl por encima de su hombro— le dará mucho gusto.

La palabra "comprador" me hizo retirar la mano. La conexión se cortó. La helada sorpresa de la traición inundó mis venas.

—Es feliz aquí —objeté—. No quiere ser vendido.

—Como podrás recordar —añadió Karl con un tono frío y ligeramente acusatorio—, ya no recibimos órdenes de los animales. —Se volvió hacia el guía—. Por favor, infórmale a nuestro anfitrión que el cordero será vendido. Las condiciones serán justas.

—¿Y si no quiere venderlo? —pregunté—. Dile que puede escoger no hacerlo.

—Yo no se lo recomendaría —dijo Karl con voz paciente—. Parece un buen hombre, con mucha vida todavía por delante. El pequeño retraso que pudiera provocar al cierre de la venta no valdría la pena por todos los problemas que se acarrearía a sí mismo, y... —hizo una pausa y miró hacia lo alto del costado del edificio— ...a sus padres.

El patio quedó en silencio. La amenaza oculta tras las palabras de Karl hizo eco en las paredes que nos rodeaban, volviéndose más grande, haciendo que el espacio se sintiera más pequeño y apretado.

El guía le habló lenta y cuidadosamente a Dogan. Vi coraje y resistencia en los ojos de Dogan, que miraban alternativamente al cordero y a Karl. Pero a medida que el guía siguió hablando, la expresión de Dogan cambió a una de silenciosa indefensión, y entonces supe, sin entender una palabra de lo que se decía, que los Fell habían ganado y que el cordero sería vendido.

Sacudí tristemente mi cabeza en dirección a Dogan. Hubiera querido decirle que no había sido mi intención que esto pasara. Que habría dejado la semilla donde estaba si eso hubiera evitado la venta. Que yo había sido engañada tanto como él. Pero ya no importaba. A sus ojos, yo no era mejor que Karl.

La mirada de pétalos del cordero se dirigió a mí.

—Lo siento —dije. Pero mis palabras no significaron nada, y un momento después volvió a su hierba, a su avena, a su pequeño círculo que era la única vida que había conocido.

—Bueno —añadió Karl. La palabra sonó abrupta e impertérrita, como si se estuviera disculpando para retirarse de la mesa. Juntó sus manos dando una palmada y las frotó para enfatizar su mensaje: *Hora de irnos*.

Miré a Dogan una última vez, deseando ver alguna traza de gentileza o perdón. Pero lo único que encontré fue una ira temblorosa y desesperanzada, y un hueco lleno de vergüenza donde habría tenido que estar mi corazón.

Afuera, en la calle, al guía se le permitió quitarse el vendaje de los ojos. Karl le entregó un sobre, y el hombre hizo una reverencia mientras se lo guardaba en el bolsillo. Después se dio la media vuelta y se alejó por el camino adoquinado, dobló en la esquina y desapareció.

Karl me hizo una indicación para que lo siguiera colina abajo, en dirección a la calle principal, como si nada hubiera pasado. Mirándolo, sentí la furia impotente de Dogan. No podía imaginarme volviendo al auto con Karl, ya no digamos pasar otro medio día en un avión.

—¿Quién es el comprador? —pregunté—. Quiero saber.

—No es de tu incumbencia —replicó Karl suavemente por encima de su hombro.

—Dime —insistí—. Me lo debes.

Se detuvo y se volvió hacia mí.

—Yo no te debo nada más que tu tarifa habitual —dijo—. Pero a manera de cortesía, y sólo por esta única vez, te mostraré.

Sacó su teléfono y me lo tendió. Había cargado la página de Wikipedia de un oligarca de Europa del Este de aspecto desagradable, dueño de un imperio de procesamiento de carne y, según los rumores, con conexiones al crimen organizado. Me observó mientras leía.

—No pueden hacer esto —protesté.

—Eres libre de explicárselo tú misma —repuso Karl, señalando con el entrecejo fruncido al rostro en el teléfono—. Estoy seguro de que es un tipo muy comprensivo.

—Literalmente, están llevando a una oveja al matadero.

—Son negocios —dijo Karl—. Puede ser que lo volvamos vegetariano.

—No es gracioso —contesté—. Me mentiste. Me engañaste.

—Entonces casi estamos a mano.

—¿De qué estás hablando? —pregunté.

Dio un paso en dirección a mí.

—Tienes algo en el bolsillo que no te pertenece.

Instintivamente metí la mano al bolsillo. La semilla brincó al contacto con mis dedos, y el cosquilleo de una posibilidad me recorrió el brazo.

Error, me gritó la vocecita que normalmente se me daba tan bien ignorar.

—¿Ah sí? —dije, mostrando mi mano vacía en un patético intento que no engañó a nadie.

—Sí —reiteró Karl, paciente pero firme.

Si tienes que elegir entre lo correcto y lo que te traerá a salvo de vuelta a casa, había dicho Grace.

—Yo…

Error, dijo la cosa punzante en mi bolsillo.

Nada de héroes, había dicho Grace.

Karl extendió su mano con la palma hacia arriba. Sus dedos se movieron para indicar que le entregara la semilla. Su rostro era engreído y arrogante, el rostro de alguien que, al final, siempre obtenía lo que deseaba.

Error error error, entonaba el zumbido musical en mis oídos.

Y antes de saber exactamente lo que hacía, ya estaba corriendo.

Karl no era un corredor.

Para cuando hubimos recorrido una manzana tuvo que detenerse a recuperar el aliento, y para el final de la siguiente manzana ya estaba frito. Volteé por encima de mi hombro antes de girar en una esquina y alcancé a verlo doblado sobre sí mismo, furioso y con el rostro colorado, escupiendo palabras ásperas y entrecortadas al teléfono. La imagen me hizo sonreír.

Aun así, no podía creer que estuviera huyendo de él. La cabeza me martilleaba, el pecho y la garganta me ardían con cada respiración, pero sentía una extraña ligereza en el resto de mi cuerpo. En algún momento, en el futuro, definitivamente iba a estar en problemas. ¿Cuántos problemas? No estaba segura.

Pero no estaba en problemas *todavía*. Y hasta que lo estuviera, podía hacer lo que quisiera.

Y lo que quería era encontrar a mi tío. Aún no podía saber exactamente por qué había corrido, sólo sentía que la semilla en mi bolsillo era importante. Demasiado importante para entregarla a Karl y los Fell. Tal vez, si encontraba a mi tío, él sabría qué hacer con ella.

Así que seguí corriendo, poniendo tanta distancia de por medio entre Karl y yo como fuera posible, cortando aquí y allá por calles secundarias y callejones estrechos. Y cuando los pulmones me dolieron y sentía como si trajera fuego al interior de mis costillas, me detuve, saqué mi teléfono y traté de averiguar dónde me encontraba, y hacia dónde iba.

La dirección que mi familia me había dado estaba en un barrio plano de angostas calles adoquinadas que se cruzaban en intersecciones de ángulos regulares. Los edificios parecían nuevos en su mayoría, pero aquí y allá podías ver que algunos habían sido construidos sobre cimientos más antiguos. Caminé frente a comercios de electrónicos que vendían tarjetas SIM y tiendas de especias que olían a zumaque y laurel.

Había conversado con algunos parientes de mi papá en Irán después de que él murió: su hermano Hamid, su hermana Firouzeh y otro par de adultos que se presentaron como primos. Siempre comenzaban las videollamadas con aproximadamente cinco minutos de algo que sonaba a cumplidos y felicitaciones (siempre en farsi), y las terminaba con otros cinco minutos de despedidas (también en farsi). Entre uno y otro momento me preguntaban sobre cosas como la escuela y la tarea. ¿También quería ser doctora? ¿Sacaba buenas calificaciones? ¿Estaba estudiando farsi? Creo que me habría sentido sofocada si esto hubiera ocurrido todos los días, pero una vez cada dos semanas, era lindo. Ellos parecían suponer que yo era en general una chica normal, y pronto me quedó claro que ninguno de ellos comprendía nada sobre el trabajo de mi papá, o el mío.

Así que comencé a hacer preguntas. ¿Quiénes eran mis abuelos, cómo habían sido? ¿Y qué hay de sus hermanos, de sus primos? ¿Dónde habían vivido? ¿A qué se dedicaban? Y así fue como me crucé con el nombre de Reza Dastani.

Nadie quería hablar mucho de Amu Reza, tío segundo de mi padre. Era un hombre extraño. Escurridizo, evasivo y difícil de leer. Había adquirido un interés por las alfombras, y había viajado por todo el mundo, comprándolas y vendiéndolas. Parecía una vida exótica, pero raramente hablaba de ella. De hecho, la única persona de la familia con la que había parecido estar interesado en hablar había sido mi padre.

Se rumoraba que Amu Reza había movido algunas influencias con un mulá al que le vendía alfombras para que mi padre no hiciera el servicio militar. Cuando mi papá se mudó a los Estados Unidos, había sido con la ayuda de Amu Reza. Y cuando mi papá cambió de medicina humana a medicina animal, todos supusieron que de algún modo había sido la culpa de Amu Reza. Pero era difícil estar del todo seguros, porque poco tiempo después, Amu Reza se marchó de Irán y nunca volvió.

Lo cual me trajo a donde estaba parada ahora, frente a una tienda de alfombras tenuemente iluminada, bajo un árbol de liquidámbar, sobre una calle adoquinada en la parte más antigua de Estambul. Una alfombra grande cubría el escaparate de la tienda, bloqueando la luz del sol. Afuera, varias alfombras más pequeñas se exhibían colgadas de un armazón bajo el escaparate. A través de la angosta puerta pude ver alfombras apiladas en montones llenos de polvo. Al fondo, apenas visible entre las sombras detrás de los montones, un anciano delgado vestido con una pálida chaqueta de lino estaba sentado en una silla junto a la pared, con una pierna cruzada, leyendo un maltratado libro de bolsillo y sorbiendo té de una taza de cristal. Excepto por las motas de polvo, nada se movía dentro de la tienda.

Nada, hasta que yo entré.

CAPÍTULO CUATRO

EL HOMBRE QUE VENDÍA ALFOMBRAS

—¿Buscas una alfombra? —preguntó el anciano con una voz cálida, alzando la vista del libro que leía, pero sin levantarse de su silla. Había hablado primero en turco, y tras estudiar mi mirada perdida, había probado nuevamente en inglés, con una sonrisa amable y paciente en el rostro.

Pero un segundo después quedé nuevamente confundida, porque desde luego no estaba buscando una alfombra. Me adentré otro paso en la oscura tienda.

—En realidad —contesté—, busco a una persona.

El rostro del anciano se ensombreció.

—Lo siento —dijo—. Me temo que no soy muy bueno con las personas. —Lo hizo con tanta fluidez que no lo creí ni por un segundo. Se recargó en su silla y volvió a concentrarse en el libro—. Tengo alfombras. Eso es todo —dijo sin mirarme.

Sabía que esperaba que me fuera. ¿Estaba en el lugar equivocado? ¿Había alguna razón por la cual el tío de mi papá había desaparecido? ¿Estaba yo a punto de hacer que algo terrible sucediera?

Mi corazón latía deprisa. No conseguí acomodar en el orden correcto dentro de mi cabeza las palabras que quería decir, así que simplemente comencé a hablar.

—Busco a Reza Dastani —dije. Mi voz sonó tan fuerte y tan fuera de lugar en la penumbra que hasta las motas de polvo se congelaron por un segundo, avergonzadas por mí e impactadas por mis malos modales. Al cabo de un largo momento en el que nada se movió, continué, más bajo—. Soy Marjan. Marjan Dastani. Soy su sobrina. Mi padre era Jamshid.

El anciano se sentó muy quieto durante largo rato. Miraba la página de su libro, pero ya no estaba leyendo. Finalmente suspiró, cerró el libro y lo dejó a un lado. Tomó su té y lo examinó. Estaba vacío. Volvió a posarlo y entonces, por fin, me miró desde el otro lado de la habitación.

—Lo siento mucho —dijo—, pero no conozco ese nombre. —Me observó con tristeza, y juro que en sus ojos pude ver rastros de la expresión de mi papá.

—¿Tú no eres Reza Dastani? —inquirí.

—No soy la persona que buscas —respondió. Sonrió amablemente y regresó a su libro.

Comencé a preguntarme si me había equivocado, si todo esto estaba mal, si había cometido un error al ocultar la semilla, si había cometido un error al huir de Karl y los Fell. No sería la primera vez que empeoraba las cosas por hacer algo impulsivo.

Pero entre más lo observaba, más veía a mi papá. Estaba allí, en la manera en que sostenía su taza, en la forma en que me miraba con una velada mezcla de lástima y pena. *Tenía* que ser él.

—No estoy confundida —dije—. Nunca respondes las cartas que te envía tu familia. Quieres que te olviden. Pero yo sé quién eres. Te pareces a mi papá. Hablas como él.

Su rostro adoptó una expresión neutra y vacía. Se recostó en su asiento, entre las sombras. Era difícil distinguir sus rasgos. Permaneció muy quieto.

—Tú lo ayudaste a ir a los Estados Unidos —dije. Entonces, aunque estábamos solos en la tienda, bajé la voz—. Sabías sobre la línea hircaniana. Sabías que mi papá era una expresión de la línea, y lo ayudaste porque tú también lo eres, ¿no es cierto? Y yo también lo soy, y necesito tu ayuda.

Lo observé para ver si la mención de nuestro llamado ancestral, esa cosa en nuestra sangre que nos conectaba con las criaturas, provocaba algún cambio en él. Por un largo rato se quedó allí sentado, tan inmóvil como una estatua. Entonces se aclaró la garganta.

—Lo siento muchísimo —añadió, muy despacio y con gran cuidado—, pero no tengo la menor idea de lo que hablas. Como puedes ver, yo vendo alfombras. Sólo alfombras.

—No —repuse, y todo dentro de mí zumbaba y sonaba a frustración y pánico y falsedad—. ¡No, no es verdad! ¡*Tú eres* Reza Dastani! Y yo realmente necesito tu ayuda porque tengo esta cosa, esta semilla, y se la robé a los Fell, y ellos me están buscando, y... Yo sé que tú sabes quiénes son los Fell...

Con esto, el anciano se levantó, ya enojado. También conocía esa expresión. Los mismos surcos curvados en la orilla de sus cejas, la misma oscuridad silenciosa que se acumulaba en el rostro de mi papá cuando se enojaba conmigo o lo hacía sentir decepcionado. Y entonces, cuando este hombre habló, las palabras que pronunció hicieron que mis huesos vibraran con una furia impotente.

—Nada de lo que dices significa algo para mí —dijo con una voz dura y fría, como si cada palabra fuera un iceberg furioso en un mar en calma—. Tienes que marcharte de mi tienda de inmediato. Y no regreses. No puedo ayudarte.

Dio un paso en mi dirección, e instintivamente yo di un paso atrás.

—Mientes —dije.

—Te tienes que ir ya, Marban, o como sea que te llames.

—Marjan —corregí—. Mi nombre es Marjan, y tú eres mi tío segundo. Sé que lo eres.

Su voz se volvió muy baja.

—Tú no sabes nada. Ahora vete.

Estaba por decirle algo cruel e imperdonable, pero en eso la puerta se abrió y una enorme sombra osuna cayó sobre la tienda.

—No —exclamó una voz ronca—. Quédate.

La puerta se cerró de un golpe y la ancha sombra avanzó en dirección a nosotros.

—¿Quién eres? —preguntó el anciano que casi con toda certeza era Reza Dastani.

—Ustedes tienen algo —dijo la sombra—. Uno de ustedes tiene algo.

—Es ella —añadió el anciano—. Me lo acaba de decir.

—Muéstrame —dijo la sombra. Se aproximó cojeando y quedó parado frente a mí. Era alto y grueso, con el pelo enmarañado del color del pasto seco. Unas pequeñas pupilas oscuras ardían al centro de unos ojos azul pálido de bordes color óxido. Su rostro me recordó a una luna gibosa: grande y plano, de modo que no podías ver a través de él, pálido y casi redondo, y sin embargo, de algún modo incompleto. Su expresión era sombría, cansada y perdida. Una pequeña cicatriz en forma de gancho le cruzaba la ceja izquierda. Tenía las manos metidas en los bolsillos de una chaqueta militar.

—Muéstrame —volvió a decir. Sacó una mano y con ella apareció la hoja de un cuchillo, y el resto del mundo desapareció, como si los tres que nos encontrábamos en la tienda de alfombras hubiéramos caído al fondo de un profundo foso.

Todo mi cuerpo comenzó a temblar. Quería estar en casa. Quería estar lejos de este sitio oscuro y apretado donde no había lugar a dónde moverse, ni a dónde correr. Lo único que podía ver era la cruel sonrisa del cuchillo y los ojos cansados ardiendo en sus diminutos centros negros. Quedé congelada en el caos. Trataba de hablar, de moverme, pero no pasaba nada, y podía ver que el hombre sombrío se estaba poniendo ansioso y yo sólo quería decir *Espera, espera, estoy tratando,* pero ni siquiera podía hacer eso.

Y entonces una voz llegó por encima de mi hombro. El anciano, pero ahora su tono era tranquilo, amable, cálido.

—Está bien —dijo, tanto para mí como para el hombre del cuchillo—. Danos un momento. —Caminó lentamente hacia mí, con las manos arriba. Me puso una mano en el hombro para tranquilizarme—. Todo va a estar bien. ¿Tienes esa cosa de la que me hablaste? ¿Está en tu bolsillo?

Asentí.

—Mete la mano y sácala —ordenó.

De alguna forma, mi brazo se movió. De alguna forma mi mano entró al bolsillo y se cerró alrededor de la semilla. De alguna forma mi mano volvió a salir. La semilla zumbaba en mis oídos, la misma nota, una y otra vez.

—Muy bien —dijo el anciano con mucha paciencia—. Ahora, muéstrasela.

Abrí la mano.

—¿Eso es todo? —gruñó el hombre del cuchillo—. ¿Qué significa? Dime lo que significa.

El anciano tomó delicadamente la semilla de mi mano y la giró entre dos dedos.

—Espera —dijo. Regresó rápidamente a su rincón y tomó su taza de té vacío. Vertió agua caliente en él, echó dentro la semilla y comenzó a caminar de vuelta hacia nosotros.

—Hasta ahí —dijo el hombre del cuchillo y el anciano se detuvo. Colocó la taza sobre una pila de alfombras y se apartó. El hombre del cuchillo pasó junto a mí y se inclinó sobre la taza para observar.

En la pequeña taza de cristal algo comenzaba a sucederle a la semilla. Se estaba empezando a abrir a lo largo de la estría, revelando un diminuto zarcillo rosa que se desenrolló para salir del caparazón en dirección a la luz. El zarcillo brotó en una grácil curva. En la punta tenía un bulbo como del tamaño y la forma de una almendra. Un momento después, la piel externa del bulbo se abrió y unos pétalos rojo y naranja se desplegaron. Al principio lo único que vi fue una pequeña flor. Cuatro pétalos del color del fuego. Uno se extendió, largo y recto, en dirección al suelo. Opuesto a él, otro se curvó en una especie de garfio. Y entre ellos, los otros dos se abrieron hacia los lados, en forma de…

—Alas —dijo el hombre del cuchillo—. Es un ave.

Volvió a guardarse el cuchillo en la chaqueta. La amenaza se desvaneció, y fue reemplazada por una clase distinta de avidez. Dentro de mi cuerpo, el creciente pánico se calmó.

—¿Quién eres? —pregunté—. ¿Cómo me encontraste?

Sus cansados ojos herrumbrosos se posaron en los míos. Un risita fría y malévola rompió la dureza de su rostro.

—Tú no me interesas —añadió.

—¿Entonces por qué…?

—Una amiguita me dijo dónde buscar —replicó.

Ahora sacó la otra mano del bolsillo. Tenía algo aferrado en el puño, una cosa inerte y gris. La sacudió con asco y luego la lanzó al piso. Cayó con una inquietante pesadez, y quedó allí tirada, extendida e inerte. En parte no podía verla bien a causa de las sombras, y en parte no quería verla bien.

—Ahora tendré que atrapar algunas más —dijo el hombre, más para sí mismo que para los demás.

Caminó hacia la puerta. Yo me moví para quitarme de en medio, pero de cualquier forma me empujó con su enorme mano, y cuando su palma tocó mi piel, súbitamente respiré el aire de un bosque antiguo, y saboreé la nieve en mi lengua, y olí mil aromas, cada uno lleno de información, y escuché que alguien decía un nombre que no había oído nunca pero que sabía que era mío y de nadie más.

El hombre retrocedió de un salto, tan crispado como un animal herido, con los ojos muy abiertos llenos de horror.

—¿Qu-qué fue eso? —tartamudeé. Pero él no dijo nada más. Se dio la media vuelta, salió vacilante de la tienda y cerró la puerta de golpe tras de sí, dejándome allí con el anciano, la flor y la figura inmóvil y gris en el suelo.

Por un momento nada se movió, excepto las motas de polvo que se agitaron por el vaivén de la puerta. Entonces el anciano se dirigió con paso tranquilo y sereno hacia la entrada de la tienda, deteniéndose un instante a observar con tristeza la cosa en el piso. Cerró la puerta con seguro y se volvió hacia mí.

—Creo que un poco de té nos haría muy bien a los dos —dijo.

Había una hornilla eléctrica al fondo de la tienda, y sobre ella descansaba un hervidor. Al lado del hervidor había una tetera. El anciano tomó la tetera y me sirvió un poco de té en una taza de cristal. Olía levemente a rosas. Tal como Dogan lo había hecho, llenó la taza con agua caliente del hervidor, y luego me ofreció un plato con azúcar piedra. Mis manos seguían temblando, pero tomé un pedazo. Estaba a punto de echarlo al vaso cuando él me detuvo con un chasquido de desaprobación de su lengua.

—Así —dijo. Tomó uno de los cristales dulces del plato y se lo puso entre los dientes. Luego dio un sorbo al té—. Así es como lo toman los persas.

Me puse un cristal entre los dientes. El dulzor crudo los escaldó, hasta que un sorbo de té se llevó el ardor sacarino. Un aroma oscuro y ahumado, con notas de pétalos de flores, se mezcló con el azúcar, suavizándose el uno al otro en una agradable redondez. El acelerado miedo en mi pecho disminuyó, sólo un poco.

—El té es de Irán —dijo, con voz serena y tranquilizadora—. El té turco... —Se encogió de hombros y dejó pasar cualquier pensamiento crítico que estuviera teniendo—. Bueno —prosiguió—, no estás aquí por las alfombras, y no estás aquí por el té. Yo soy Reza Dastani. Hola.

—Eh, hola.

—¿Dices que los Fell te están buscando? —preguntó.

—Sí —contesté—, pero ese tipo que se acaba de ir...

—No era uno de ellos —atajó Amu Reza—. No. Y yo no sé exactamente qué es él.

Ambos quedamos en silencio. Los últimos cinco minutos desfilaron frente a mis ojos como una mala caricatura. No parecían reales.

—Gracias —dije.

Amu Reza hizo una reverencia y no dijo nada.

—¿Qué significa? —pregunté, mirando hacia la flor con forma de ave.

—Creo que significa que algo notable está pasando —respondió—. ¿Dónde encontraste esa semilla?

Le conté del cordero y del plan de los Fell para venderlo.

—El barometz —dijo Amu Reza—. Una bestia triste y solitaria, para una persona triste y solitaria. Casi con toda certeza será infeliz en su nuevo hogar. —Suspiró y sacudió la cabeza al pensar en la desafortunada oveja. Entonces se puso de pie, cruzó la tienda y trajo la flor para ponerla entre nosotros.

—Tu instinto es bueno —añadió—. Supiste guardar su regalo sólo para ti. Todas son diferentes, las criaturas. Pero todas forman parte de lo mismo. Cuando una habla, todas hablan. *Todo* habla.

—¿Cómo supiste que había que hacer eso? —pregunté—. Ponerla en agua.

—Lo sentí —dijo Amu Reza—, tal como lo sentiste tú, o de lo contrario no la habrías conservado. Sentí que tenía algo que decir. Y cuando una cosa quiere hablar, tenemos que darle un escenario y una audiencia. Nosotros somos oyentes, Marjan. En la misma medida en que somos sanadores. Quizá ambas cosas son lo mismo.

—Entonces tú eres como yo —exclamé.

—Renuncié a este trabajo hace mucho tiempo —repuso—. Tu padre tomó el relevo, y eso fue suficiente.

—Pudiste simplemente habérmelo dicho —le recriminé—. En lugar de mentirme. En lugar de hacerme pensar que estaba en el lugar equivocado.

—He terminado con el trabajo —dijo, más firmemente esta vez. Entonces miró, al otro lado de la tienda, el triste montón de extremidades grises que yacía pesadamente en el suelo—. Había terminado con él.

Dejé mi vaso de té y me aproximé a la masa inerte. Tal vez, pensé, eran sólo unos trapos viejos. Tal vez era un pedazo de cuerda gruesa. Tal vez era una muñeca.

Era más fácil pensar en tonterías que reconocer el pequeño y lúgubre compartimento en mi cabeza que ya sabía exactamente de lo que se trataba. Más fácil pensar en tonterías, hasta que estuve parada allí. Hasta que la inevitable verdad me miró de vuelta con unos ojos que no parpadeaban, que no veían.

Entre un revoltijo de diminutos codos y rodillas, un rostro ceniciento observaba con la mirada vacía fijamente al techo, o al cielo, o a la nada. La expresión que mostraba no era de terror ni de susto ni de dolor, sino más bien de algo parecido a la sorpresa, y de algo parecido al aburrimiento —párpados a medio cerrar, boca flácida, labios ligeramente entreabiertos, como si estuvieran a mitad de una palabra—, una emoción imposible y antinatural, capturada y congelada por la muerte. Contemplé su rostro por un momento, y fue todo lo que pude soportar.

Las heridas en su cuerpo eran terribles, pero fui capaz de observarlas. Había algo metódico en ellas, algo completo y total: moretones, vasos sanguíneos reventados, un ala arrugada y deforme, con sus membranas rasgadas. Su dolor se volvía evidente en ellas, y en la manera en que su cuerpo estaba retorcido y estrujado. Tenían sentido. Se explicaban a sí mismas. Incluso la otra ala iridiscente, que inexplicablemente había sobrevivido a la destrucción de todas las demás partes de su cuerpo, y que sobresalía a un costado como un resplandeciente vitral, incluso eso tenía sentido.

Pero la cara con la que había quedado no tenía ninguna explicación y nunca nada podría llegar a explicarla.

—Es un hada —dije—. Está muerta. Creo que él la mató. ¿Por qué habría de matar su propia criatura?

—Ésta no era su criatura —sentenció Amu Reza. Se había levantado y había cruzado parte de la habitación.

—¿Cómo sabes eso? —interrogué.

—Las hadas no le pertenecen a nadie —dijo Amu Reza. No parecía querer acercarse más.

—¿Quieres decir que ellas… qué, simplemente vuelan salvajes?

—Quién sabe lo que harán —dijo Amu Reza.

—¿Cómo puede ser que nadie las vea nunca? —pregunté.

Amu Reza señaló con un movimiento de cabeza hacia el lamentable enredo de piel y huesos a mis pies. *Porque cuando la gente las ve, terminan así.*

—Las únicas hadas que he visto en mi vida estaban enjauladas —añadí.

Amu Reza suspiró, y luego me dedicó una mirada que podía ser de lástima o de fastidio.

—Aún te queda mucho por aprender.

Tuve la sensación de que él no quería precisamente enseñarme, y por un segundo me sentí avergonzada de estar allí, quitándole el tiempo. Pero entonces recordé que, en algún lugar en las calles de Estambul, Karl me estaba buscando, y probablemente no estaba solo. Habría consecuencias por lo que había hecho, así que tenía que valer la pena. Y a final de cuentas, yo era la que me encontraba lejos de casa, y Amu Reza era el que, por alguna razón, había desaparecido de nuestro árbol familiar. Me lo debía.

—Entonces enséñame —dije.

Nuevamente suspiró, y por fin se acercó al hada muerta. Se paró junto a mí, con las manos en la cintura, y la contempló con lástima.

—Las hadas —dijo con voz cansina— son criaturas salvajes. Su vida es corta. Son de poco valor para la gente como los Fell, porque no aceptan ser domesticadas. Y el cautiverio no les sienta bien. Pero para alguien como tú, o como yo, alguien que sepa escuchar, las hadas podrían hablar, si tal fuera su deseo. Ellas están conectadas con muchas cosas. Un hada puede ser un conducto de información. Tal vez, si alguien fuera al mismo tiempo oyente y cruel, un hada podría ser algo más, una antena, una brújula.

Se arrodilló y tocó una manita del hada, luego sacudió la cabeza.

—¿Crees que ese hombre sea como nosotros? —pregunté—. ¿Un oyente?

—Yo creo que él escucha —dijo Amu Reza—, pero no puedo imaginar cómo suena en sus oídos. —Se puso de pie y dirigió su vista cansada hacia la puerta, como si aún estuviera viendo salir al hombrón.

—¿A qué te referías cuando dijiste que algo notable estaba sucediendo?

—Primero debemos limpiar esto —replicó.

Fue al fondo de la tienda y regresó con una bolsa de plástico para basura.

—Espera —protesté. ¿Simplemente vas a deshacerte de ella?

—Está muerta —repuso Amu Reza—. No le importa lo que hagamos con su cuerpo.

—Deberíamos enterrarla —dije—. No está bien lo que le sucedió.

Por un segundo pareció como que Amu Reza iba a ponerse a discutir conmigo. Entonces algo en su expresión se suavizó. Suspiró, enrolló la bolsa y la llevó de vuelta al lugar de donde la había tomado. Regresó con un trozo de muselina blanca doblado.

—Muy bien —dijo—. Conozco un campo tranquilo, justo a las afueras de la ciudad. La enterraremos allí.

Me entregó la tela, la desdoblé y la tendí en el piso. Muy delicadamente levanté al hada del suelo y coloqué su cuerpo sobre la muselina, lo envolví holgadamente con la tela y recogí el bulto. No estaba ni ligero ni pesado. Estaba muerto, y la muerte pesa de una manera distinta.

—Lo siento —susurré, aunque sabía que no podía escucharme.

Abordamos un autobús en una parada cercana a la tienda de alfombras y salimos del centro de la ciudad. Los edificios de Estambul dieron paso a árboles y campos. Al fin, Amu Reza se paró de su asiento y, cuando el autobús volvió a detenerse, descendimos.

Un pequeño camino de tierra se alejaba de la calle principal, y comenzamos a seguirlo. Pronto estuvimos a la orilla de un campo de hierba crecida, salpicado aquí y allá por el color de las diminutas florecillas silvestres. La brisa agitaba la hierba. Las hojas de los abedules entrechocaban suavemente contra el azul brillante del cielo.

Salí del camino y me interné en el campo. La hierba me llegaba arriba de las espinillas. Cuando llegué a un lugar que me pareció apropiado, me arrodillé, coloqué al hada muerta junto a mí y comencé a cavar. Con una roca aflojaba la tierra y luego la sacaba con mis manos, mientras Amu Reza vigilaba desde la orilla del camino por si alguien venía. Sin una pala, al principio fue un trabajo muy duro. El sol estaba cerca de su punto más alto y no había nubes en el cielo. La tierra estaba seca, y las raíces de la hierba se anudaban en una apretada red justo debajo de la superficie. Pero seguí cavando, y cuando conseguí llegar un poco más profundo, la tierra se volvió más suave, más fresca y ligeramente húmeda. Cavé, cavé y cavé hasta que hube formado un surco en el suelo, lo suficientemente ancho y profundo para que el hada yaciera confortablemente. Sabía que la comodidad ya no era necesaria, pero por alguna razón me seguía pareciendo importante.

Después de alisar el fondo de la tumba y quitar las piedras filosas, levanté por última vez al hada envuelta en tela y la coloqué dentro.

—Espero que esto sea adecuado —dije—. Es lo mejor que pude hacer.

El bulto de muselina no se movió. Pero algo cruzó a toda velocidad sobre la hierba, en la periferia de mi visión. Levanté la vista y sólo vi los tallos secos meciéndose por la brisa. Nuevamente algo pasó como un destello, esta vez más arriba. Seguí el movimiento, pero allí no había más que las titilantes hojas del abedul.

—¿Viste eso? —pregunté a Amu Reza alzando la voz. Él no respondió. Miraba aún más arriba. Seguí sus ojos en dirección al cielo.

Exactamente encima de mí, con sus siluetas enmarcadas por el sol, dos hadas volaban estáticas sobre la tumba. Sus grandes ojos oscuros me observaban trabajar. Sus rostros, inexpresivos y a la sombra, eran imposibles de interpretar. Me levanté y di un paso atrás.

Todas las criaturas que había visto en mi vida estaban solas y ocultas, como la oveja de Dogan, o cautivas, ya sea en graneros, tras las rejas o bajo tierra. Estas dos flotaban a plena luz del sol, sin muros a su alrededor y sin un techo que las contuviera. Y flotaban juntas, como compañeras, o como amigas. Como dos seres que comprendían el mundo de la misma manera.

Ellas no le pertenecían a nadie. Eran como el petirrojo en mi ventana, con el cielo entero ante sí. Y de todos los lugares posibles, estaban aquí, observándome cavar una tumba.

—¿Está bien? —pregunté, entrecerrando los ojos—. ¿Están de acuerdo en esto?

Las hadas se miraron una a la otra en silencio. Algo se deben haber comunicado, porque descendieron del cielo y vinieron a posarse sobre el suelo, junto a la tumba abierta. Con sus largas y finas extremidades desenvolvieron cuidadosamente la muselina, y el hada muerta quedó expuesta bajo el sol. Las dos se arrodillaron junto al cuerpo e hicieron algo que no pude ver. Después se volvieron y me tendieron algo que sostenían en la punta de sus finos dedos. Era una de las alas del hada muerta, la que no estaba rota.

—¿Para qué es? —pregunté—. ¿Por qué quieren que tenga esto?

Las hadas levantaron el ala hacia mí.

Me agaché, vacilante, y cuando vi que las hadas no se asustaban, tomé el ala y la levanté para verla.

Era fina como el papel y estaba hecha de un material quitinoso transparente atravesado por una estructura de venas oscuras y frágiles. Cuando la sostuve contra el sol, dejó pasar fácilmente la luz, y separó los rayos en tenues arcoíris. Una de las hadas cruzó volando frente a mi campo de visión, y a través de la ventana del ala pareció que dejaba un resplandor centelleante tras de sí.

—¿Lo ves? —preguntó Amu Reza desde el camino—. ¿Ves cómo brillan? —Sacudió la cabeza—. Yo las veo a ellas —dijo—, pero no el resplandor.

Volví a poner el ala frente a mis ojos y observé mi propia mano. También tenía un brillo. De ella se desprendían diminutos destellos de luz. Aparté el ala y los destellos desaparecieron. Miré a Amu Reza y levanté el ala, y él brillaba también. Pero era un brillo mucho más débil.

—¿Por qué me dan esto? —pregunté a las hadas—. ¿Qué debo hacer con ella?

No me contestaron. En lugar de eso, se elevaron en el aire y permanecieron flotando allí.

—Gracias —les dije.

Me miraron con sus rostros inexpresivos. Entonces empezaron a cantar.

Su canción era un grito delicado y frágil, tan fino como sus alas y tan oscuro y redondo como sus ojos. Pero no era apacible. Estaba afilado con una aspereza cruda que interrumpía algunas notas y volvía otras amargas y duras.

No me cantaban a mí, ni a Amu Reza, ni siquiera se cantaban la una a la otra. Le cantaban al triste bultito en la tumba, y a la hierba, y a las hojas agitadas del abedul, y al cielo. No cantaban con palabras, pero yo comprendí, porque el significado tenía garras, y las garras arañaban en los lugares donde el mundo me había arrancado algunos pedazos: mi padre, confundido y lastimado y perdido, que me había dejado aún más confundida, aún más lastimada, aún más perdida; mi madre, que había amado y amado, con cada gramo de energía que su cuerpo podía consumir; la niña que yo había sido, hacía mucho, antes de que todo hubiera comenzado a derrumbarse.

Algunas cosas son iguales en todos los corazones.

Cuando la canción llegó a su fin, no terminó en algo bello, sino en una temblorosa furia hecha jirones. Las hadas se callaron al unísono, y por un momento todo estuvo en silencio, y los ecos de su exaltado lamento siguieron flotando en el aire.

Coloqué el ala cuidadosamente en el suelo y terminé el entierro, y cuando volví a levantar la vista, las hadas se habían marchado, y los ecos se habían ido, y el mundo y yo volvimos a ser los mismos.

Le llevé el ala a Amu Reza, y él miró a través de ella como yo lo había hecho.

—No veo nada diferente —dijo—. Pero no he tocado este mundo en un largo tiempo. Quizá ya he olvidado cómo hacerlo. —Me devolvió el ala, y en sus ojos pude ver tristeza y alivio a la par.

—¿Qué significa? —le pregunté—. ¿Por qué me dieron esto?

—¿Quién sabe qué significa el regalo de un hada? —repuso, agitando la cabeza—. Las hadas son caprichosas. Un día te cantan la canción más dulce, y al día siguiente se comen a tu gato. Pero el mundo habla a través de ellas, y si las hadas te la dieron, es porque tú debes tenerla.

Deslicé el ala en el bolsillo interior de mi chaqueta. Luego volvimos a la parada del autobús y nos sentamos a esperar.

Después de un momento de silencio pensativo, Amu Reza habló.

—Te espera un trabajo muy importante. El trabajo más importante que hayas realizado jamás.

—¿De qué se trata? —pregunté.

Parecía confundido, como si no pudiera decidirse por dónde empezar. Finalmente dijo:

—¿Alguna vez te contó tu padre del Ave de las Mil Historias?

—No —dije—. Creo que ése no lo he oído.

—Entonces lo oirás hoy —sentenció Amu Reza.

Me dispuse a escuchar, y era casi como si mi papá estuviera hablando a través de él, susurrándome un último cuento a través de los muros de la muerte y el tiempo.

EL AVE DE LAS MIL HISTORIAS

Tras algunos días de camino, las huérfanas de Nishapur se encontraron con una enorme reunión de aves de todos tipos, de todas partes del mundo. Las huérfanas les preguntaron por qué se habían reunido de ese modo.

—Hemos venido de todos los rincones de la tierra —dijo el petrel de las tormentas—. Nos hemos congregado para buscar a la gran Ave que llevará a todas las aves a la gloria. ¿Quiénes son ustedes, niñas, que conocen nuestro lenguaje?

Seguramente, razonaron las huérfanas, alguna de estas aves sabría dónde encontrar al Ave de las Mil Historias. Las huérfanas les contaron a las aves de su búsqueda, y todo lo que sabían sobre el Ave.

—Tal vez esta ave de la que ustedes hablan sea la misma Ave que nosotros buscamos —exclamó el chotacabras—. La poderosa simurg.

—Cuéntanos de la simurg —dijeron las huérfanas.

—El problema —añadió el águila harpía—, es que no podemos ponernos de acuerdo.

—Cada uno de nosotros tiene una historia de la simurg —trinó la abubilla—, pero todas las historias son distintas.

—La simurg es sabia más allá de la sabiduría, y pacífica, y conoce todos los secretos —dijo el arrendajo.

—Disculpen a mi estimado colega —pidió el cuervo—, porque está equivocado. La simurg puede ser sabia, y puede conocer todos los secretos, pero no es pacífica. Es tan feroz como el rayo, y en mi tierra sabemos cómo peleó contra la gran ballena del océano. Del batir de sus alas surge el trueno. De sus plumas surgió toda la vida.

Aquí interrumpió el pájaro carpintero.

—Mi hermano tiene buenas intenciones, niñas, pero no está en lo correcto. La simurg pudo haber creado la vida a partir de sus plumas, pero no produce el trueno. Vuela por la tierra todo el día trayendo luz y alejando la oscuridad.

Ahora el cuco intervino.

—Ah, mi amigo ha dicho una falsedad —dijo—, pues el regalo de la simurg no es su luz sino su sombra, que cae sólo sobre reyes y reinas, y otros que están destinados al trono.

El milano batió sus alas con agitación hasta que el cuco guardó silencio.

—¡No, no, no! —exclamó—. ¡Eso no es verdad! La simurg proyecta una sombra, sí, pero es una sombra grande que cae sobre la realeza y los pobres por igual. No es una hacedora de reyes sino más bien una protectora, pues devoró a mil serpientes malignas y así salvó al mundo de su horror.

Ahora la grulla alzó su largo cuello por encima de las otras aves para hablar.

—Una protectora, sí —aseguró—, pero no contra serpientes malignas. Ella está en la frontera entre la vida y la muerte, y guía y cuida a las almas que pasan de una a otra.

Y así continuaron las aves, sin que dos historias fueran exactamente iguales. Sólo en una cosa estaban todas de acuerdo. El canto de la simurg era de singular belleza y contenía la verdad absoluta, y escucharlo era saber, por un momento, la respuesta a todas las preguntas.

Y respuestas, después de todo, era lo que las huérfanas necesitaban.

—¿Dónde podemos encontrar a la simurg? —preguntaron las huérfanas.

Las aves, por supuesto, volvieron a contradecirse. El arrendajo dijo que la encontrarían muy lejos en dirección al este. El cuervo dijo que vivía en las nubes. El pájaro carpintero juró que vivía dentro del sol. Y así continuaron. Muy alto en el cielo, en el norte, en el sur, bajo el mar, en una isla remota. Cada ave tenía una respuesta distinta, y cada ave intentaba elevar su voz por encima de las demás, como si eso hiciera que su opinión fuera verdad.

Y así las huérfanas dejaron a las aves discutiendo entre ellas, y prosiguieron su propia búsqueda en silencio.

Un poco más adelante, las huérfanas se encontraron con un tórtolo que le cantaba afligido a un amor perdido desde las altas ramas de un junípero.

—Tórtolo —le preguntaron—, ¿por qué no estás reunido con tus compañeras aves? ¿Por qué estás aquí solo cantando con tanta tristeza?

—Canto con tristeza —dijo el tórtolo a las huérfanas—, porque mi corazón está roto. Y canto solo porque esas aves me recuerdan demasiado a lo que he perdido.

—Entonces conoces a la simurg —dijeron las huérfanas.

—No reconozco al Ave que ellas describen —contestó el tórtolo—. Pero estoy seguro de que todas sus historias son ciertas, tanto como estoy seguro de que ninguna de ellas encontrará al Ave que están buscando.

—¿Cómo puede ser posible? —preguntaron las huérfanas—. ¿Cómo puede un ave ser tantas cosas distintas? ¿Y cómo puedes estar tan seguro de que no la encontrarán?

—El Ave que buscan ha vivido mil vidas, cada una diferente de la anterior —dijo el tórtolo.

Entonces suspiró y pareció dejar de lado su tristeza para abrirle paso a algo más.

—Y en una de ellas —continuó—, ella me amo a mí.

EL TÓRTOLO Y EL VIENTO

Primero la conocí por su canción.

La escuché desde las ramas de mi humilde roble, llevada por el viento. No pude sino seguirla, de tan dulce que era su melodía. Nada habría podido detenerme, y volé más allá de las tierras que conocía, más allá de la fuerza de mis alas, anhelando en lo profundo de mi alma conocer a la fuente de tanta belleza.

Estaba sola en su nido, en una palmera a orillas de un gran desierto dorado. Su belleza era extraordinaria y abrumadora, y al principio temí haber cometido un terrible error. Después de todo, no soy más que un tórtolo, y ella era grácil y maravillosa y furiosamente radiante. Durante varios días anidé al pie de la palmera, deleitándome con su canción, pero acobardado y lleno de miedo, incapaz de acercarme más. Hasta que por fin logré reunir la fuerza para aproximarme a ella.

—Portentosa Ave —dije, elevándome para encontrarla—, ¿quién eres tú, que cantas tan dulce canción? Pues siento que llega al fondo de mi corazón.

Esperaba que se riera de mí, o que sintiera lástima por mí. Pero no hizo ni lo uno ni lo otro. Sus ojos eran cálidos y llenos de cariño, profundos y llenos de tristeza.

—En esta vida —dijo el Ave—, soy el viento. ¿Y quién eres tú, valiente pájaro, que has venido de tan lejos para encontrarme?

—No soy más que un tórtolo común cuyo corazón se ha perdido en tu cantar —contesté yo—. Si me aceptas, construiré un nido para nosotros en el árbol más alto. Cantaré para ti las canciones más hermosas que conozco. Te alimentaré con las frutas más maduras y las nueces más dulces. Haré que tu vida sea un paraíso, si tan sólo aceptas mi amor.

—Querido tórtolo —dijo ella—, acepto tu amor con todo mi corazón. Pero has de saber que moriré y que en la muerte seré transformada. No podré llevarte conmigo: mi muerte y mi transformación son para mí y para nadie más. Si eres capaz de soportar el amar a un ave que te dejará de semejante forma, entonces yo corresponderé a tu amor durante todo el tiempo que me quede de vida.

Mi corazón se elevó al cielo, y por muchas lunas permaneció allí. ¿A quién le importaba lo que pasara en el futuro? El Ave me amaba, y yo la amaba a ella. Ella era el viento. Soplaba los céfiros y los vendavales. Soplaba la lluvia hacia las tierras áridas y soplaba las cenizas del fuego hacia las colinas secas. Rasgaba los océanos con un blanco frenesí y llevaba el polen delicadamente de flor en flor.

Yo volaba en ella como no había volado nunca y como no he vuelto a volar desde entonces. Me elevaba como el águila más orgullosa, me lanzaba en picada como el halcón cazador. Ningún tórtolo ha conocido tanta alegría ni tanta libertad. Los días se fundían uno con otro. Las semanas y los meses pasaban flotando. Nosotros nunca los mencionábamos. Estábamos fuera del tiempo, totalmente solos y juntos.

El amor es la ausencia de tiempo.

Pero, desde luego, el tiempo nunca está ausente. Y un día, mientras danzaba entre las corrientes, el viento sopló de súbito fuerte a mi alrededor, y supe que el tiempo nos había encontrado, y que el Ave que amaba estaba muriendo. Fui a su lado, a consolarla, a llorar con ella y por ella. Entonces me contó sobre el tiempo.

Me contó que el tiempo es el universo volviéndose más frío.

Me contó que el tiempo que le habían otorgado no le pertenecía, sino que lo cargaba para otros que la necesitaban. Me contó que hay diferentes tipos de tiempo, pero que todos son círculos. Me contó que el círculo que ella cargaba era una rueda torcida que se bamboleaba siempre en dirección a la oscuridad helada, y que ella debía girarla, siempre, en dirección a la vida.

Le pregunté cómo hacía para girar la rueda. No me respondió. Sólo me miró por un momento. En sus ojos vi amor, compasión y tristeza. Y entonces exhaló su último suspiro.

—Así que el Ave está muerta, después de todo —se lamentaron las huérfanas—. Nuestra búsqueda es inútil.

—Mi Ave está muerta —dijo el tórtolo—, pero el Ave vive. La rueda gira. Sigue girando. Y así, aunque mi corazón se haya roto para siempre, ustedes todavía pueden ver el final de su búsqueda.

—Si ella vuelve a vivir —dijeron las huérfanas—, seguramente te amará como lo hizo alguna vez.

—El Ave vive —repuso el tórtolo—, pero no para mí. Nunca otra vez para mí. La vi una vez, hace mucho tiempo, y por un momento mi corazón se elevó con ella. Sé que era ella, pues escuché su canción, y era la misma canción que me llevó por primera vez a su lado. Pero ya no era el viento. No puedo saber lo que era, tal vez era el fuego, o el trueno, o el sol. Lo único que sé es que no era la misma, y que no me amaba, y yo tampoco podía amarla, porque ella ya era algo distinto.

—¿Sabes dónde podríamos encontrarla? —preguntó una de las niñas.

—Por desgracia —dijo el tórtolo—, han pasado muchas estaciones desde entonces y no sé dónde encontrarla.

Entonces el pobre y descorazonado tórtolo abrió sus alas y voló hasta una rama alta de otro árbol, y ahí se posó y cantó su triste lamento para el viento que tanto había amado alguna vez. Y las huérfanas se marcharon.

| CAPÍTULO CINCO |

NADA ES SIMPLE

El autobús llegó justo cuando las huérfanas se despedían del tórtolo.

—El resto de la historia tendrá que esperar —dijo Amu Reza—. No sería correcto seguir hablando en presencia de tantos extraños.

El autobús regresó por donde habíamos llegado, y recorrimos el camino casi en total silencio. El campo se convirtió en una carretera, y luego en una ancha calle citadina, y muy pronto estuvimos en el corazón de Estambul. Podía sentir la quebradiza rigidez del ala en mi bolsillo, un regalo frágil e invaluable que aún no podía comprender. Me pregunté cómo se vería la ciudad a través del ala de un hada. ¿Lanzaría destellos? ¿Brillaría?

Cuando cerraba los ojos, veía un cielo nocturno atravesado por árboles. Oía el eco insistente de un antiguo nombre entre la nieve que flotaba en el aire. Veía un cuchillo y un par de ojos azul pálido, muy abiertos y llenos de horror en un rostro giboso.

¿Él también había sentido el bosque? ¿Sabía lo que significaba?

El sol de la tarde brillaba entre los edificios y los árboles cuando regresamos a la tienda de Amu Reza. Abrió la puerta y entramos al lugar oscuro y frío.

—Tu padre también te debe haber contado algunas historias —dijo Amu Reza una vez que hubo cerrado y asegurado la puerta tras de nosotros.

—No como las tuyas —repuse.

—¿Más cortas? —preguntó—. ¿Más simples? —Asintió, seguro de conocer la respuesta sin que yo tuviera que decir una palabra—. Tu padre siempre fue muy literal. De todas las cosas que pudo haber hecho en su vida, de todas las formas en las que pudo haber disfrazado su trabajo, escogió ser veterinario. ¡Literal! Deseaba con desesperación que las cosas fueran simples.

Sacudió su cabeza. Luego sus ojos se encontraron con los míos.

—Hay una lección para ti —dijo—. Nada es simple. Todo está conectado con todo lo demás. ¿Entiendes?

—No estoy segura —repliqué.

—*Ésa* es la respuesta correcta —sentenció Amu Reza. Se asomó por la ventana, tirando de una esquina de la alfombra colgada para tener una mejor vista de la calle—. La flor era un mensaje —añadió, colocando la alfombra nuevamente en su lugar—. El Ave está regresando al mundo.

—¿La misma Ave de tu historia?

—No será la misma —dijo—. Nunca es la misma. Pero sí.

—¿De dónde está regresando?

—De la muerte —afirmó Amu Reza—. Vive, muere, renace. Siempre diferente, como una historia antigua que se cuenta una y otra vez. Un círculo. Una rueda que debe seguir girando.

—O el universo se vuelve más frío.

—Tú debes protegerla —dijo Amu Reza—. Así como protegiste la semilla.

—¿Cómo puedo protegerla?

—Los Fell no deben saber sobre el Ave —contestó—. No deben saber que está regresando. Sólo intentarán capturarla, enjaularla y venderla. Podrían lastimarla, o algo peor, por culpa de su ambición y su brutalidad.

—No me puedo esconder de los Fell para siempre —dije—. Están por todos lados, y de todas maneras, saben dónde vivo.

—El presente es lo que importa —sentenció Amu Reza—. Los próximos días, o tal vez semanas. Cuando el Ave será vulnerable. Una vez que le hayan crecido las plumas y que haya abierto las alas, no habrá fuerza sobre la tierra, ni siquiera los Fell, que pueda contenerla.

—¿Qué me dices de...? —miré hacia la puerta y pensé en el hombre malvado de salvajes ojos azules, y en el cuchillo.

—Él es un peligro que no había visto antes, y uno que yo no comprendo —sentenció Amu Reza—. Afortunadamente, parece que está solo.

—Como yo —dije.

—Veamos qué podemos hacer al respecto. —Se levantó y se dirigió a la parte trasera de la tienda—. Los Fell te están buscando en Estambul, así que tienes que moverte a otro lado. ¿Tienes los medios para marcharte?

—Tengo un poco de dinero —contesté.

Amu Reza regresó un momento después con un papelito, un bolígrafo y un libro negro, el cual se puso a hojear, frunciendo el ceño en cada página.

—Todos estos nombres son muy viejos. Muchos de ellos ya han muerto. O se han ido a otro lado. O los Fell los han encontrado. Han pasado muchos años. ¡Ah! —Se detuvo en una página y copió los datos en el papel—. Puedes ir aquí. Menciónale mi nombre.

—¿Cómo sabes que ella sigue viviendo allí? —pregunté.

—Cada año me envía una tarjeta de Navidad.

Tomé el papelito y lo leí.

—¿Cómo se supone que llegaré a Aberdeen, Escocia?

—Conozco a alguien —dijo Amu Reza—. El Falaropo. Es el mejor piloto del Magreb al Levante. Y me debe un favor.

Mientras Amu Reza le escribía un mensaje de texto al misterioso Falaropo, mis ojos se posaron sobre la flor pájaro. Sus pétalos comenzaban a languidecer, pero la figura seguía allí, muy clara. Vi una magnífica ave de rapiña, con sus alas muy abiertas, planeando o tal vez lanzándose en picada sobre su presa. Movida por la curiosidad, saqué el ala de hada y la sostuve frente a mis ojos. En las celdas del ala, la flor centelleaba con un color rojo y el aire parecía moverse a su alrededor, como si se estuviera quemando.

—Tienes una marca en el pecho, ¿cierto? —preguntó Amu Reza—. ¿Aquí? —Se tocó su propio pecho, justo arriba del corazón.

—La cicatriz —dije. Yo también tenía una allí, con forma de medialuna. A veces me ardía.

—Una niña fue al bosque en busca de hongos —comenzó a contar—, y en su lugar encontró un unicornio.

—Y el unicornio le clavó el cuerno, y un pedacito se rompió y se quedó dentro de ella —interrumpí—. Conozco la historia.

—Eso esperaría —añadió Amu Reza—. Esperaría que conozcas la historia de tus ancestros, de la línea hircaniana. Nosotros somos como el Ave. Una cadencia. La línea hircaniana también es un círculo que regresa una y otra vez. Y con un propósito similar. —Hizo una pausa—. Todo está conectado con todo.

"El Ave ha estado ausente por muchos años —dijo—. Volverá a un mundo muy distinto del que dejó. Uno más pequeño. Un mundo con menos espacio para expandir sus maravillosas alas. Va a necesitar ayuda para encontrar su camino. Va a necesitar tu ayuda.

—¿Por qué yo? —pregunté.

—Porque es a ti a quien le habla el mundo.

—Sí, pero a ti también —repuse.

—Yo estoy... viejo —dijo él, sacudiendo su cabeza con tristeza—. La línea hircaniana se ha desvanecido en mí. Lo único que me queda son historias, y un talento bastante decente para vender alfombras.

—Genial —exclamé—. Lo tendré presente cuando redecore mi casa.

Amu Reza frunció el entrecejo.

—Tú viniste buscando más de mí. —Entonces se volvió, caminó hacia el fondo de la tienda y comenzó a hurgar entre sus cosas.

—Vine buscando ayuda —repliqué.

Luego de encontrar lo que buscaba regresó conmigo. Traía un libro de tapa dura en la mano. En la cubierta podía leerse *El peregrino*. Abrió el libro y con un movimiento me indicó que pusiera el ala dentro, luego lo cerro y me lo entregó.

Los coloridos pétalos de la flor pájaro comenzaban a degradarse a un gris ceniciento. Todo estaba sucediendo demasiado rápido. Muy pronto la flor se convertiría en abono para la tierra.

Un sonido tintineante disipó la tranquilidad. El teléfono de Amu Reza.

—Sí —me dijo—. El Falaropo te llevará a Aberdeen. —Escribió algo en otro papel y me lo dio—. Busca un taxi y dile que te lleve a esta dirección. Es un pequeño aeródromo algo retirado de la ciudad. Pero debes ir rápido. Lamento decirte que las huérfanas de Nishapur tendrán que esperar, porque el Falaropo no.

—¿Puedes decirme solamente si las huérfanas rescatan al Ave? —pregunté—. ¿Qué más necesito saber?

—Ésa no es manera de tratar a una historia —respondió Amu Reza. Quitó el seguro a la puerta para que yo pudiera salir—. Nada es simple. Si necesitas a las huérfanas, estoy seguro de que podrás encontrarlas. Su historia es muy antigua. Ha dejado su marca en muchos sitios.

Y diciendo esto, me empujó suavemente hacia la luz de la tarde que brillaba fuera, y cerró la puerta tras de mí.

• • •

Mi taxi se dirigía hacia el oeste sobre una amplia carretera rodeada de campos cubiertos de hierba cuando mi teléfono comenzó a sonar. Era un número desconocido —casi con toda certeza Karl. Lo dejé que sonara. Momentos después llegó un mensaje.

Marjan has cometido un error. Devuelve de inmediato lo que tomaste.

Definitivamente Karl.

Volví a guardarme el teléfono en el bolsillo sin responder. Unos segundos después volvió a sonar. Estuve tentada simplemente a no hacerle caso, pero al cabo de unos segundos de intentarlo me ganó la curiosidad y lo saqué, esperando ver otro mensaje escueto y vagamente amenazador de Karl. Pero era un mensaje de Malloryn.

No puedo esperar a contarte algo fantástico.

Tantas cosas calificaban como fantásticas para Malloryn. Tal vez Zorro había aprendido un nuevo truco. Tal vez había encontrado una receta de pimientos rellenos. Tal vez un hechizo que casi, más o menos, quizá había funcionado. Tal vez había conocido a un chico. Tal vez había conocido a una chica. Fuera lo que fuese, podía esperar.

Seguimos conduciendo durante una hora. Para cuando nos detuvimos frente a un pequeño aeródromo, el sol ya comenzaba a descender en el horizonte. Había un único avión sobre la pista de aterrizaje. Una escalera con ruedas había sido colocada junto a la puerta abierta del avión.

Le pagué al conductor del taxi y caminé hacia la pista. Cuando me aproximé al avión, una figura surgió de la puerta abierta y se quedó parada sobre la escalera. Por un segundo me pareció que los ojos de la persona estaban hechos de fuego. Pero era simplemente el sol que se reflejaba en las lentes espejadas de sus gafas oscuras de aviador.

—Estoy buscando al Falaropo —dije—. ¿Él está aquí?

La mujer me observó desde lo alto de la escalera —o al menos me pareció que me observaba a mí. Usaba un pañuelo morado en la cabeza, una chaqueta de mezclilla y unos pantalones holgados. Unos gruesos audífonos colgaban de su cuello.

—Acabas de encontrarla —anunció con una sonrisa.

| CAPÍTULO SEIS |

EL FALAROPO

Despegamos en un ángulo pronunciado y sinuoso, y durante unos minutos la ciudad de Estambul dio vertiginosas volteretas por la ventanilla mientras subíamos más y más alto.

El interior del avión era de puro metal. Detrás de la cabina había una fila de cuatro asientos y un espacio para la carga. Cuerdas elásticas, arneses y un conjunto de mallas colgaban de mosquetones que repiqueteaban cada vez que el Falaropo se inclinaba para realizar alguna maniobra. Los motores hacían un ruido fuerte y constante que hacía vibrar toda la cabina.

—La vista es mejor desde la cabina —dijo Falaropo una vez que nos hubimos estabilizado. Su acento era entre francés, británico y árabe.

Me desabroché el cinturón y pasé agachada por la puerta baja de la cabina. El Falaropo me señaló un segundo asiento al lado izquierdo de la cabina. El asiento estaba alejado del panel de instrumentos, probablemente para que quien se sentara allí no presionara accidentalmente ningún botón catastrófico. Me senté y me abroché el cinturón, y entonces miré por el parabrisas.

Tenía razón: la vista era mejor. Sobre el tablero de diales e indicadores, el horizonte se extendía hasta desaparecer a ambos lados en una curva. Las nubes flotaban debajo de nosotros.

—Aberdeen, ¿cierto? —dijo.

—¿Puedes llevarme allí? —pregunté.

Ella sonrió.

—Ya lo estoy haciendo —repuso—. Pero tardaremos algunas horas.

—Me habían dicho que el Falaropo era un hombre —dije.

—Déjame adivinar —dijo ella con una sonrisa divertida—. ¿El mejor piloto del Magreb al Levante? Ése fue mi padre. Éste era su avión, antes de que fuera mío. Él era la única persona que podía volarlo mejor que yo.

—Entonces tú no conoces a Reza...

—Una deuda es una deuda —replicó, interrumpiéndome antes de poder siquiera decir su apellido—. E incluso si en el pasado hubiera conocido a ese tal Reza, quienquiera que sea, puedo asegurarte que no lo recordaría.

—¿Por qué? —pregunté.

—Yo no recuerdo nombres —prosiguió—. Simplemente se me escapan de la mente. —Las gafas oscuras reflejaron el sol, haciendo que reflejaran un blanco cegador.

—Supongo que eso es conveniente —dije.

—Es necesario —aclaró—. ¿Te gustaría un poco de té? Lamento decirte que también a ti te olvidaré, en cuanto te hayas marchado. Pero mientras estés aquí, eres una huésped en mi casa.

Señaló un termo y una pila de pequeñas tazas que descansaban en dos portavasos entre nuestros asientos.

—No estoy segura si debo sentirme honrada u ofendida —dije mientras servía un poco de té en dos tazas y le pasaba una a ella.

Falaropo se rio. Levantó su vaso para brindar, y las dos bebimos un sorbo de té. Estaba humeante y sabía dulce, con un ligero gusto a menta.

Volteé hacia atrás para observar la bodega de carga vacía, las redes y los soportes, las abrazaderas que colgaban de las paredes.

—Tú les ayudas a transportar animales, ¿no es cierto? —pregunté.

—Yo vuelo el avión —replicó—. No miro por encima del hombro. Probablemente eso me convierte en la mejor piloto del Magreb al Levante.

—Trabajas para los Fell —sentencié.

—Otro nombre que no he escuchado jamás —repuso.

—¿Así es como funciona esto? —dije—. ¿Cada quien simplemente hace su trabajo y nadie pregunta nada, y nadie sabe nada, excepto lo que se supone que tiene que saber?

—A la larga así es como muchas cosas funcionan mejor —afirmó ella.

—Entonces, ¿puedo decirte lo que sea y tú simplemente… lo vas a olvidar? —pregunté.

—Soy buena para escuchar —respondió Falaropo—. Y no recuerdo nada.

Me miró. Al menos pareció que me miraba. Sus ojos estaban ocultos detrás de las gafas. Pero me sentí observada. Finalmente apartó la mirada, tomó otro sorbo de té y dejó su taza en el portavasos.

—Hoy cavé una tumba para un hada —dije—. Alguien la mató. Yo la enterré.

Falaropo me echó una mirada, pero permaneció en silencio.

—Sus… amigas, supongo… me dieron algo —continué—. No sé por qué.

Falaropo volteó a verme de nuevo, y pensé que diría algo, pero no lo hizo. En lugar de eso, rellenó mi taza con el termo.

Bebí mi té en silencio y me recargué en el asiento para ver las nubes que pasaban flotando por debajo del avión. El *jet lag* se me fue acercando sigilosamente, y de pronto me embistió. Estaba exhausta. Tenía la impresión de que el día ya había durado una semana; como si este vuelo, y el hombre del cuchillo, y Amu Reza, y el extraño cordero y su aún más extraño mensaje, hubieran estirado el tiempo como si fuera goma de mascar.

Y el día ni siquiera había terminado aún. Había alguien a quien tenía que buscar cuando llegara a Aberdeen. Pero primero necesitaba descansar. Cerré los ojos. Mis pensamientos se arremolinaron en la oscuridad.

La hoja de un cuchillo resplandece con un brillo de hada...

...las calles de Estambul conducen a un bosque frío y solitario...

...un par de huérfanas hablan con las aves que se convirtieron en flores, preguntando "¿Cómo termina nuestra historia?"

El rumor de los motores del avión terminó por arrullarme, y antes de darme cuenta, ya estaba dormida.

Cuando desperté, seguíamos volando muy alto por encima de las nubes, pero estas nubes ya no eran iguales, eran ralas y difusas. A la derecha había un mar resplandeciente, y a la izquierda una masa oscura de tierra verde. El sol ya estaba muy bajo, y los lentes de Falaropo reflejaban un naranja cálido en lugar de un blanco ardiente.

—Ya nos estamos acercando —dijo al percibir que ya estaba despierta.

—Gracias por dejarme dormir —contesté.

Ella sonrió.

—Hay un aeródromo privado a unos treinta kilómetros al norte de Aberdeen. Bajaremos allí.

Ahora que estaba despierta, mi cabeza bullía con preguntas para Falaropo.

—Tú transportas animales, ¿no es así? —inquirí—. Está bien, no tienes que contarme.

Ella no dijo nada, lo cual equivalía a un sí.

—¿Qué piensas de ellos? —pregunté.

—Cada criatura que camina sobre la tierra es una expresión de la voluntad de Dios —contestó.

—¿Incluso las que no tienen razón de ser?

—Especialmente ésas —afirmó—. Cuando Dios dice algo una y otra vez, se vuelve como una canción que le pertenece a todo el mundo. Siempre está allí, y hay muchas oportunidades de aprender de ella, de comprenderla. Pero cuando Dios dice algo sólo una vez, bueno, entonces se trata de un mensaje destinado a aquellos que son lo suficientemente afortunados para oírlo.

—Un mensaje —repetí, y en mi mente volví a ver cómo se abría la semilla del cordero, cómo nacía el brote y cómo surgía una flor con forma de ave justo frente a mis ojos—. ¿Qué dice el mensaje?

Falaropo rio.

—Si hablara el lenguaje de lo divino, te lo podría decir —respondió—. Pero sólo si tú lo hablaras también.

Me miró, sacudió la cabeza de una forma cálida y perpleja, y después volvió a poner su atención en el cielo.

—Aterricemos este avión, ¿te parece?

Tocamos tierra unos minutos después, en un aterrizaje misericordiosamente suave. Falaropo condujo el avión hasta un hangar, luego apagó los motores.

—Gracias por traerme —dije—. Y por el té.

Abrí la puerta del avión y descendí por la escalera.

—Un obsequio de un extraño —dijo Falaropo a mis espaldas—, es el mundo entregándonos las cosas que necesitamos.

Me volví. Ella estaba parada en la puerta del avión.

—¿Eso qué significa? —pregunté.

Se había quitado sus gafas de sol, y sus ojos color marrón oscuro se encontraron con los míos.

—Significa —dijo— que en algún lugar hay un trabajo por hacer, y que debes ser tú quien puede hacerlo.

Levantó una mano mostrando la palma y luego la cerró —la despedida más *cool* que haya visto jamás—, acompañando el gesto con una misteriosa media sonrisa. Entonces volvió a ponerse las gafas y yo quedé en el olvido, y ella regresó al interior del avión, la mejor piloto del Magreb al Levante porque nunca miró atrás.

| CAPÍTULO SIETE |

SHUCK

El taxista me dejó en la dirección que me había dado Amu Reza, una pequeña cabaña de un tranquilo vecindario de los suburbios, rodeada de casas que parecían ser mucho más nuevas. Unas cortinas de encaje cubrían la única ventana de madera y una cálida luz brillaba al interior. El pequeño jardín delantero tenía una diminuta parcela de hierba verde y tres rosales en flor. Un camino de piedra plana conducía de la acera a la puerta principal, la cual estaba flanqueada por macetas colgantes, cada una de ellas rebosante de un brillante ramillete de flores rojas.

Aparte del taxi, no circulaba ningún auto por la calle. Tuve la sensación de que todo el mundo ya estaba en casa, que en todos esos hogares ya se retiraba la cena, se jugaban videojuegos, veían series en plataformas de *streaming* y todo el mundo empezaba a pensar en dormir.

Una chimenea de piedra emergía de lo alto de la casa. Una fina columna de humo pálido subía al cielo vespertino por el hueco que se abría entre las casas más altas. El cielo era de un intenso color rosa, salpicado de perezosas vetas anaranjadas donde las nubes altas recibían los últimos rayos del sol.

Dentro de la cabaña habitaba una completa desconocida. Con suerte, su nombre sería Agatha Hookstead.

Respiré hondo, empujé la pequeña verja y pasé junto a los rosales hasta la puerta principal. Se me revolvió el estómago por la primitiva incomodidad de pedir ayuda a un extraño.

Pero ya había recorrido todo ese trayecto. Estaba aquí, a su puerta, y el sol se estaba poniendo. No había nada más que hacer.

Llamé a la puerta. Se me hizo un nudo en las tripas. Por un momento nada se movió, excepto el humo de la chimenea.

Entonces se escuchó un ruido. Unos pasos se acercaron a la puerta. El picaporte giró, y en el umbral ya casi oscuro emergió una columna de calor que olía a canela, humo de leña, lavanda y, sin lugar a dudas, a perro.

—¿Sí?

La mujer en la puerta me llegaba a la barbilla. Su pelo era liso y blanco, con un flequillo muy bien cuidado y un sencillo corte de tazón en la nuca. Me miraba entornando los ojos a través de unas gruesas gafas. Sus ojos verdes eran amables y parecían ligeramente confundidos.

—¿Es usted —revisé de nuevo el papelito— Agatha Hookstead?

—Así es —dijo, con una sonrisa plácida que se dibujó en su rostro al oír su nombre—. ¿En qué puedo ayudarte, querida? —A pesar del titubeo por la edad, su voz tenía un tono juguetón. El acento era marcadamente escocés.

—Ehm… —Olvidé la presentación que había estado practicando—. Amu Reza… —Ups, Amu Reza era sólo para la familia—. Quiero decir, Reza Dastani me dio su nombre y su dirección. Dijo que… alguna vez le vendió una alfombra. Yo soy su sobrina. Marjan.

Ante la mención de Reza Dastani, los ojos de Agatha Hookstead se iluminaron y su sonrisa se ensanchó hasta convertirse en una expresión cálida y generosa.

—Bueno, pasa, pasa —dijo—. Claro que recuerdo a tu tío Reza. Un buen hombre, aunque eso fue hace muchos años, desde luego. Sí, sí. Por favor, pasa, pasa.

Se hizo a un lado y abrió completamente la puerta para que yo entrara.

Al interior, la cabaña era compacta y ordenada. Unas lámparas de pie iluminaban el diminuto vestíbulo, que conducía directamente a una pequeña cocina. En la cocina había una mesa de madera redonda con una sola silla. Las paredes estaban tapizadas con un desteñido diseño de florituras de hojas gris y beige, salpicadas de ramos de rosas. Una fotografía enmarcada mostraba unas caras antiguas en blanco y negro. Había una tetera en la estufa silbando suavemente, y en la mesa esperaba una taza con una bolsita de té.

Una pequeña radio tocaba música clásica en la encimera de la cocina. Escuché que algo se movió en una habitación del fondo. Un gemido grave surgió por la puerta abierta.

—No te preocupes, el viejo Shuck no va a hacerte daño —me dijo—. ¿Verdad, Shucky? —Levantó la voz y miró por encima del hombro hacia la puerta abierta, luego sacudió la cabeza—. Un viejo perezoso, eso es lo que es. Se la pasa gruñendo y gimoteando todo el día, sin levantar siquiera una pata. —Su mirada se iluminó—. Bueno, ¿qué te trae hasta mi puerta, querida?

—Yo... —Me detuve. ¿Cuánto podía contarle a esta anciana? ¿Cuánto realmente necesitaba saber?— Necesito un lugar para quedarme —añadí—. Mi tío dijo que usted...

Pero viendo lo pequeño de la cabaña, me sentí avergonzada. Apenas había suficiente espacio para que las dos estuviéramos cómodamente de pie en la entrada. Y yo pedía ocupar aún más espacio.

—No importa —dije—. Siento haberla molestado. Yo voy a…

No tenía idea de lo que haría. ¿Regresar a la pista a treinta kilómetros al norte de Aberdeen? ¿Tratar de encontrar a Falaropo y rogarle que me llevara a otro lugar? Probablemente ya hacía tiempo que se había ido.

—Calma, calma —replicó Agatha—. Nunca es fácil pedir ayuda. Te quedarás aquí todo el tiempo que necesites. Has recorrido un largo camino, ¿cierto? Hay agua caliente, te prepararé una taza si te apetece.

—¿Una taza de qué? —pregunté. La cadencia saltarina de sus palabras, la calidez con olor a perro de su apretada cabañita, el repentino y total abrazo de su hospitalidad, todo me tenía completamente desorientada.

Ella se rio con ganas.

—Una taza de qué —dijo para sí misma con una risita jovial—. ¡Pregunta que "una taza de qué", Shucky! Pues una taza de té, querida. Una taza de té.

—Oh —exclamé, sintiéndome diminuta y tonta—. Claro, un té sería genial.

Tiró de la única silla y me hizo señas para que me sentara.

—Me temo que ahora ya sólo puedo beber herbal —dijo en un tono de disculpa mientras quitaba la tetera de la estufa—. Canela por la mañana, manzanilla antes de dormir. El té negro hace que mi pobre corazón se me salga del pecho. Bueno, ¿de cuál te gustaría?

Señalé una caja de té de manzanilla, y ella puso una bolsita en una taza y la dejó infusionando frente a mí. Luego preparó otra taza para ella y volvió a poner la tetera a la estufa.

—Yo me tomo el mío con una gota de brandy —dijo, casi como si me confesara que le gustaba asaltar bancos—. Me ayuda a dormir. No le digas al párroco.

Abrió un armario en la cocina y sacó una botella de panza redonda y cuello largo. Vertió un chorrito en su taza, luego me ofreció la botella.

—No, gracias —dije.

Sonrió amablemente, volvió a enroscar la tapa y regresó la botella al armario. Se dirigió a la habitación del fondo, movió algunas cosas y salió cargando otra silla. Se sentó frente a mí.

—Pareces venir de muy lejos. ¿Qué te trae a Aberdeen? —preguntó, soplando la columna de vapor que despedía su té.

—Está de camino a casa —contesté—. Más o menos.

—Me cuesta mucho creer eso —dijo con una carcajada—. Pero si ésa es tu historia, adelante. Tu tío fue de gran ayuda cuando estuvo aquí. Es un buen hombre. Ayudó a Shucky con un dolor de muelas. El pobrecito estaba absolutamente fuera de sí, y tu tío lo curó.

Observé la fotografía que colgaba de la pared atrás de ella. Mostraba el frente de la casa, mucho tiempo atrás, pero casi idéntica a como estaba ahora. Una familia posaba frente a ella. El padre, un hombre rechoncho de barba, suéter de lana, hombros anchos y sonrisa hosca. La madre, de rostro redondo y también sonriente, pero de mirada preocupada. Y una niña pequeña sentada entre ellos en un escalón, sonriendo orgullosa, con un peludo cachorrito negro de hocico afilado y salvajes dientes blancos tratando de escapar de su regazo.

Los ojos de Agatha siguieron mi mirada.

—Eso fue hace mucho tiempo —dijo.

—¿Es usted? —pregunté, señalando a la niñita.

Ella asintió.

—Mi pa era pescador. Capitaneaba un arrastrero. Mi ma se preocupaba mucho, mucho, cuando él salía al océano. Claro que tenía razón, al final. Eso le rompió el corazón.

—Mi mamá murió cuando yo tenía siete —dije—. Mi papá nunca lo superó.

—¿Y por qué tendría que hacerlo? —replicó con una sonrisa triste—. Uno nunca supera esas cosas, ¿cierto? Simplemente se vuelven parte de uno. Por eso tienen un nombre. Porque uno se convierte en algo distinto, ¿no es así? Viudo. Viuda.

—Huérfana —dije.

Me dedicó una sonrisa melancólica y cómplice.

—Eso también. —Observó nuevamente la fotografía—. A pesar de todo, fui una niña feliz.

—Su perro estaba muy lindo —le dije.

—Era tremendo, desde chiquito —añadió—. A pa nunca le gustó. Pero siempre venía por aquí, y comencé a alimentarlo, y luego ya no pudimos deshacernos de él, y entonces me lo quedé. —Volvió a mirarme a mí—. Deberías verlo ahora.

Eso hizo que mi taza se detuviera a un centímetro de mi boca.

Agatha sonrió, divertida.

—Adelante, si quieres pasa —dijo, echando una mirada a la puerta de la habitación del fondo—. No te hará nada más que gruñir y refunfuñar, si acaso.

Dejé la taza cuidadosamente sobre la mesa y aparté la silla. Me puse de pie. Me asomé por la puerta.

La habitación del fondo titilaba con la danza jovial de la luz de una chimenea. ¿Imaginé que algo proyectaba una sombra gigantesca sobre la pared? ¿Escuché algo más bajo el crepitar del fuego? ¿El ruido del aire al pasar por unos enormes y perezosos pulmones? ¿El ocioso rascar de una pata colosal sobre unos flancos anchos y reclinados?

Avancé un paso, y la sombra en la pared se movió. Una gran masa se levantó en el suelo. Unas viejas coyunturas crujieron y las tablas del piso gimieron. Avancé otro paso y pude apreciar mejor la habitación. Había un sofá contra una pared lateral. En el piso de madera había una alfombra —¿sería de Reza? Una bola de pelo oscuro y ralo vino rodando hacia la puerta, empujada por una onda de calor del fuego, y se detuvo a mis pies.

La levanté tomándola con mi pulgar e índice. El pelo era lacio y fino. Cuando froté mis dedos uno contra otro, las hebras se torcieron y entrelazaron con facilidad, hasta que quedé con una sola tira firmemente enrollada que se sentía como la lana. La sostuve en mi palma abierta, y se sentía extrañamente confortable.

Di un paso más, y estaba dentro de la habitación.

Había una chimenea justo al lado de la puerta. Estaba hecha de piedra, como el resto de la cabaña. El pequeño fuego en el hogar irradiaba un calor seco, y su agradable sensación sobre mi piel evaporó lo que quedaba del frío de la tarde. El sofá parecía viejo y polvoso. Los cojines estaban hundidos en un solo punto en el centro. Y frente al sofá, al otro lado de la habitación, parado junto a la chimenea, estaba el perro más grande que jamás había visto en mi vida. Tenía el pelo negro y grueso, el rostro lobuno y unos ojos grises y fríos que se clavaron en mí con evidente desconfianza.

El perro gruñó.

—¡No, Shuck! —gritó Agatha—. Basta. Es una invitada, y tú te estás portando muy mal.

Shuck gimoteó. Sus ojos se dirigieron brevemente en dirección a la voz de Agatha, y después regresaron a mí. Todavía dejó escapar un último gruñido de protesta y después se quedó en silencio.

Sus hombros estaban a la altura de mi cabeza, y eran más anchos que los míos. Su pelo estaba despeinado y muy enredado. Sacudió su cuerpo, quizá para aliviar el estrés de tener a una extraña invadiendo su guarida, o quizá simplemente para despertar sus músculos luego de un largo día de estar acostado en su rincón. Pelo y saliva volaron por todos lados, y su cuerpo hizo el ruido de aleteo que todos los perros parecen producir cuando se sacuden. El olor a perro, súbitamente disperso en el aire, superó por un segundo al aroma crujiente del fuego. Entorné los ojos ante la tormenta de pelos y polvo que volaban a mi alrededor.

Cuando todo se hubo calmado, Shuck me seguía mirando. Se veía más tranquilo, no precisamente confiado, pero sí resignado y tal vez un poquito curioso. También se veía viejo. Su pelo se había vuelto blanco en la punta de su nariz, en las curvas debajo de sus ojos y en el extremo de sus dedos. Una de sus piernas traseras temblaba bajo el peso de su enorme cuerpo.

—Hola, Shuck —dije. Al escuchar su nombre, aguzó las orejas y ladeó levemente la cabeza—. Es un placer conocerte.

Estiré una mano, y él la olisqueó.

—¿De verdad es el mismo perro que en la fotografía? —pregunté.

Agatha sonrió, parada ya en la entrada de la habitación, con su taza en una mano y el platito en la otra.

—Y aún sigue creciendo, si lo puedes creer. Un poquito más grande cada año. Es un milagro que todavía quepa en algún lado. Ha estado conmigo toda mi vida. Desde que yo era joven. Tiene el alma más gentil y obediente que cualquier criatura que haya conocido.

Gentil y obediente sonaba bastante bien, después de un largo día de temibles hombres con cuchillos, de huir de los Fell, de cruzar un continente volando y de llamar a la puerta de una extraña en una ciudad desconocida. Y los perros tienen una manera de recibir a la gente en su espacio, de sacar lo bueno de las personas. Un perro que quiere ser tocado será tocado. Me acerqué a Shuck y le acaricié la gigantesca cabeza, porque eso era lo que él quería, y también lo que yo quería. Y dado que todo el asunto resultaba tan familiar y natural, olvidé por un segundo que Shuck no era un perro ordinario. Olvidé estar preparada.

La sensación que se extendió desde mis dedos hasta mi pecho fue de una planitud contundente que invadió al instante todo el espacio disponible, sin preguntas ni comentarios. No había calidez en ella, ni frialdad. No había emoción alguna. Y no se podía discutir con ella. Era simplemente un peso, un peso inmutable y terrible. La marca en mi pecho se puso caliente y la habitación estaba caliente por el fuego, pero dentro de mí había una pesadez y un vacío, no había nada.

—Debes ser algo parecido a tu tío —dijo Agatha.

Retiré la mano y la sensación de pesadez comenzó a desvanecerse, pero no lo suficientemente rápido.

—Mi ma solía decir que era un *cù-sìth*, un perro de las hadas, pero creo que mi pa siempre lo supo —dijo—. Un pescador del océano, ¿ves? Podía saberlo de inmediato. Por eso nunca quiso que nos lo quedáramos.

Me froté las manos, como si eso pudiera aliviar la sensación.

—¿Usted la siente? —pregunté—. ¿La pesadez?

—Yo no tengo idea de lo que tú sientes, querida —dijo—. Pero él me transmite una gran paz y comodidad, vaya que sí.

—¿Qué es? —quise saber—. ¿Qué es él?

—¿No lo sabes? —Agatha se llevó la taza con el platito a la boca y sorbió su té—. Pues, es la muerte, desde luego. —Se encogió de hombros—. Mi muerte, en todo caso.

Miré el gigantesco y peludo cuerpo de Shuck en el rincón de la habitación. Su lomo se arqueó en un dramático estiramiento. Sus piernas traseras temblaron con más intensidad, después las estiró hacia atrás, primero una, luego la otra. Sus ojos grises me observaban con un interés sosegado y frío.

—Eso es terrible —dije—. ¿Por qué lo conserva?

—¿Qué más podría hacer, querida? —preguntó—. No voy a evitarlo por siempre, ¿o sí? Un día vendrá por mí, quiéralo o no. Mejor que esté caliente y cómodo mientras tanto, que vagando solo y miserable en el frío y la humedad.

—Eso creo —concedí. Él parecía estar realmente cómodo aquí, junto al fuego. Sus palabras, a pesar de ser tan inquietantes, tenían un cierto sentido—. Entonces, ¿usted simplemente vive con su muerte?

—Todos los hacemos —repuso. Dejó su té, se acercó a Shuck y le rascó debajo de la barbilla. Él, como respuesta, cerró los ojos y estiró el cuello aún más—. Supongo que soy bastante suertuda, de cierta manera. Él y yo nos cuidamos mutuamente. Me hace compañía. Para mí no es ningún extraño y no le tengo ni un poquito de miedo, ¿verdad, Shucky? En realidad, ya no le temo a nada. Eso es una gran libertad.

—¿Y usted sabe cuándo…? —Sólo era curiosidad, pero de pronto me di cuenta de que lo que iba a preguntar era, cuando menos, increíblemente personal, y probablemente un poco irrespetuoso. Así que me detuve. Pero Agatha sólo sonrió.

—¿Alguien lo sabe? —dijo—. No es más que un perro, después de todo. No puede decirme algo como eso, ¿o sí? Tampoco es que se lo haya preguntado, ¿ves? Cuando esté listo, supongo. Oh, pienso en ello muy a menudo. ¿Entrará a mi habitación mientras duermo? ¿Y cómo se sentirá, cuando me lleve a donde sea que tenga que ir? Tantas preguntas, y él sólo es un perro sin palabras para contestar.

Al decir esto, su voz se suavizó para expresar compasión y cariño, y Agatha lo acarició detrás de las orejas. La boca del perro se curvó hacia arriba en una inocente sonrisa perruna.

—Bueno —dijo Agatha—, ahora que ya todos nos conocemos, te buscaré algunas cosas para dormir. Espero que no te importe quedarte en el sofá.

Sin previo aviso, el enorme perro volvió a sacudirse, desprendiendo otra épica nube de pelo y caspa, y luego dejó caer su trasero al piso con un pesado golpe. Alzó una de sus patas traseras y comenzó a rascarse un costado, estirando la boca y haciendo algo que parecía casi una mueca.

—Oh, Dios —exclamó Agatha—. Esas pulgas no te dejan en paz, ¿verdad? Le di medicina, pero no le ha ayudado ni tantito. Pobre, estas últimas dos semanas han sido una completa tortura para él.

La muerte, con pulgas.

Shuck se seguía rascando el costado con frenética urgencia. Cuando pareció que aquello no le proporcionaba ningún alivio, se enroscó y comenzó a lamerse en ese mismo lugar. Mientras tanto, gemía suavemente para sí mismo.

—Tal vez pueda ayudarlo —dije.

—Entonces sí eres como tu tío —afirmó Agatha.

—Estoy aprendiendo —aclaré.

Esperé hasta que hubiera una pausa en el rascado y el lamido, y entonces me aproximé a Shuck y puse mi mano contra su flanco. Esta vez estaba preparada, y la plana pesadez de la muerte me invadió con más delicadeza. Agatha estaba en lo cierto: había algo reconfortante en el hecho de estar cerca de él, de estar cerca del final de las cosas. No respondía ninguna de las preguntas, pero de alguna manera decía que aquellas preguntas no eran importantes, después de todo. Había, y no había, y ésa era la verdad última y total.

"La manta de la muerte" me cubrió, y yo dejé que se asentara, hasta que pude percibirme a mí misma debajo de ella, y al funcionamiento del cuerpo de Shuck por encima. Él se sentía como un perro viejo y bien amado, despreocupado de casi todo, cansado de las coyunturas, equilibrando una ociosa y casi permanente hambre con la falta de ganas de hacer algo al respecto, o de la energía necesaria para hacerlo.

Podía sentir la comezón, eso que Agatha había dicho que eran pulgas. Era un escozor intenso y constante a lo largo de su flanco. Tanto rascarse y lamerse no habían hecho nada para aliviarlo. Todavía le pedía —le exigía, en realidad— ser tocado, rascado, raspado. Simplemente se había quedado sin fuerzas. Un perro viejo.

Deslicé mi mano con cuidado hacia el punto álgido en su costado, y percibí que una sensación de anticipación recorría toda su perrunidad. *Por favor,* murmuraba. *Por favor, ráscalo... Se sentirá tan bien.* Cuando mis dedos se acercaron al epicentro, sentí que su pelo estaba mojado de saliva y más ralo de tanto rascarse. En la fuente del escozor —*¡Eso es! ¡Allí! ¡Allí!*— la piel estaba lisa y sin pelo, excepto por los bultitos que exigían ser rascados.

—No son pulgas —dije—. Por eso la medicina no ha funcionado.

—¡Oh! —exclamó Agatha, que se había sentado en el sofá con su té—. ¿Entonces qué es?

—No estoy segura —dije.

Retiré los mechones que cubrían la zona sin pelo, una tarea nada sencilla dados los salvajes y lobunos enredos. Su piel era de un gris pálido, más clara que sus ojos. Sin embargo, en el centro de la región sin pelo, una parte estaba inflamada. Al principio pensé que era simplemente un sarpullido, pero tenía algo que lo hacía parecer más definido. Más deliberado.

Había seis líneas. Una línea horizontal, gruesa e irregular, y cinco rayas más finas que la atravesaban hacia abajo en una curva pronunciada.

—¿Qué significa esto? —pregunté en voz alta. Porque claramente era un mensaje, como la semilla entre las vísceras del cordero.

Agatha se puso de pie y se asomó por encima de mi hombro.

—No tengo la menor idea —dijo—. Nunca había visto esa cosa.

Coloqué la palma de mi mano sobre aquella figura, para ver si me decía algo y para hacerle saber a Shuck que había recibido su mensaje. Cuando lo hice, la cicatriz del unicornio comenzó a arderme en el pecho. Pude sentir que la inflamación comenzaba a ceder bajo mi mano. Por un momento tuve la sensación de un gran poder, de una pesadez y una masa mucho más grande incluso que Shuck, de un calor bamboleante en el frío, del olor a pino y del crujir de la nieve fresca bajo unos pies anchos. Y escuché un nombre, el mismo nombre que había oído cuando aquel extraño me tocó. Volteé hacia el lugar de donde provenía el sonido, y la nieve cayó a mi alrededor.

Y entonces la marca desapareció, y la piel desnuda de Shuck volvió a ser suave y gris.

—¿Qué significa, Shuck? —susurré—. ¿Lo sabes?

Pero los perros no hablan. Y la muerte no habla. Y aunque la comezón ya se desvanecía hasta volverse un vago recuerdo, Shuck no tenía ninguna respuesta para mí. Lo único que tenía era una enorme lengua morada y húmeda, que súbitamente comenzó a pasarme por toda la cara, y una capa de pelo que se quedó pegada a mi ropa.

—¡Está bien! —exclamé—. ¡No es nada!

Retrocedí a tropezones del ataque de besos y Shuck volvió a echarse, jadeando feliz, todo sonrisas y lleno de alivio.

—¡Maravilloso! —dijo Agatha—. ¡Oh, maravilloso! El pobre Shuck se había estado rascando en ese lugar por muchos días. Qué buena suerte que hayas venido, después de todo. —Terminó de beber su té con un sorbo final, dejó la taza y fue a acariciar a Shuck, que le sonreía como sólo los perros tontos pueden hacerlo.

Me pregunté si había sido sólo suerte la razón por la que Amu Reza había escogido esta casa, este nombre. Me pregunté si un mensaje me estaba esperando en todos lados. Me pregunté si alguna vez sería capaz de entenderlo.

—Sí, lo sabes —Agatha le estaba diciendo a Shuck—. Sabes qué hora es. Es hora de tu paseo, ¿verdad? Sí-í. —Se volvió hacia mí—. Salimos a pasear de noche, ¿sabes?, para no alarmar a los vecinos.

Salió de la habitación y regresó con una gruesa correa y un collar que le puso a Shuck en el cuello.

—Vamos, Shucky.

Lentamente, Shuck se volvió a levantar. De alguna forma logró pasar su cuerpo por la puerta de la habitación sin hacer un gran esfuerzo, a pesar de que era más pequeña que él. Abrieron la puerta del frente y salieron a la calle. Yo fui hasta la ventana de la cocina y me asomé al exterior. Bajo el resplandor de las antiguas farolas, la diminuta y encorvada figura de Agatha Hookstead caminaba frente al inmenso perro por la calle vacía. Una anciana que sacaba a su muerte a pasear.

Mi teléfono volvió a sonar y mi cuerpo entró en modo estrés al imaginar la próxima amenaza de Karl. Pero sólo era Malloryn.

Tienes que oír esto Mar no puedo esperar a contarte

Me senté a la mesa de la cocina para escribirle.

Qué pasó

No puedo explicarte por mensaje... ¿dónde estás?

Tampoco puedo explicarte por mensaje

¿Volverás pronto a casa? Quiero mostrarte algo

¿Regresaría a casa? ¿Cómo, exactamente, iba a pasar eso? Probablemente tendría suficiente dinero para trasladarme hasta allá, pero sólo organizar ese viaje me tomaría un día o más. Y luego otro día, si tenía suerte, de aviones y trenes y taxis, hasta llegar a casa.

Podrían ser algunos días

Agatha y Shuck regresaron a la cabaña. Shuck se deslizó por la puerta de la habitación y se volvió a acurrucar en su lugar de siempre.

—Bueno —dijo Agatha—. Me voy a dormir. Tengo algunas frazadas y una almohada extra. A Shuck no le importará. Ya debe estar profundamente dormido.

Como respuesta a sus palabras, un ronquido salió de la habitación. Agatha fue hasta un armario bajo la escalera y sacó una manta muy gastada y una almohadita. Me las entregó, luego dio la media vuelta y comenzó a subir por la escalera.

—Bueno, buenas noches —dijo por encima del hombro.

—Buenas noches —contesté—. Y gracias.

—Oh no, gracias a ti —replicó—. Me has hecho pasar una velada muy interesante.

Al final de la escalera había una puerta baja; entró y la cerró silenciosamente tras ella. Yo me quedé allí un momento tratando de imaginar a Shuck entrando de algún modo en la estrecha escalera, subiendo su peso por ella, agachándose para acomodarse al techo bajo cuando llegara arriba y luego haciendo pasar su ya contorsionado cuerpo por la puerta, cuando por fin llegara el día. Parecía imposible.

Pero supongo que, cuando es hora, la muerte siempre encuentra la manera.

Manta y almohada en mano, crucé la cocina hasta la habitación del fondo y comencé a arreglar mi cama. Shuck abrió un ojo cuando entre, pero no se movió. El fuego moribundo ardía débilmente, pero el cuarto seguía lleno de calor.

El sofá era duro y viejo y olía a algo floral y artificial. La manta se sentía rasposa y lanuda, y cuando la extendí, levantó una nube de polvo. La almohadita estaba cubierta de bordados. Casi podía imaginar mi rostro al día siguiente, tatuado con marcas. Shuck me observaba con evidente aburrimiento.

—Hay pelos tuyos por todos lados —le dije en voz baja mientras trataba, infructuosamente, de sacudir la densa capa de pelo que había en el sofá, en la almohada, en mí.

Shuck parpadeó, indiferente. Luego cerró el ojo y roncó; un fuerte, profundo y estruendoso ronquido.

—Genial —suspiré.

Mi teléfono sonó. Otro mensaje de Malloryn.

Qué tal si pudieras regresar más pronto a casa

| CAPÍTULO OCHO |

MÁS PRONTO A CASA

Mi filosofía sobre los esfuerzos de Malloryn Martell con la magia era ésta: probablemente no funcionaría, pero lo amigos se apoyan mutuamente. Incluso si apoyarse significa hacer algo que se siente ridículo o vergonzoso. Incluso si apoyarse significa juntar todas tus cosas, escribir una vaga nota de agradecimiento a tu anfitriona dormida y escabullirte fuera de una cabaña en Aberdeen, en plena noche, para pararte a la mitad de una calle vacía.

—Okey, ya estoy aquí, Mal. Y hace frío. ¿Exactamente qué se supone que tiene que pasar? —dije al teléfono.

Tienes que apoyar. Pero no siempre tienes que ser amable al respecto.

—Relájate —dijo Malloryn. La conexión era débil. Había un zumbido crepitante sobre sus palabras—. Necesitamos un minuto. Salta un poco o algo. Aletea con los brazos.

—¿Voy a regresar volando a casa? —pregunté.

—No exactamente —respondió Malloryn—. Pero no *no* exactamente, tampoco.

—¿Eso qué significa?

—Esto será genial, lo prometo —dijo, y sus palabras sonaron emocionadas y llenas de anticipación.

—¿Qué es lo que será genial? —pregunté.

Pero cualquiera que haya sido la respuesta de Malloryn, ésta quedó ahogada bajo el chisporroteante zumbido de la conexión.

Como sea, yo estaba afuera. Y no había nadie cerca, sólo yo y las farolas. Y hacía frío. Así que salté. Y después aleteé con mis brazos. Y luego salté y aleteé con mis brazos al mismo tiempo. Porque los amigos se apoyan, incluso si la magia casi nunca funciona.

—Ya lo estoy haciendo, Mal —exclamé—. Estoy saltando y aleteando, así que, ya sabes, cuando quieras.

Zmm, zmm, bzzz, bzzz.

Salté y aleteé una vez más.

—¿Al menos me escuchas? —dije.

Zmm, bzzz, zmm.

—Porque tal vez debería volver a la cama, y podemos intentarlo nuevamente por la mañana.

Zmm, zmm, bzzz, zmm.

Salto. Aleteo.

—Sigo haciéndolo, por si acaso.

Zmm, bzzz, zmm.

Salto. Aleteo.

Zmm.

Me detuve y me quedé parada a mitad de la calle, un poco sin aliento. La noche ya no se sentía tan fría. Pero fuera de eso, nada había cambiado.

La conexión telefónica se había deteriorado hasta volverse un siseo grave y susurrante.

—Escucha, Mal —dije—. No sé si puedes oírme. La señal es pésima. En fin, me voy a dormir un rato, ¿okey?

Gssss, gssss.

—Supongo que me escuchaste —dije—. Okey. Bueno. Adiós.

Apagué el teléfono y me lo metí al bolsillo. Me sentí un poco tonta de estar allí parada, sola, pero en una calle donde una anciana compartía una cabaña con la muerte, probablemente no era la cosa más extraña que alguien hubiera visto. Me volví hacia la cabaña y estaba a punto de entrar, cuando vi la cinta que Malloryn me había atado en la muñeca cuando salí de casa, y vi la cara de Malloryn, ilusionada y esperanzada y haciendo su mejor esfuerzo para que las cosas le salieran bien, y me sentí culpable.

—Okey, está bien —dije para el cielo nocturno y para cualquier otra persona que pudiera estar escuchando. Salté y aleteé una vez más.

Esta vez no aterricé.

A mi alrededor se arremolinaron jirones de tinta que envolvieron la noche en un capullo oscuro, de modo que no podía distinguir si estaba cayendo, flotando o volando. Tuve la sensación de que me recogían, no exactamente hacia *arriba,* ni hacia *afuera,* ni en ninguna otra dirección que tuviera sentido, sino simplemente *lejos*. Los sonidos de Aberdeen desaparecieron. Había un rugido en mis oídos, y un viento helado que venía de todas direcciones, y un revoloteo de algo que se oía como plumas gigantes, y en algún lugar, lejano y pequeño, un sonido como de muchos pájaros cacareando y chillando.

Y entonces, tan pronto como todas estas sensaciones se hubieron reunido a mi alrededor, se dispersaron, y yo estaba tendida en el suelo afuera de mi casa, en un círculo de tiza frente a la entrada, y era de día, y el aire olía a humo, y Malloryn

Martell me contemplaba con una expresión de absoluto deleite y asombro en la mirada.

—Hola —dijo—. NO puedo creer que haya funcionado.

—¿Qué fue —pregunté con una voz que sonó alterada por la conmoción y el terror y la pura incredulidad— lo que hiciste?

Ella extendió una mano, y al cabo de un momento de vacilación, la tomé y dejé que me ayudara a levantarme.

—Te traje a casa —contestó—. Bueno, Millmallow y yo te trajimos a casa. Millmallow te trajo, en realidad. Aunque yo le ayudé.

—¿Quién —exclamé— es Millmallow?

Malloryn suspiró, se dio la media vuelta y caminó hacia la puerta abierta de la casa.

—Ahora mismo no podrás conocerla. Está demasiado cansada. Traerte aquí consumió todas sus fuerzas, como te puedes imaginar. Pero ya volverá cuando se recupere. No puede esperar para conocerte.

La sonrisa de Malloryn era cálida y frágil. Sus ojos tenían una fatigada chispa de orgullo, como si ella también hubiera puesto un gran esfuerzo en ejecutar el hechizo que me trajo aquí.

—¿Millmallow hizo esto? —pregunté, señalando al círculo de tiza.

—Oh no —repuso Malloryn—, esa fui yo. Ella dijo que no lo necesitábamos, pero de todas maneras quise hacerlo, sólo para estar a salvo.

—¿A salvo de qué?

—De los espíritus malignos —aseguró Malloryn.

—¿Puedo... cruzarlo?

—Oh sí, es inofensivo, siempre y cuando no seas un espíritu maligno —dijo soltando una carcajada—. Quiero decir, debería serlo, en todo caso.

Puse un pie en el pavimento fuera del círculo con mucho cuidado, y cuando vi que no me evaporaba convertida en cenizas, caminé hasta la casa y seguí a Malloryn al interior.

—¿Qué fue exactamente lo que acabas de hacer? —la interrogué—. ¿Cómo lo hiciste?

—Ya te lo dije —repuso Malloryn mientras me servía un vaso de agua—. Fue Millmallow. No sé exactamente cómo lo hace, pero dijo que sería seguro.

Zorro corrió hacia mí desde un rincón de la sala de estar, moviendo la cola y arrugando su naricita. Cuando estuvo cerca, se detuvo, olisqueó el aire y gruñó.

—Está bien, Zorro —dije—. Sólo soy yo.

Me arrodillé y le ofrecí mi mano. La olió desde una cierta distancia, luego me observó entornando los ojos. Después de una larga y severa mirada, se dio la media vuelta y volvió a su rincón, donde se dejó caer para seguir durmiendo.

—Probablemente huelo a muerte —añadí. El pelo de Shuck seguía pegado a mi ropa.

—Se ha portado de una forma extraña últimamente —dijo Malloryn—. Como sea, ten. —Me dio el vaso de agua y yo lo bebí de un solo trago—. Millmallow dijo que estarías sedienta.

—Espera —exclamé—. ¿De verdad simplemente me... teletransportaste de Aberdeen a la entrada de nuestra casa?

—¡No! No fue teletransportación, tontita —repuso Malloryn—. La teletransportación es imposible. Piénsalo. No puedes así nada más hacer que alguien desaparezca de un lado y al instante aparezca en otro. El mundo no funciona de ese modo. —Sacudió la cabeza ante lo increíblemente ridículo de esa idea, como si lo que estaba describiendo no me acabara de suceder a mí.

—¿Entonces qué dirías que fue lo que pasó?

—Bueno —dijo Malloryn—, no fue instantáneo, para empezar. Y no *desapareciste* y *reapareciste* sin que hubiera nada en medio. Fuiste transportada. Sólo que tomaste un atajo entre el lugar de donde saliste y a donde llegaste.

—¿Qué clase de atajo va de Escocia a Berkeley en dos minutos?

—Millmallow dice que todos los lugares están exactamente a la misma distancia de cualquier otro lugar —dijo.

—¿Quién es Millmallow? —volví a preguntar.

—Pronto la conocerás —sentenció Malloryn.

Pero ella no parecía estar en ninguna parte de la casa. Yo, sin embargo, definitivamente sí estaba en la casa. En mi casa. La cual estaba a varios miles de kilómetros y un océano de distancia de la calle frente a la cabaña de Agatha Hookstead.

Aparentemente estaba intacta, y aparentemente seguía siendo yo. Y si la hora en mi teléfono era correcta, sólo habían pasado unos cuantos minutos.

—Mal —dije tan lenta y cuidadosamente como me fue posible—. Sé que la magia funciona de maneras misteriosas, y sé que no todo tiene sentido todo el tiempo. Pero de verdad me gustaría comprender qué fue lo que pasó.

—¡A mí también! —exclamó Malloryn con entusiasmo, como si fuéramos a sentarnos a descubrirlo juntas, como si fuera un problema de química interesante pero complicado.

—No, no, no, a lo que me refiero es que quiero que *tú* me *cuentes* qué fue lo que pasó.

—Oh, fue Millmallow —insistió Malloryn—. Le dije que estabas en algún lugar lejano, así que ella te encontró y te trajo de regreso.

—Sí te das cuenta de que NADA de lo que dices tiene sentido, ¿verdad?

—Por supuesto que no lo tiene —afirmó—. Es magia. No tiene por qué tener *sentido*. Sólo debe funcionar, ¿cierto?

—Sí, pero justo en este momento, digamos que necesito que tenga sentido.

Malloryn suspiró y puso los ojos en blanco.

—Millmallow…

—¿Quién. Es. Millmallow?

—Es mi amiga, Mar —dijo Malloryn—. Eso es lo que te escribí que quería contarte. ¡Es mi nueva amiga, y es taaaaaan fabulosa! Quiero decir, ¡mira lo que acaba de hacer!

—¿Qué clase de persona es Millmallow? —pregunté—. Porque lo que sea que acaba de pasar, fue realmente extraño. Y no sé cómo me siento al respecto.

El sólo pensar en ello hizo que mi cuerpo entero se estremeciera, como si tuviera insectos trepándome por todos lados o algo así.

—Tú querías regresar a casa, ¿no es así? —dijo Malloryn—. Nosotras sólo tratábamos de ayudarte a regresar a casa.

—Sí, eso quería, pero…

—Tal vez —interrumpió Malloryn, con la voz áspera y un poco herida— simplemente podrías decir "Gracias". Tal vez podrías decir "Buen trabajo, Mal", o, ya sabes, algo parecido.

Me lanzó una mirada feroz —o tan feroz como Malloryn era capaz de mirar. Más bien se veía cansada. De pronto me sentí mal por no ser más agradecida. Si ignoraba la sensación de cosquilleo en mi piel, podía ver cuán asombroso era lo que acababa de hacer. Pero no podía deshacerme de la sensación de extrañeza, de que había algo fuera de lugar, o al menos no lo suficiente para sentir otra cosa que molestia. Y no podía darle a Malloryn lo que deseaba. Finalmente, con un resoplido de frustración, se dio la media vuelta y fue hasta el rincón donde estaba Zorro y lo cargó.

—Empíricamente fue *de veras genial* —dijo con voz enfurruñada—, y es horrible que actúes como si no lo hubiera sido.

No supe qué responder a eso, así que sólo sacudí mi cabeza y dije:

—Me voy a la cama. Estoy muy cansada.

Probablemente subí la escalera pisando un poco más fuerte de lo necesario, y definitivamente cerré la puerta con más fuerza de la que se requería. Tenía la cabeza llena de cosas: cuchillos, flores con forma de ave, funerales de hadas, la muerte en cuatro patas y un nombre olvidado en un bosque frío. Los oídos me seguían zumbando con el ruido de mi extraño viaje y los gritos de los pájaros medio extraterrestres. La piel me seguía hormigueando.

Pero, sobre todo, me sentía verdaderamente cansada.

| CAPÍTULO NUEVE |

MIS HUÉRFANAS

Mis ojos se abrieron de repente, totalmente despiertos a alguna hora absurda previa a la salida del sol. Mi reloj interno estaba todo descontrolado, atrapado en algún lugar entre Estambul, Aberdeen, la Extraña Pesadilla en el Mundo Intermedio y Berkeley. Mis pensamientos se sentían irregulares y desordenados y salvajes, como pollos a medio desplumar corriendo en todas direcciones, con plumas volando por todas partes. Acostada en mi cama traté de ordenarlos, para ver si de alguna manera tenían sentido.

A un cordero en Estambul le había crecido una semilla para que yo la encontrara. Un extraño que asesinaba hadas para obtener información me había amenazado. Había un ave que cargaba el tiempo en sus alas, y un par de huérfanas tratando de encontrarla. Había una marca con seis líneas. Y estaba Millmallow, quienquiera o cualquier cosa que fuera.

Me senté en la cama y me froté los ojos para terminar de despertar. Lo único que tenía eran preguntas, y mi cerebro estaba ávido de respuestas.

¿Quién era el hombre en la tienda de mi tío? ¿Y cómo había sabido dónde encontrarme? ¿Qué era lo que buscaba?

La historia que Amu Reza había comenzado no era una historia que mi papá alguna vez me hubiera contado. Y no tenía manera de comunicarme con Amu Reza para oír el resto de la historia; ni siquiera sabía, en todo caso, si cuando menos estaba a salvo. Lo único que sabía era que había dos huérfanas; que en algún lugar de su futuro había un gigante, una bruja, un castillo y un ave; y que esa misma ave se estaba preparando para regresar al mundo —a nuestro mundo— después de un largo tiempo.

Me di cuenta de que seguía usando la misma ropa de la noche anterior, incluyendo los zapatos. Había pelo de perro por todas partes. Lo sacudí con mis manos hasta que por fin mi ropa quedó limpia, y en el suelo quedó un montón sorprendentemente grande de pelo oscuro.

Lo recogí con mis manos, haciendo un bulto suelto, y lo tiré a la basura. Pero el pelo no quería quedarse allí. Cuando traté de empujarlo hacia abajo, voló formando una nube, como si Shuck acabara de sacudírselo del cuerpo. Solté un suspiro de frustración, volví a juntarlo todo e intenté de nuevo. Esta vez, en lugar de empujarlo hacia abajo, probé a hacerlo bolita y dejarlo caer cuidadosamente dentro del bote. Pero, en plena caída, la bola se deshizo y los finos pelos se regaron nuevamente por el suelo, esquivando el basurero. Recogí los pelos por tercera vez refunfuñando, con la vaga sospecha de que alguien me estaba jugando una broma

Esta vez junté los pelos en una bola muy apretada. Pero cuando metí la mano al basurero, con la intención de dejar la bola hasta el fondo, sentí cómo los pelos se me escurrían entre los dedos, de una forma que me hizo pensar en Shuck escurriéndose fácilmente por una puerta que era demasiado pequeña. Así que paré.

Un obsequio de un extraño es el mundo entregándonos las cosas que necesitamos.

Observé la bola de pelo en mis manos. No era pelo ordinario, después de todo. Quizá el pelo me estaba tratando de decir que yo no debía deshacerme de él. Entonces la puse en mi escritorio. Mantenía su forma, pero aún parecía como una bola de caos, una explosión de pelos a punto de suceder. Busqué dónde meterla, o algo que la mantuviera unida, y la primera cosa que vi fue la cinta que Malloryn me había atado alrededor de la muñeca. La desaté, la enrollé alrededor del pelo, la apreté y luego la até en un moño.

Un mechón del pelo de la Muerte.

Encontré un cuaderno en mi escritorio —mis apuntes de química del año pasado. Busqué una página en blanco y dibujé la marca que había visto en el costado de Shuck. La línea gruesa transversal y las cinco rayas más delgadas que la travesaban hacia abajo. ¿Era una letra de un lenguaje que yo desconocía? ¿Era una antigua runa mágica? ¿Quizá representaba el ala extendida de un ave? Parecía un poco eso, si imaginabas que las líneas atravesadas eran plumas.

Decidí mostrársela a Malloryn. Tal vez a ella le diría algo.

Malloryn. Probablemente debía disculparme con ella. Casi a punto de amanecer, luego de muchas horas de sueño profundo, pude ver cómo tal vez había herido sus sentimientos. Después de todo, no era frecuente que un hechizo funcionara, y era aún más raro que alguno tuviera éxito de forma tan espectacular. Y ni siquiera le había dado las gracias. Ella me había ahorrado varios días de viaje y había hecho algo increíble. Tendría que reconciliarme con ella, lo que significaba ya no hacer preguntas indiscretas sobre su nueva amiga Millmallow.

Me acerqué a la ventana y miré a la calle. La visión del cielo marrón grisáceo, ahogado por las partículas de los incendios forestales, me hizo un nudo en el estómago. Otro día bajo el manto de humo. Otro día de penumbra y aire viciado. Pero ahora tenía mis pensamientos en orden. Tenía un dibujo para mostrarle a Malloryn.

Malloryn preparó el desayuno para las dos, como solía hacerlo. Hoy fueron huevos revueltos con papitas asadas, lo que sentí como una especie de ofrenda de paz. Comimos en la mesa en silencio mientras Malloryn le pasaba pedacitos de huevo a Zorro, que se encontraba a sus pies. Ninguna de las dos se disculpó. Cuando terminamos, yo retiré su plato.

—Malloryn —le dije—, lamento haberme portado tan mal contigo ayer. Lo que hiciste fue asombroso, y tenía que habértelo dicho. Gracias.

Ella seguía sentada a la mesa, con la silla un poco girada porque se estaba poniendo sus Doc Martens. Dejó de atarlos y levantó la vista para mirarme. Por un segundo, su rostro fue difícil de interpretar, como si otra vez yo hubiera dicho algo inapropiado y ella le estuviera dando vueltas en la cabeza. Pero entonces sonrió.

—Sí, fue increíble, ¿no es cierto? Gracias por decírmelo. Yo también lo lamento. Sé que tú simplemente querías entender lo que estaba sucediendo. Prometo que lo entenderás, y pronto.

Le sonreí. Pero detrás de esa sonrisa estaba reprimiendo la urgencia de decirle lo que realmente sentía, de hacerle mil preguntas que la molestarían y que empezarían de nuevo esa estúpida discusión. Afortunadamante, ella se levantó y me dio un abrazo.

—¿Estamos bien? —preguntó.

—Por supuesto que sí —contesté. Aún se veía un poco cansada.

—¿Y *tú* estás bien?

—Cosas normales de la magia —repuso—. Ya pasará. —Me dedicó otra resplandeciente sonrisa para hacerme saber que, de hecho, estaba bien. Entonces vio el cuaderno de química que había bajado de mi habitación—. ¿Para qué es eso?

Le mostré la página donde había dibujado la marca.

—¿Le encuentras forma de algo?

Observó el dibujo por un largo rato. Giró el cuaderno de lado, después lo puso de cabeza. Finalmente sacudió la cabeza.

—Ni idea —contestó—. Lo siento.

Volví a observarlo yo misma.

—Sí —dije—. Yo tampoco.

—¿Qué es? —preguntó.

—Creo que se supone que es importante —afirmé.

Malloryn lo estudió de nuevo. Una sonrisa comenzó a crecer lentamente en su rostro. Luego me miró con unos ojos rebosantes de alegría.

—¡Es un misterio! —exclamó llena de júbilo—. ¡Ya sé! Buscaré en los viejos grimorios de la tienda. Quizá aparezca en alguno de ellos. ¡Qué divertido! —La tienda de ocultismo donde trabajaba Malloryn tenía una colección de grimorios antiguos.

—¡Gracias, Mal! —dije.

—Es un placer —repuso, y yo le creí. Regresó nuevamente a atarse las botas y, después de un momento, algo se le vino a la cabeza—. No traes puesta la cinta. ¿Funcionó?

Miré mi muñeca desnuda y pensé en el hombre del cuchillo, en la mirada fatigosa y atormentada de sus pálidos ojos. Miré, a través de la ventana de la cocina sellada con cinta adhesiva para pintar, el cielo iluminado pero opaco por los residuos volátiles del fuego. Respiré profundo y, a pesar de la cinta, pude sentir un saborcillo a ceniza.

—Supongo que sí —dije.

Algunos minutos después de que Malloryn se fue para iniciar su turno, mi teléfono sonó. Grace.

Mal dice que ya regresaste

Hubiera podido apostar que Mal no mencionó la forma en que regresé.

Llegué a casa ayer, escribí.

¿Todo salió bien?

No tenía idea de cómo responder a esa pregunta. Comencé a escribir, me detuve, borré, recomencé, me detuve otra vez. Estaba a punto de escribir un casual Sí, todo bien por tercera vez, cuando Grace me escribió de nuevo.

Voy para allá.

La voz de Karl volvió a sonar en mis oídos. *Es una buena amiga.* En eso tenía razón, cuando menos.

Le di una pasada rápida a la casa para asegurarme de que no hubiera nada extraño por ahí cuando ella llegara, como un ala de hada o alguna hebra suelta de pelo de la Muerte. Me miré brevemente al espejo para confirmar que no me veía como alguien que había enfrentado la hoja de un cuchillo el día anterior. Me sentía un poco renuente a revelar cualquier cosa que aún no comprendiera del todo, y en especial no quería preocupar a Grace con ideas de peligro.

Quince minutos después, la Ballena Azul estaba varada en la entrada de mi casa y Grace descendía de ella con el ceño fruncido por la preocupación. Me dio un abrazo en la puerta, y después se deslizó dentro.

—Bueno —dije—, creo que hice caso a tu consejo. —Me dejé caer en el sofá y ella se sentó junto a mí.

—¿Nada de héroes? —preguntó.

—El otro consejo —repuse—. El de no trabajar con gente sospechosa.

La preocupación desapareció de su rostro.

—¡Eso es fabuloso, Mar! —exclamó—. ¡Los has despedido! ¡Felicidades!

—Es… complicado —dije, sacudiendo la cabeza—. Y no estoy segura de que sea fabuloso. Me parece que ahora están enojados.

—¿Qué sucedió?

Grace había visto unas cuantas criaturas. El mismo Zorro, que a pesar de ser inusualmente manso tenía unas cuantas peculiaridades extra, estaba sentado en su regazo en ese mismo momento. Sabía que podía confiar en que soportara al menos una versión de la verdad. Y yo de verdad quería contar una versión de la verdad. Así que le hablé del cordero, y de la semilla, y de cómo había escapado de Karl y los Fell.

—Mar…

—Nada de héroes, ya lo sé —repliqué—. Pero es que simplemente no sentía que fuera lo correcto.

Le conté que encontré a Amu Reza y que la flor se abrió en un vaso de té. Pero en esta versión de la historia, yo volaba directo a casa. Me salté lo del hombre del cuchillo, y lo de las hadas. Me salté lo de Aberdeen. Y me salté a Millmallow.

—Me da gusto que estés de regreso —dijo—. Me da gusto que hayas vuelto sana y salva. Y me da gusto que hayas terminado con esa gente.

No dije nada. También me daba gusto estar en casa. Pero no sabía cómo sentirme respecto de los Fell. Sin ellos, ¿cómo se supone que iría a cualquier lado? ¿Cómo se supone que encontraría a las criaturas que necesitaban de mis cuidados? Y además, no estaba tan segura de que hubiera terminado con ellos. O de que ellos hubieran terminado conmigo.

—Significa algo, ¿no es así? —preguntó Grace luego de un momento—. La semilla, la flor. ¿Qué se supone que tienes que hacer?

—Lo único que sé es la historia que me contó mi tío.

Al oír la palabra "historia", la mirada de Grace se iluminó.

Durante los últimos meses le había contado a Grace algunas de las viejas historias de mi papá, y al hacerlo descubrí que me gustaba contar historias. Permanecían guardadas con facilidad en los rincones de mi mente, como actores esperando tras bambalinas. Y cuando las contaba, salían al mundo con gran comodidad, bailando cuando tenían que bailar, susurrando cuando tenían que susurrar. Quizá era parte de la línea hircaniana, la facilidad para aprender y contar historias. Quizá simplemente las historias estaban en mi sangre.

Esa mañana, en la sala de estar de mi casa, conté el cuento de las huérfanas y el Ave de la Mil Historias, desde los jardines de Nishapur hasta el prolongado grito final del tórtolo.

Cuando las huérfanas se marcharon, dejando al tórtolo detrás, respiré profundo. Su aventura sin final me punzaba como una herida abierta. Dejarlas huérfanas, no sólo de sus familias sino también de su propio futuro, se sentía como una cruel injusticia.

Grace pareció estar de acuerdo.

—No es posible —exclamó—. Ése *no puede* ser el final. Es un momento terrible para terminar. ¿Qué pasa a continuación? ¿A dónde van después?

—Eso es todo lo que Amu Reza me contó —dije.

—Inaceptable —sentenció Grace sacudiendo la cabeza—. No puedes dejarme así nada más. Tiene que haber una continuación en algún lado.

—Él me contó que es una historia antigua que ha estado en muchos lugares —añadí—. Tal vez podamos encontrar…

Pero Grace ya se había puesto de pie, había sacado su teléfono y le estaba llamando a alguien.

—Osita Cariñosita —así le decíamos a Carrie Finch—, escucha, lo que sea que estés haciendo, necesito que dejes de hacerlo ya. Mar está aquí conmigo y vamos rumbo a tu casa. Requerimos de tus habilidades. Es urgente. Llegamos en diez. No, en veinte y con té boba.

Colgó antes de que Carrie pudiera protestar, y se guardó el teléfono en el bolsillo.

—Arriba —dijo—. Trae tu *laptop*. Vamos a casa de Carrie, y vamos a encontrar el resto de esa historia.

Parecía un poco apresurado y también un poco tonto, especialmente cuando sucedían cosas tan raras, salir corriendo para buscar el final de una historia. Pero Grace tenía esa mirada indomable que me decía que sería inútil resistir.

Y en realidad yo también quería saber cómo terminaba la historia.

La pesada bruma en el aire hacía ver a la gente en las calles como si se moviera en una apocalíptica cámara lenta. La Ballena Azul cobró vida con un rugido, y yo me subí al asiento del copiloto. Con un rechinido de neumáticos nos lanzamos en reversa para salir a la calle, y luego aceleramos en dirección a la casa de Carrie. Sólo nos detuvimos brevemente para recoger un pedido de té boba en un lugar que nos quedaba de camino.

Carrie Finch estaba en el equipo de natación de la escuela y tenía promedio de 9.5. También cantaba en el coro, era voluntaria en un banco de alimentos, hablaba varios idiomas razonablemente bien, y en general nos hacía ver a Grace y a mí como un par de holgazanas. Sin embargo, no sabía nada de las criaturas de las que yo me ocupaba, ni de la gente con la que trabajaba, y yo quería mantenerlo así.

Como era su costumbre, había decidido aprovechar las vacaciones de verano para inscribirse a unas clases en línea de nivel universitario. Entre la natación (para la que entrenaba con un fervor como de culto) y un programa lleno y siempre cambiante de cursos avanzados sobre toda clase de temas, siempre estaba ocupada. Hoy tocaba un seminario sobre teoría económica desde "una escuela en Boston".

—Estoy a mitad de una clase —dijo cuando nos recibió en la puerta—. ¿No pueden regresar más tarde? —Su cabello, todavía mojado, olía ligeramente a cloro.

—No es posible, Osita Cariñosita —contestó Grace con una sonrisita maliciosa en mi dirección—. Tenemos una fecha límite. Debemos hacer una investigación muy importante y necesitamos tu ayuda.

"Fecha límite" era el código de trucos de Carrie Finch. Si había un plazo, Carrie sentía el imperativo biológico de cumplirlo. Nos dejó pasar y nos llevó hasta el salón familiar. Sus padres estaban en el trabajo. Su papá era profesor universitario y su madre dirigía un ala de un hospital. Su hermano pequeño estaba en un campamento de verano de ciclismo de montaña.

—Bueno —dijo Carrie—, ¿de qué se trata?

Grace se volvió hacia mí.

—Cuéntale la historia, Mar.

Veinte minutos después, la historia había terminado y las tres estábamos instaladas en los pufs del salón familiar de los Finch, armadas con vasos de té boba helado sabor guayaba-maracuyá, el velocísimo Wi-Fi del Equipo Finch y las credenciales de ingreso del papá de Carrie para las bibliotecas digitales de un par de cientos de universidades y colecciones privadas.

—Entonces así es como se siente el poder —dijo Grace.

Carrie sonrió, bebió un sorbo de té con su popote y entonces habló.

—Lo que pasa con las historias antiguas es que son como un potaje hecho de historias aún más antiguas. Las historias se trocean. Algunas partes se olvidan, otras se añaden. Se dividen en fragmentos y, con el tiempo, esos fragmentos se esparcen por el mundo y se mezclan con otras historias y otros fragmentos. Al cabo de un tiempo, empiezan a aparecer los mismos temas por todas partes, las mismas historias que se repiten una y otra vez.

—¿Cómo sabes todo eso? —preguntó Grace.

Carrie pareció molestarse ligeramente por la interrupción, pero apretó los labios y le sonrió con paciencia a Grace.

—Asistí a un seminario de Oxford sobre mitologías del mundo la semana pasada —respondió—. Como sea, lo que buscamos son los fragmentos. Una reunión de aves. Las huérfanas. Un tórtolo. El castillo de Ven-y-Nunca-Te-Irás. Todas podrían llevarnos a diferentes lugares. Podría haber cinco historias distintas. Podría haber diez finales alternativos. Si existen, están en alguna parte en estas colecciones. Y vamos a encontrarlos.

Comenzamos a buscar. Lanzamos palabras clave a los buscadores de las bibliotecas y entornamos los ojos ante las páginas escaneadas de libros antiguos. Y a medida que la mañana se fue convirtiendo en tarde, encontramos algunos fragmentos.

Un poema de Shakespeare. Otro poema de un místico sufí de Nishapur. Un cuento de hadas italiano escrito en los 1500. Una historia rescatada en el sur de España por una mujer que escribía bajo un seudónimo masculino. Un episodio que apareció por primera vez en una traducción francesa de *Las mil y una noches*.

A veces era un ave mágica la que hablaba con la verdad, pero otras veces era un pez. Algunos fragmentos eran historias, otros eran pasajes. Un tórtolo que amaba a un fénix. Una reunión de aves que anhelaban a un líder.

A diferencia de la desafortunada conferencia en la historia de Amu Reza, nosotros sí encontramos al Ave, y en muchas formas. El fénix en Grecia y el Bennu de Egipto traían el sol. El Pájaro de Trueno de los Quileute luchaba contra la gran Ballena, el Garuda de la India combatía a los espíritus malignos, el Homa de la antigua Persia sólo proyectaba su sombra sobre el próximo monarca. Parecía que el Ave había visitado muchas culturas, muchos pueblos, siempre diferente, siempre haciendo girar la rueda.

También había huérfanos por todas partes, siempre en busca de sus verdaderas familias. En el camino encontraban amuletos y baratijas que los ayudaban. Encontraban aliados que los guiaban y les brindaban refugio. Y al final de su viaje, siempre se reunían con sus padres.

Y sus padres siempre eran reyes y reinas.

—Espero que no sea así como termine tu historia, Mar —dijo Grace entre bocados del sándwich que habíamos pedido en la cadena de comida rápida que había en su calle.

—¿Por qué no? —pregunté.

—Envía un mensaje equivocado —dijo—. Piénsalo. Ellas se enfrentan a todos esos trabajos y peligros y, a final de cuentas, ¿lo único que importa es quiénes son sus padres?

—Sin mencionar que los reyes y reinas son problemáticos, incluso en sus mejores días —añadió Carrie—. Cualquier concentración absoluta de poder es problemática.

—¿Y si las huérfanas se convierten en mejores gobernantes gracias a sus experiencias? —dije yo.

No sabía por qué, pero quería defender a mis huérfanas. Quería que fueran especiales. Si iban a terminar siendo reinas, quería que fueran buenas. De cierta forma sentía que estas historias, que sonaban muy parecidas a la de Amu Reza, no estaban siendo del todo justas con las niñas de Nishapur. Y sentía que tenía que protegerlas.

—Quizá —añadió Carrie encogiéndose de hombros.

—¿Y si las historias están equivocadas? —pregunté—. ¿Y si los huérfanos en realidad fracasaron? ¿Y si al final no rescataron al Ave? ¿Aun así tienen un final feliz?

—Nadie escribe historias sobre eso —dijo Carrie—. Las búsquedas están hechas para terminarse, los villanos deben ser derrotados y los huérfanos deben convertirse en reyes y reinas. Tan simple como eso.

Nada es simple, pensé, y algo insolente e iracundo recorrió mi cuerpo.

—¿*Eso* es lo que se supone que les pasa a los huérfanos?

Salió de mi boca antes de que pudiera evitarlo, y con más dureza de la que hubiera querido. Carrie se puso pálida de horror y arrepentimiento y se llevó una mano a la boca. Grace me puso una mano en el brazo, medio consolándome, medio conteniéndome.

—Oh, Mar, lo siento —murmuró Carrie—. No quise decir…

La ira y la insolencia ya habían desaparecido. Habían estallado y se habían consumido como papel flash. Estaba casi tan avergonzada como Carrie. Sabía que había exagerado. Por supuesto que ella no estaba hablando de mí. Y el hecho de que yo fuera tan sensible por el asunto de mis padres muertos sólo haría que mis amigas se sintieran más incómodas por ello en el futuro, y eso era lo último que quería.

—Está bien —dije—. Sé que no quisiste insinuar nada. Todo está bien. Yo estoy bien. —Sonreí a pesar de la tensión en mis nervios para hacerles saber a ambas que realmente me encontraba bien. La mano de Grace descansó en mi brazo un momento más, y luego se apartó suavemente.

¿Por qué reaccioné así?

—Bueno, al menos descubrimos cómo termina la historia, ¿cierto? —dijo Carrie, un poco a la ligera.

—Reyes y reinas —dije. Intenté que mi voz sonara especialmente animada para mostrarles a ambas que no tenía ningún problema con nada.

—Sabía que podíamos contar contigo, Osita Cariñosita —añadió Grace.

Ambas me miraron, y después de un momento, entendí por qué. Era mi historia la que había comenzado todo. Se suponía que yo debía aceptar que habíamos encontrado la respuesta.

—Sí —dije, tratando de sonar satisfecha—. Gracias. Lo logramos.

—Y a propósito, ¿para qué es todo esto? —preguntó Carrie.

—Estudio independiente —contestó Grace con naturalidad antes de que yo tuviera tiempo de balbucear algo incoherente.

—Bien por ti, Mar —exclamó Carrie—. Si alguna vez vuelves a necesitar recursos de estudio, solo avísame.

—Claro —dije—. Lo haré.

—Bueno, esto fue divertido —dijo Grace.

—Les pediría que se quedaran a cenar, pero tengo que volver a… —Carrie hizo un gesto señalando su computadora.

—¿Teoría económica? —preguntó Grace.

—En realidad es bastante interesante —respondió Carrie.

—Paso —replicó Grace. Se volvió hacia mí—. Vamos, Mar. Esto está a punto de ponerse muy matemático. Además, mi tía de Taipei está en la ciudad. Cena familiar esta noche.

Mientras Grace se dirigía hacia la puerta, vacilé por un momento.

—Gracias, Osita Cariñosita —dije—. De verdad.

Carrie sonrió, desarmada de nuevo por la sinceridad en mi voz. Yo también estaba un poco desarmada. Pero lo decía en serio. Porque, incluso si no creía del todo en los finales que habíamos encontrado, me importaban las huérfanas. Ahora eran *mis* huérfanas. Y quería que las cosas les salieran bien, no a la manera de los cuentos de hadas, sino de la forma extraña, frágil y hermosa en que las cosas funcionan en la vida real, porque eso es mucho más interesante.

Aunque convertirse en reinas tampoco era tan malo.

Mientras conducíamos de regreso a mi casa, la normalidad de un día de estudio en casa de Carrie se desvaneció, y ese extraño limbo de tardes de verano y preguntas sin respuesta volvió a apoderarse de mí. Grace no dejaba de observarme. Podía sentir sus miradas como si me estuviera tocando la mejilla con un dedo. Imposible de ignorar. Finalmente, a mitad de camino, habló.

—¿Qué pasa, Mar? —preguntó—. ¿Está todo bien?

No, nada está bien. Hay un hada asesinada, un pájaro que necesita mi ayuda y el universo se está volviendo más frío.

—Supongo que estoy un poco decepcionada, eso es todo —respondí—. Las historias no suelen ser tan simples y ordenadas, ¿sabes? Creo que esperaba algo un poco más caótico.

—No son reales —dijo Grace—. Tú podrías escribir tu propio final.

—No es así como funciona —repuse.

—Eso no es lo que dijo Osita Cariñosita.

—Estas historias son diferentes. —Yo, al menos, creía que lo eran.

—De todos modos, la vida ya es lo suficientemente caótica —dijo Grace—. Acepta la victoria.

—Está bien —añadí—. En nombre de todos los huérfanos del mundo, acepto tu simple y ordenado final feliz.

Nos detuvimos frente a mi casa y el rugido de la Ballena Azul retumbó a nuestro alrededor.

Me volví hacia Grace.

—Gracias por el proyecto de investigación tan espontáneo.

—Si alguna vez necesitas algo —respondió Grace—, sólo dímelo.

Sonreí, bajé del auto y la observé alejarse en el atardecer cargado de humo. Luego me di la vuelta y subí los escalones hacia la puerta principal. Malloryn no regresaría a casa hasta dentro de una hora, así que me tocaría cenar sándwiches de crema de cacahuate.

Tenía la llave en la mano y estaba a punto de abrir la puerta, cuando una voz detrás de mí me hizo saltar.

—Parece que tienes muchas buenas amigas.

Karl.

| CAPÍTULO DIEZ |

OTROS FACTORES

Parecía estar solo y se veía algo desaliñado. Sus ojos estaban inyectados en sangre y sus hombros un poco encorvados. Podría haber estado usando la misma ropa que la última vez que lo vi, pero era difícil saberlo.

—Bueno —dijo—. Aquí estamos de nuevo. Creo que esta vez el aire está demasiado contaminado para seguir corriendo. Y, en cualquier caso, quizá los dos estemos demasiado cansados.

Tenía razón, y no parecía tener sentido el tratar de negarlo.

—¿Qué vas a hacer? —pregunté.

Miró a su alrededor, como para mostrarme que no había nadie con él.

—Esperaba poder hablar contigo. ¿Supongo que tendré que esperar a que me invites a pasar?

Miré hacia ambos lados de la calle. ¿Realmente había venido solo? Como si percibiera mi desconfianza, sonrió forzadamente y levantó ambas manos hacia los lados.

—Dame un minuto —dije.

Cerré la puerta de golpe detrás de mí, tan fuerte e inesperadamente que Zorro saltó en el sofá con un ladrido de sorpresa. Me asomé por la ventana para escudriñar una vez más la calle que se oscurecía. Pero lo único que vi fue a Karl.

—Zorro —susurré—. Arriba. Y no bajes.

El zorro de Malloryn me miró con sus inquietantes ojos ámbar, pero no se movió del sofá, por lo que tuve que acercarme y arrearlo a través de la sala, por las escaleras y hasta la habitación de Malloryn.

—Quédate aquí —le ordené. Después de observarme un momento más, se arrastró hasta su rincón y se acostó enroscado, rodeándose el cuerpo con la cola. Me miró una vez más, como para decirme que estaba cometiendo un error increíblemente estúpido, luego resopló y escondió el hocico en su pelaje.

Karl seguía parado exactamente donde lo había dejado, al pie de los escalones. Cuando finalmente le abrí la puerta, entró con pasos tímidos, como si intentara no ensuciar demasiado el suelo. Después de cerrar la puerta detrás de él, se tomó un momento para mirar alrededor. Nunca había estado dentro de mi casa.

—Bueno —dijo—. De alguna manera lograste volver a casa.

—De alguna manera —repliqué—. ¿Qué quieres, Karl?

—Hablar —dijo—. Supongo que lo que haya sido que le quitaste a nuestro cliente en Estambul…

—Ya no está —contesté.

Karl asintió, decepcionado pero no sorprendido. Durante un minuto permaneció en silencio. Finalmente dijo:

—No confiamos el uno en el otro, ¿verdad?

—Ya no quiero trabajar para ti —dije.

—Ésa era mi impresión —repuso Karl—. La venta del cordero no fue de tu agrado.

—Era feliz donde estaba.

—Su visión del mundo es bastante pequeña. Debemos tener en cuenta otros factores, ¿no crees?

—Y por "otros factores" te refieres al dinero —repliqué—. Tu familia convirtió el secreto más asombroso del mundo en un juego donde el único objetivo es seguir siendo ricos, y yo ya no quiero jugar más.

Karl escuchó en silencio, con paciencia. Cuando terminé, esperó un momento más, para asegurarse de que realmente había terminado.

—Nadie sabe con exactitud para qué es todo esto.

—Tu familia actúa como si lo supiera —dije—. Actúan como si todo fuera para ustedes.

Karl pasó junto a mí y se dirigió hacia la cocina.

—Eres joven —añadió—. Tu trabajo es intentar ser algo que nunca ha existido antes. Yo estoy aquí para decirte que ese error que estás cometiendo ya se ha cometido antes.

—¿De qué estás hablando? —pregunté.

—Prepararé té —dijo Karl desde la cocina—. Y luego te contaré una historia.

Cinco minutos después, la tetera silbaba. Karl salió de la cocina con dos tazas humeantes de té con aroma a canela. Las colocó sobre la mesa del comedor e hizo un gesto para que ambos nos sentáramos: una pregunta y una sugerencia al mismo tiempo.

Me senté frente a él, tomé la taza con ambas manos e inhalé el vapor de la canela. Entonces Karl comenzó a hablar, y también inhalé sus palabras.

EL CABALLO ALADO DE KASHAN

Imaginémonos en la ciudad de Kashan, al norte de Persia, hace mucho tiempo. E imaginemos allí a un alfarero de cierto talento. Y, por último, imaginemos que con este alfarero vive un caballo, y que este caballo tiene alas. Nadie recuerda cómo se encontraron el caballo y el alfarero. Del caballo, antes del alfarero, no se sabe nada. El alfarero, antes del caballo, es un misterio. Sus historias comienzan juntas.

El alfarero cuida del caballo. Lo alimenta, le da agua y quizá le brinda refugio en su choza. Más allá de esto, sólo podemos especular cómo era su vida. Tal vez vuelan juntos, o tal vez el alfarero trabaja su arcilla bajo el ala extendida del caballo durante las horas más calurosas del día. No lo sabemos.

La habilidad de los ceramistas de Kashan es conocida en todas partes en esos días. Los mercaderes llevan lo mejor de la cerámica de Kashan a través del Caspio y luego por el Volga hasta los señores de Atil, hasta la Torre Blanca e incluso hasta tan lejos como Bjarmaland. Nuestro alfarero, trabajando quizá bajo las alas de su corcel, busca complacer a sus compradores lejanos con imáge-

nes de cazadores, aves y profetas, y ocasionalmente un caballo alado. Tal vez así es como muestra su amor. O tal vez es un descuido de su parte.

Uno de estos diseños llama la atención del emir de la ciudad de Bolghar, quien proclama que un caballo así sería muy valioso para él. Como siempre ocurre, la noticia de los deseos del emir llega a nuestra familia. Nosotros rastreamos al alfarero a través de la marca que deja en sus cerámicas, y le hacemos saber la oferta del emir.

Al principio el alfarero no quiere vender el caballo, aunque el precio lo haría rico por el resto de sus días. Pero finalmente lo persuadimos, y él acepta la oferta.

§ § §

—Lo *persuadieron* —sentencié.

—Esta historia no es sobre nuestros métodos —dijo Karl.

—Quizá debería serlo —sugerí.

—Quizá —repuso Karl con aspereza— deberías esperar a ver cómo termina.

§ § §

El emir teme que el caballo pueda estar enfermo o lastimado, y busca garantías de nuestra parte. Mis antepasados recurren a tu antepasado, un joven que, como tú, es nuevo en el trabajo y muy testarudo. Él también tiene dudas sobre nuestros métodos. Duda, por ejemplo, que el alfarero realmente quiera desprenderse del caballo. Cree que el alfarero ha sido obligado a aceptar la oferta del emir. Y por eso se niega a certificar la

salud del caballo, e incluso envía un mensaje al emir de Bolghar diciendo que el caballo en efecto está lastimado.

Esto basta para disuadir al emir, y se nos informa que nuestros servicios ya no son requeridos. Tu antepasado seguramente se siente justificado en sus acciones. Ha preservado la conexión sagrada entre la criatura y el humano. Una tarea noble, ¿verdad?

Pero.

Hay otras situaciones sucediendo en el mundo.

Los ejércitos cristianos avanzan hacia Tierra Santa, con sus corazones puestos en el premio de Jerusalén. Los selyúcidas, que controlan Persia en ese momento, están reuniendo sus propios ejércitos para combatir a los invasores. Muy pronto, los selyúcidas llegan a Kashan. Todos los hombres aptos son reclutados. Todos los caballos, burros y camellos son confiscados.

El alfarero es reclutado para el ejército. Su corcel es tomado por un oficial selyúcida que alberga visiones heroicas de descender desde el cielo esparciendo muerte justa sobre el ejército cristiano. Bueno...

Todos marchan a Antioquía, y ni uno solo regresa. No existen los héroes, después de todo. Sólo existen las lanzas.

§ § §

—¿Y se supone que eso es mi culpa? —pregunté.

—Si el hircaniano de esa época no hubiera interferido —dijo Karl—, el caballo habría estado a salvo en Bolghar.

—Y estoy segura de que eso es lo que ustedes habían planeado desde el principio.

—Esta historia tiene dos moralejas —dijo Karl—. Una es que cuando tu familia y la nuestra no trabajan juntas, todos sufren por ello.

—Sí, ésa la entendí —dije.

—La otra es que hay fuerzas en juego que ninguno de nosotros comprende del todo. Tal vez los Fell de aquella época sintieron la llegada de las Cruzadas. O quizá fueron guiados, sin saberlo, a tomar acciones que habrían protegido al caballo de la calamidad.

—¿Qué dijo el dragón de la tetera sobre el caballo? —pregunté—. Porque noté que te saltaste esa parte.

—El dragón confiaba en nuestra familia —dijo Karl—. Su partida no cambia eso.

—Entonces yo también debería simplemente confiar en ustedes. ¿Así es como duermes por la noche?

—¿Es tan difícil de creer —preguntó Karl— que quizá no siempre tengas la razón? —Se puso de pie con una expresión de cansancio e impaciencia en el rostro—. Dime qué le quitaste al cordero.

Cuando Dios dice algo una sola vez, es un mensaje destinado únicamente a aquellos que lo escuchan.

—No estaba destinado a ti —exclamé.

—Dime qué fue lo que le quitaste al cordero —repitió Karl con voz plana.

Tal vez debí habérselo dicho. Tal vez debí haberlo explicado todo allí mismo, haber contado la historia del Ave por tercera vez en el día y dejar que Karl decidiera qué hacer con todo eso. Pero no pude.

En algún lugar había un ave, única en todo el mundo, viviendo y muriendo para que el universo pudiera mantenerse cálido. Y en otro lugar había un emir —o un director de empresa, o un primer ministro, o el heredero indigno de una obscena fortuna— que ya lo tenía todo y ansiaba más. Y entre ellos, siempre entre ellos, estaban los Fell, estaban Karl y su vasta familia y todas sus excusas y explicaciones, todas ellas falsas.

—No —dije.

Karl permaneció en silencio durante un largo rato. La severidad se filtró en las arrugas de su rostro. Cuando volvió a hablar, su expresión estaba hecha de sombras.

—Lamento las cosas que deberán suceder ahora.

Yo también me puse de pie.

—¿Eso es una amenaza? ¿Me estás amenazando?

Karl no dijo nada.

—¿Qué vas a hacer? —pregunté. Tenía la intención de ser una exigencia, pero algo pequeño y asustado revoloteaba en el fondo de mi voz.

Karl me miró, y juro que vi lástima en sus ojos. Metió la mano en su chaqueta, sacó una tarjeta de presentación y la dejó sobre la mesa. Estaba grabada con el contorno de una tetera que tenía una serpiente dentro: el símbolo de los Fell. Debajo, un número de teléfono estaba escrito en tinta negra.

—Hasta que sepa qué tomaste y lo que significa —dijo—, tendré que hacer mi trabajo.

Hizo una reverencia, caminó hacia la puerta principal y salió, y el silencio que dejó detrás quedó vibrando por las amenazas.

CAPÍTULO ONCE

SIN DESEOS

Cuando Malloryn llegó a casa, miré detrás de ella para asegurarme de que no la hubieran seguido.

—¿Está todo bien? —preguntó, mirándome con genuina preocupación, después de que cerré y aseguré la puerta.

—Sí —mentí.

—¿Dónde está Zorro? —preguntó.

—En tu habitación —contesté—. Lo metí allí cuando…

Dudé, pero ella ya había notado las dos tazas de té a medio terminar sobre la mesa. No dijo nada, lo que me hizo querer decir un poco más.

A veces el silencio es un vacío que quiere ser llenado. A veces no puedes hacer otra cosa más que llenarlo.

—Mal —dije—, la gente con la que trabajaba está enojada conmigo porque… tomé algo que quizá no debí haber tomado. Ellos son bastante poderosos. No sé lo que harán. Pero la cosa es que creo que eso que tomé estaba destinado a mí y no a ellos.

—¿A quiénes? —preguntó—. ¿Quiénes son?

—Es una larga historia —dije.

Malloryn entornó los ojos. Tomó una de las tazas de té y la olió, luego la dejó de nuevo sobre la mesa.

—Traeré a Zorro —dijo—. No vayas a ninguna parte.

Subió las escaleras con determinación y un momento después bajó con Zorro en brazos. Luego se sentó en el sofá y lo acunó en su regazo, acariciándolo con movimientos largos y delicados. Él cerró los ojos, apoyó la barbilla en el antebrazo de Malloryn y sonrió. Sus ocho colas secretas se destrenzaron lentamente en felices ondas y espirales de sedoso pelo.

Su ronroneo era el sonido más reconfortante que había escuchado desde que regresé a casa. Parecía cortar el ambiente ominoso que aún flotaba en el aire. Respiré hondo y me senté frente a Mal y Zorro.

Después de un momento, Malloryn habló de nuevo.

—Busqué tu símbolo hoy. No está en ninguno de los libros de la tienda. Ni siquiera en los más antiguos que guardamos en la parte de atrás. Pero es poderoso, sea lo que sea. Lo veo cuando cierro los ojos. —Cerró los ojos para demostrarlo—. Sí, ahí está.

Permaneció sentada con los ojos cerrados, reteniendo el símbolo tan firmemente detrás de sus párpados que casi podía verlo yo misma.

—Creo —añadí— que el mundo está tratando de decirme algo importante, y creo que entiendo algunas partes, pero no logro descifrar qué significa o qué se supone que debo hacer al respecto.

Malloryn pasó sus dedos por el pelaje de Zorro, con los ojos todavía bien cerrados.

—Deberías seguir escuchando —dijo con una voz suave y reflexiva—. Tal vez el mundo aún no ha terminado de hablar.

Luego volvió a acariciar a Zorro.

A veces el silencio no le pide nada a nadie, excepto pensamientos, respiraciones y latidos del corazón.

Sentada allí, con los ojos cerrados, con Zorro acurrucado en el hueco de su brazo y sus colas perezosas y libres, Malloryn parecía casi una pintura. Sentí una punzada de envidia. Ella confiaba en el mundo lo suficiente como para cerrar los ojos ante él. Su confianza era un hermoso hechizo, y yo no quería romperlo. Quería entrar en él, quería sentirme tan segura como ella.

Cuando abrió los ojos, el hermoso hechizo no se rompió. Había preocupación en su mirada, pero era una preocupación esperanzadora, la preocupación de alguien que creía que podía resolver cualquier problema. Malloryn pensaba que todas las cosas se arreglaban, porque Zorro la había encontrado cuando ella lo necesitaba, porque ella había huido de casa y me había encontrado a mí.

Pero yo sabía que no era así, porque mis dos padres estaban muertos y nada iba a arreglar eso.

Malloryn depositó al zorro en el piso con suavidad. Luego se inclinó hacia adelante en su asiento y lanzó otro tipo de hechizo.

—Escúchame, Mar —dijo—. Eres mi amiga, y nadie va a lastimarte. Si vienen por ti aquí, no te van a atrapar. No lo permitiré. No lo permitiremos. —Mientras hablaba, sus ojos se convirtieron en pequeños diamantes de certeza. Su voz era firme y carente de miedo. Invocaba una ferocidad tranquila en cada palabra, tanto que casi le creí.

—Mal —dije—, no los conoces.

—No —repliqué Malloryn—. *Ellos* no me conocen *a mí.*

Se puso de pie. Sus rizos se balancearon sobre su rostro, salvajes y brujeriles. Sus ojos se movieron rápidamente por toda la sala, tomando nota de cada superficie y cada rincón.

—¿Qué vas a hacer? —pregunté.

—Qué *vamos* a hacer —corrigió—. Vamos a cubrir cada centímetro de esta casa con hechizos de protección.

Mientras hablaba recorrió la habitación, rozando las paredes con la mano. Zorro, sintiendo la energía del momento, saltó y caminó emocionado junto a ella, tejiendo ágilmente su cuerpo y sus ocho colas vaporosas entre las piernas de Mal.

—Nadie que quiera hacerte el más mínimo daño podrá acercarse a esta casa. Te vamos a envolver en tantos hechizos defensivos que ni siquiera podrán mirarte a los ojos.

Hizo una pausa para sopesar lo que iba a decir a continuación. Zorro se sentó sobre sus patas traseras, con las colas alerta y el cuerpo tenso como si estuviera listo para saltar. La voz de Malloryn bajó hasta un susurro tembloroso y frágil.

—Si es necesario —susurró—, vamos a lanzar *maldiciones*.

Zorro aulló.

Malloryn nunca tocaba las maldiciones. Jamás. Era parte de su código de honor personal. Quiero decir, de todas formas, es probable que no funcionarían, pero ésta era una Malloryn diferente a la que había conocido antes.

—¿Maldiciones? —pregunté—. ¿Estás segura?

—Oh, sí —dijo, asintiendo enfáticamente—. Si alguien intenta lastimarte, esto se va a poner primitivo. Vamos a desatar el poder ancestral de las brujas. Estoy hablando de magia desenfrenada de hermandades de la vieja escuela, del tipo que arruina cosechas, envenena pozos y hace llorar sangre a la gente mala. Y si *eso* no es suficiente —añadió con los dientes apretados—, tenemos a Millmallow.

La mención de Millmallow me erizó los brazos.

—¿Qué puedes decirme sobre Millmallow? ¿Quién es ella?

La locura en los ojos de Malloryn se suavizó un poco.

—Es nuestra amiga —dijo con voz suave—. Podemos hacer tantas cosas, ella y yo.

Luego volvió a quedarse callada.

A veces el silencio significa que la conversación ha terminado.

• • •

Dejé que Malloryn comenzara con los preparativos para sus hechizos y subí a mi habitación para acostarme. Todo lo que había sucedido en los últimos días me seguía dando vueltas en la cabeza. Sentía que estaba corriendo para no quedarme atrás. Sostuve el ala de hada frente a la ventana. Hacia el oeste había un resplandor amplio y tenue extendiéndose por el horizonte, tan pálido e indistinto que no estaba segura de que no fuera sólo un efecto de la contaminación lumínica. Tomé el mechón de pelo y lo sacudí. Sonaba como pelo. Lo olí. Olía a perro. Con mi dedo tracé las líneas del símbolo que había dibujado en mi cuaderno, pero no significaron para mí nada más que cuando las vi por primera vez en el flanco de Shuck. Suspiré y me dejé caer de espaldas en mi cama, con los ojos en el techo.

Escuché los pasos de Malloryn en el pasillo, seguidos por los de Zorro. Cuando pasó frente a mi habitación, me deseó buenas noches. Un momento después escuché la puerta de su habitación cerrándose. Quería dormir. Pero el aire se sentía ávido y peligroso, y parte de mí intentaba retroceder el tiempo para poder contarle todo a Karl. Me quedé allí acostada con los ojos abiertos, lamentando, justificando y reviviendo cada agonizante momento de los últimos días.

¿Qué quería el mundo de mí?

Abrí mi *laptop* y busqué en un mapa de Estambul por un rato, acercándome cada vez más, hasta que encontré la cuadra exacta donde estaba la tienda de Amu Reza. Había un número de teléfono listado. Era lo suficientemente tarde en Berkeley como para que la tienda ya estuviera abierta. Saqué mi teléfono y marqué el número, y luego contuve la respiración.

Sonó una vez, luego dos, con un tono de marcado desconocido, como si estuviera llamando a otro planeta. Volvió a sonar, otra vez, y otra más. Después del sexto tono colgué, conté hasta cincuenta y llamé de nuevo.

No hubo respuesta, y por alguna razón me sentí más sola todavía que antes de llamar. Como si el mundo de repente se hubiera vuelto más grande, o más vacío.

O más frío.

Quería hablar con alguien. Quería hablar con Amu Reza, saber con certeza el final de la historia del Ave. Quería hablar con Karl, disipar sus sospechas, tal vez incluso contarle una versión muy editada de la verdad. Quería hablar con Malloryn, empaparme de su confianza.

Quería hablar con mi papá.

Ese pensamiento me tomó por sorpresa. Había pasado casi un año desde que se fue, y yo había reconfigurado mis pensamientos diarios alrededor de su ausencia. No esperaba verlo cuando llegaba a casa de la escuela, o cuando me despertaba por la mañana. No buscaba mensajes de texto o llamadas suyas cuando estaba fuera. Él se había ido, y la mayor parte del tiempo podía aceptar la rareza de aquello como parte de mi vida. Pero luego, en una noche oscura, cuando sólo tenía preguntas y acertijos y ninguna respuesta, pensamientos como éste se me colaban y perforaban un agujerito en lo más profundo de mi corazón, dejándome vacía y anhelante.

La marca en mi pecho dolía, como si también estuviera tratando de decirme algo que yo era demasiado obtusa para entender. Fui a mi tocador y bajé el cuello de mi camiseta para observarla. La marca era de un tono rosado-marrón y tenía la forma de una medialuna de bordes irregulares. Hace mucho tiempo, un unicornio —*el* unicornio, la única criatura verdaderamente salvaje que yo había conocido— había dejado una marca como ésa en una chica como yo, y así había comenzado la línea hircaniana.

Si tuviera un deseo para esta noche, desearía que esa marca desapareciera de mi cuerpo. Desearía que el unicornio saliera de mi sangre y que la línea hircaniana desapareciera de mis genes. Desearía ser normal.

Pero me había quedado sin deseos. Lo único que tenía eran preguntas, y en todas partes donde buscaba, las respuestas simplemente se iban volando.

Finalmente me dormí.

Al despertar me encontré con un mensaje de texto de Carrie.

Llámame

El corazón me dio un vuelco. ¿Había pasado algo malo? ¿Se encontraba en peligro? La llamé, y ella contestó al primer timbre. Su voz sonaba tensa por la agitación y un poco áspera.

—¿Estás bien? —pregunté.

—Eh, sí —respondió—. ¿Por qué no habría de estarlo?

—Por nada —añadí, esperando sonar normal y no desesperadamente aliviada.

—Estaba pensando —dijo Carrie— en tu pregunta de ayer.

—¿Cuál pregunta?

—La de qué pasa si los huérfanos fracasan —replicó—. Me sentí mal por cómo simplemente la ignoramos.

—Oh —exclamé—. Está bien. Que los huérfanos se conviertan en reyes y reinas es bastante genial.

—Sí, definitivamente lo es —dijo Carrie—. Pero pensé en averiguar si tal vez había una mejor respuesta.

—¿Y?

—Bueno —comenzó—, empecé por preguntarme: "¿Qué significa que los huérfanos fracasen?". Y, quiero decir, podría haberte preguntado *a ti* qué querías decir, pero no quise molestarte, y ya era algo tarde, así que decidí que lo que querías decir no era: "¿Qué pasa si los huérfanos no encuentran lo que buscan?". Porque en ese caso, ya sabes, simplemente continúan siendo huérfanos y siguen arreglándoselas en la vida, o no, ¿cierto?

—Eh, ¿cierto?

—Así que decidí que lo que querías decir era: "¿Qué pasa si no salvan al Ave?". Lo que creo que significa: "¿Qué pasa si el Ave no puede seguir haciendo girar la rueda?". Porque sabemos que el Ave muere mucho, ¿verdad? Y eso es parte de hacer girar la rueda. Pero ¿y si no puede morir? ¿O si no puede morir de la manera correcta, cualquiera que ésta sea?

—Okey...

—Pon atención, Mar —dijo Carrie—. Como sea, empecé a investigar, y hay una teoría científica sobre el universo que dice que en algún momento, como dentro de mucho tiempo, a medida que el universo se expande, todo, estrellas, planetas, todo, alcanzará la misma temperatura. Una temperatura muy, muy fría. Pero luego pensé, ¿y si no es verdadera ciencia? ¿Y si es una metáfora? Así que seguí buscando cosas sobre el Ave, ya sabes, para ver si podía encontrar más pistas, y exactamente sobre el Ave no hallé nada, pero encontré una cosa que alguien escaneó de un extraño libro antiguo de historias y fragmentos de historias artúricas francesas, y es algo sobre un pájaro, y también sobre el calor y el frío, y, bueno, sé que Francia está bastante lejos de Irán, pero tu historia dice que el Ave aparece en todas partes, y además hubo muchos europeos en el Medio Oriente y el Norte de África luchando en las Cruzadas y cosas así, y las historias se transmiten, incluso cuando la gente se está peleando, así que no sé, simplemente parecía que podría estar conectado de alguna forma y...

Su voz se fue apagando.

—¿Carrie? —pregunté—. ¿Cuánto dormiste anoche?

—No mucho —dijo—. Entonces, ¿quieres escuchar lo que encontré?

UN FUEGO EN EL DESIERTO

Resulta que hay un joven caballero que está en busca del Santo Grial, porque eso es lo que se supone que hacen los jóvenes caballeros, y está viajando completamente solo a través de un desierto. Tal vez está en Marruecos, o en Túnez, o algo así. No lo sabemos. En algún lugar lejos de casa. Y es un desierto, y no hay nada vivo por ningún lado, y hace calor.

Al principio no está preocupado, porque tiene mucha agua y un mapa. Pero luego el sol se pone y es de noche, y hace frío, muchísimo frío, y está temblando y cubriéndose con cada pedazo de tela que tiene, y aun así no es suficiente, y sigue haciendo cada vez más frío, y quiere hacer una fogata para mantenerse caliente, pero el problema es que no hay madera. No hay nada que quemar. Está en medio de un desierto, y no hay plantas ni árboles. Así que va dando tumbos y congelándose, y ve a lo lejos una luz parpadeante. Entonces se dirige hacia ella, y ve que es una pequeña fogata alegre, y hay una viejita sentada a su lado, disfrutando su calor.

Al principio el caballero piensa que se ha salvado. Hay espacio para él junto al fuego, y la anciana parece amigable, y lo llama para que se acerque. Así que se sienta junto a ella, y es cálido y acogedor, y todo es maravilloso por un momento.

Pero luego se da cuenta de que no hay leña en el fuego. No hay nada en absoluto, sólo está ardiendo por sí mismo, sin combustible. Y piensa, *Oh no, esto es brujería, o lo que sea. Esta mujer es una bruja, y me va a maldecir y a convertir en, no sé, un tritón. Y luego me comerá.*

Así que saca su espada y se prepara para matar a la anciana antes de que ésta pueda hacerle alguna brujería. Pero entonces ella le dice: "Si haces eso, jovencito, el fuego se apagará y te congelarás".

Y el caballero se da cuenta de que, número uno, ella probablemente tiene razón, y número dos, no lo ha convertido en un tritón, *todavía*, así que tal vez esté a salvo. Intenta calmarse, porque está allí y no hay a dónde huir, y si ella va a convertirlo en un tritón, no hay mucho que pueda hacer al respecto, pero al menos está caliente junto al fuego. Y después de un rato, comienza a sentir curiosidad. Así que finalmente le pregunta a la anciana cómo es que este fuego sigue ardiendo sin combustible. Y ella sonríe y le dice: "Espera un poco".

Al poco tiempo el fuego comienza a apagarse, y el caballero comienza a sentir el frío. Entonces la anciana sonríe de nuevo, se acomoda y se aclara la garganta. Y luego le cuenta al caballero una historia sobre una liebre, un zorro y un caldero de grasa, el cual…

§ § §

—¿Qué pasa en esa historia? —pregunté.

—No tengo idea —repuso Carrie—. No dice. Solo dice que ésa es la historia que contó, "La liebre, el zorro y el caldero de grasa". Como sea, no es importante, ¿verdad? Sólo pon atención.

§ § §

Entonces la anciana llega al final de la historia y, tan pronto como termina, el fuego se aviva y vuelve a ser cálido y acogedor.

Los dos se sientan allí, disfrutando del fuego por un rato, y luego, después de un tiempo, las llamas comienzan a apagarse. Una vez más, la anciana se aclara la garganta, y esta vez le cuenta al caballero la historia de los músicos viajeros y el mismísimo Diablo. Y cuando termina...

§ § §

—¿Y en esa historia qué pasa? —pregunté.

—¿Cómo voy a saberlo? —respondió Carrie—. No dice, ¿okey? El punto es que ella cuenta otra historia. ¿Puedo continuar?

§ § §

Entonces la anciana termina la historia y el fuego se aviva de nuevo, y están todos calientes y cómodos por un rato. Pero luego el fuego comienza a apagarse otra vez.

El caballero no es un idiota. Está empezando a entender cómo funciona aquello. Así que dice: "Déjame

intentarlo". Y le cuenta a la anciana la historia de las tres doncellas celosas y la moneda de oro. Después de que termina...

§ § §

—Espera —exclamé—. ¿También vas a saltarte ésa?

—*Ésta* es la historia, ¿okey? —dijo Carrie, claramente frustrada por ser interrumpida por tercera vez—. No tiene *otras historias* dentro. ¿Quieres escuchar cómo termina o no?

§ § §

Entonces, el caballero llega al final de la historia de las tres doncellas celosas y la moneda de oro, y, como era de esperar, el fuego se vuelve cálido y alegre.

Y así pasan la noche, contando historias uno y otro cada vez que el fuego se debilita. Cuentan —y no conozco ninguna de estas historias, Marjan, así que no preguntes— la del pozo que lleva al corazón del mundo, la del niño con el pulgar mágico, la de la rana que aprendió a cantar, y un montón más que no recuerdo. Finalmente comienza a clarear y la fría noche termina. Y cuando sale el sol, el fuego se apaga y el caballero se vuelve hacia la anciana y le pregunta: "¿Quién eres?".

La anciana no dice una palabra. Simplemente se levanta, se convierte en un ruiseñor y vuela lejos.

§ § §

—Espera, ¿qué le pasa al caballero? —pregunté.

—No lo sé —dijo Carrie—. Probablemente sigue buscando el Grial. No dice. Sólo es un fragmento, y el resto de la historia se perdió, y estaba en francés, y era tarde, así que hice lo mejor que pude, pero es posible que me haya quedado dormida un par de veces, así que ni siquiera estoy segura de recordarlo bien. Pero el punto es, ¿y si esa anciana era el Ave de las Mil Historias?

—¿Cómo? —Sus palabras e ideas surgían tan rápido que era difícil seguirle el ritmo.

—¿Quién dice que hay reglas sobre dónde y cuándo puede aparecer el Ave? —preguntó Carrie—. Es una historia, ¿correcto? Y el Ave ha aparecido muchas veces, y cada vez es diferente, ¿correcto? Y las historias se transmiten por todo el mundo, como la que me contaste ayer. Entonces, ¿por qué no podría ser ella?

—Quiero decir —aclaré, con la cabeza dándome vueltas por la historia de Carrie y por estar aún medio dormida—, supongo que sí podría ser.

—Totalmente podría —dijo con una voz orgullosa y emocionada.

Después de que colgó, me senté en la cama y pensé en su historia y su teoría. Tenía razón. ¿Por qué no podría la anciana del desierto ser otra de las mil versiones del Ave que han venido y se han ido? Tal vez era una pista. Pero ¿qué significaba?

Lo que mantenía caliente al caballero, lo que mantenía el fuego ardiendo, eran las historias. Tal vez era eso lo que el Ave traía al mundo. Y tal vez, si las huérfanas no protegían al Ave, eso era lo que el mundo perdería.

Sus historias.

Me erguí sentada en la cama, con la cabeza repentinamente llena de todavía más preguntas. ¿Qué pasaría si el mundo se quedara sin historias? Las historias que había escuchado eran importantes para el trabajo que hacía. Me daban un propósito. Si perdía mis historias, la marca en mi pecho no significaría nada. Nadie necesitaría mi ayuda. Y si me necesitaran, no sabría qué hacer. No tendría nada en qué apoyarme, ninguna sabiduría de dónde aprender.

Si perdiera mis historias, yo no sería nadie.

| CAPÍTULO DOCE |

UN RAMILLETE DE ALCALOIDES

Cuando bajé esa mañana, Malloryn se dirigía a la puerta con una gran bolsa de lona colgada al hombro y guantes de jardinería en las manos.

—Tengo que recolectar suministros para los hechizos —explicó—. No hay tiempo que perder… No, Zorro, no puedes venir. —Empujó suavemente a Zorro con un pie.

—Mal —dije—. ¿Qué crees que pasaría si perdiéramos todas nuestras historias?

Hizo una pausa.

—¿Todas? ¿Así como si las olvidáramos?

—Hipotéticamente.

—¿Y que no pudiéramos hacer nuevas?

—Supongo que no.

—Bueno —dijo después de un momento—, seríamos muy aburridos. —Luego se encogió de hombros y se fue, cerrando la puerta de golpe tras de sí dejándonos a Zorro, a mí y a la pregunta que apenas había respondido.

¿Qué pasaría si perdiéramos nuestras historias?

Yo no tenía un trabajo de verano como Malloryn, ni como Grace, que trabajaba medio tiempo en la ferretería de sus padres. No estaba tan motivada académicamente como Carrie. Y no me sentía lo suficientemente confiable para algo estable. De vez en cuando la doctora Paulson me llamaba para cubrir a alguien en la clínica veterinaria que había sido de mi papá, y después mía por un breve tiempo. Pero yo nunca le había pedido algo más permanente, y ella nunca me lo había ofrecido. Nadie querría contratarme. Y si lo hicieran, no querrían quedarse conmigo después de que desapareciera por una semana sin decir nada. Los hircanianos —los que yo conocía— eran sus propios jefes. Era la única manera.

Un chico de nuestra clase me había hablado de ganar dinero llenando encuestas en línea. Sonaba lo suficientemente fácil: un trabajo mecánico que podías hacer en tu tiempo libre. Me había registrado en varios sitios de encuestas y pasaba unas horas al día marcando casillas y escribiendo respuestas cortas. Era un trabajo aburrido, y algo complicado también, porque tenías que ser más astuto que las preguntas de selección si querías ganar algo de dinero, pero una vez que comencé a entender los patrones, me pagaba la comida.

Hoy me distrajo de los cuchillos, las hadas y los pájaros. Me distrajo del arrepentimiento y el miedo. Y entre los clics en automático y las pequeñas mentiras, me pregunté qué seríamos, yo y las personas que me importan, si no tuviéramos historias.

La cabeza de Malloryn estaba llena de hechizos y de las historias que los acompañaban. Carrie estaba motivada por las historias en los folletos universitarios, historias de un cierto tipo de excelencia y logros, contadas por medio de calificaciones y puntos en el currículum. Grace tenía una forma especial de atajar las historias, de tomar el control de un momento desafiando las historias que lo habían creado. Y yo... todo mi propósito estaba construido sobre historias. Cuando las cosas se ponían raras, las historias eran mi única guía.

Sin nuestras historias, simplemente *no seríamos*.

Malloryn regresó esa tarde con espiguillas de cola de zorro y abrojos pegados a su ropa, y su bolsa de lona llena de flores, plantas y otros suministros. Se instaló en la mesa baja de la sala, donde separó las plantas en montones y luego comenzó a cortarlas con tijeras de jardinería y a atarlas con hilo de carnicero en delgados manojos bien apretados. Mientras trabajaba, Zorro caminaba alrededor de ella en pequeños círculos ansiosos, con la cola levantada y temblorosa.

—¿Puedo ayudar? —pregunté.

—Ojalá —dijo, divertida y exasperada por igual—. Esto es magia de flores silvestres. Muy antigua. Bastante poderosa, definitivamente no para aficionados. Sin ofender.

—¿Qué son? —pregunté, señalando los paquetes.

—Hechizos de zarza —dijo—. Cicuta, belladona y dedalera atadas con cáñamo y un nudo de clavo de bruja. Una antigua protección contra el mal.

Se enrolló un pedazo de hilo en el dedo, le dio una vuelta hacia atrás ("siempre en sentido contrario a las agujas del reloj, nunca de cara al sol", murmuró para sí misma), luego hizo algo que no pude ver bien con el otro extremo del hilo, y el ramo quedó listo.

—Escopolamina, digitalina y coniina —anunció con orgullo, sosteniéndolo en alto—. Un ramillete de alcaloides para nuestros enemigos, un humilde regalo de delirio e insuficiencia renal.

—Vaya, eso es oscuro —dije.

—Esto es protección. La protección es un asunto oscuro.

Me permitió ayudarle a distribuir los ramos terminados. Los colgamos en cada habitación de la casa y los colocamos sobre cada alféizar. Malloryn mezcló un par de hechizos y colgó la cruz sobre la puerta principal. Luego barrimos todos los recortes de la mesa, la rociamos con el limpiador de cocina más fuerte que pude encontrar y nos lavamos las manos tres veces con jabón. Ninguna de las dos quería un ramillete de alcaloides en nuestra cena.

Malloryn se secó las manos en su pantalón y luego se pasó el antebrazo por la frente. Asintió con satisfacción, con una sonrisa de orgullo en el rostro.

—¿Eso es todo? —pregunté.

—Eso es todo —afirmó—. Protegida hasta los dientes. Nada va a pasar a través de estos bebés.

Su confianza era contagiosa. Veía los ramos y sentía el poder encerrado en ellos. Casi podía verlos alejando activamente el mal: la dedalera, con sus flores moradas como bocas abiertas en una burla silenciosa; las constelaciones de bayas de belladona como ojos oscuros que desafiaban sin parpadear; los pálidos tallos de cicuta, erguidos con sus nubes de un blanco mortal.

No te atreverías a pasar.

Mientras admiraba los ramos con una mezcla de asombro y miedo, mi teléfono comenzó a sonar. Grace.

—¿Qué hay, G? —pregunté.

Por un momento, la línea permaneció en silencio.

—La tienda. —Su voz sonaba extraña, confundida.

—¿Qué tienda? —dije—. ¿Qué está pasando?

—La tienda —dijo de nuevo—. La tienda de mis padres.

—¿Está todo bien, Grace?

—Ellos están bien —añadió—. Yo estoy bien. Pero la tienda. Está en llamas, Mar. Se está quemando.

El incendio había comenzado poco después de que sus padres cerraran la tienda por la noche y se fueran a casa. Se había extendido rápidamente. Para cuando llegaron los bomberos, quedaba poco que salvar.

—Quince años —dijo Grace, con la voz apagada—. Quince años han trabajado en ella.

Habíamos llegado a su casa, un dúplex en el oeste de Berkeley, en bicicleta, con máscaras respiratorias para protegernos del aire corrosivo. Sus padres habían ido a la tienda a tomar fotos y evaluar los daños, y su tía de Taipei estaba durmiendo en la habitación de Grace, aparentemente afectada por el *jet lag*. Malloryn había empacado un recipiente de plástico con galletas, y ahora las tres las estábamos comiendo en la cocina de Grace.

—¿Qué pasó? —preguntó Malloryn.

—No lo sé —dijo Grace—. Creen que tal vez hubo una falla eléctrica. Y simplemente... —Hizo una explosión con las manos.

—¿Qué piensan hacer? —pregunté.

—Están asegurados, así que... —Grace se encogió de hombros—. Supongo que empezarán a buscar otro local. Siempre me dicen que no deje que nada se interponga en mi camino. Ahora tendrán que predicar con el ejemplo. No lo van a admitir, pero están muy tristes. Casi todos los días, al menos uno de ellos estaba allí. No puedo creer que se haya perdido.

Cayó en un silencio y dio otro mordisco a la galleta de chispas de chocolate que tenía en la mano.

—Lo siento, G —dije.

Ella sonrió tristemente.

—No es tu culpa.

Mucho más tarde, sola en mi habitación, consideré el símbolo de la tetera y la serpiente en la tarjeta que Karl me había dejado, y me pregunté si las palabras de Grace eran ciertas.

Esa noche soñé con un frío bosque cubierto de nieve, con un aliento caliente convirtiéndose en vapor en una noche helada. Soñé con una voz lejana que gritaba un nombre que yo sabía que era el mío, y por un momento sentí que la escena continuaría, como si yo *quisiera* que continuara, como si hubiera algo más que intentara mostrarme. Pero luego el sueño se quebró en un grito de dolor y rabia como si fuera un cristal roto, y abrí los ojos y sentí el temblor de una pena salvaje e impotente, la furia mortal de las hadas, traída desde algún lugar lejano en la caverna de diminutas gargantas, vibrando hasta mi habitación desde el otro lado del mundo.

No sabía qué significaba el bosque, o qué intentaba decirme el sueño. Pero conocía esos sonidos. Incluso si no entendía cómo los estaba escuchando, sabía exactamente lo que significaban.

Otra hada asesinada.

En la mañana, el aire seguía espeso por la neblina amarga de los incendios lejanos y de uno no tan lejano. Me sentía desesperanzada: la canción que me había despertado del sueño la noche anterior aún resonaba en mis huesos. La tienda de Grace, quemada. Otra hada muerta. El mundo gritando por ayuda, por justicia. Y yo, demasiado lenta y estúpida para ayudar.

Todavía era temprano, y la tienda de alfombras en Estambul debería estar abierta. Intenté llamar de nuevo. El teléfono volvió a sonar una y otra vez. Nadie contestó.

Tal vez está con un cliente, pensé. *Tal vez está en casa, enfermo.*

Pero a pesar de todas las excusas que imaginé, más bien sentí como si me estuviera ignorando.

Malloryn nos preparó avena y luego se fue a trabajar. Yo pasé una hora limpiando la casa y otra hora completando encuestas. Mi estado de ánimo era sombrío y me sentía impotente.

Alrededor del mediodía, un golpe en la puerta me hizo saltar de la silla con el corazón acelerado. Miré a mi alrededor buscando una ruta de escape, lista para correr hacia la puerta trasera. Un momento después, escuché una voz familiar afuera.

—¡Poooooo-laaaaa! —Era Francesca Wix, mi vecina de al lado. También era mi tutora legal, lo que generalmente significaba que firmaba documentos, en ocasiones traía comida y, por lo demás, me dejaba vivir mi vida, siempre y cuando no hubiera drogas involucradas. Mi corazón acelerado se relajó un poco y fui a abrir la puerta.

Francesca estaba parada en el umbral, con su metro cincuenta y ocho de altura y su afro entrecano. Sus grandes ojos brillaban con ideas inquisitivas en su rostro color nuez, y su boca era apretada, severa, escéptica. Llevaba tenis Converse, jeans holgados y una camiseta con una cara sonriente y las palabras ABAJO EL PATRIARCADO impresas en alegres letras burbuja. Me tendió una caja de comida para llevar.

—Pierogis —anunció.

Tomé la caja, la invité a pasar y cerré la puerta tras ella.

—¿Cómo estás, Marjan? —preguntó sin preámbulos—. Vine a ver cómo estás.

Se sentó en el sofá de la sala y me observó a través de unos lentes que hacían que sus ojos, ya de por sí grandes, lo parecieran aún más. Así era como me tutelaba legalmente. Visitas ocasionales no programadas, acompañadas de comida. A ambas nos funcionaba.

—Estoy bien, supongo —dije—. Estaba haciendo algunas encuestas.

Francesca levantó una ceja.

—Sabes que ésa no es manera de vivir, Marjan. Regalar toda tu información privada a cambio de unos cuantos dólares.

—La mayor parte son mentiras —dije.

—Y eso lo hace mejor, ¿no? —Levantó una ceja severa.

—No. —Abrí la caja y clavé un tenedor en un pierogi humeante—. Pero no soy contratable, Fran. Lo sabes. —Tomé un bocado. Espinaca y queso feta.

—Oh, lo sé —exclamó—. No estoy diciendo que tengas que convertirte en una emprendedora de la noche a la mañana a los dieciséis años. Pero estás desperdiciando tu tiempo y tu cerebro haciendo esas tontas encuestas, y lo sabes. En fin. ¿Qué más está pasando contigo?

—No mucho —mentí. No creo que Francesca supiera exactamente lo que hacía, o adónde iba, o con quién, y sin embargo parecía entender que era importante. Nunca hacía preguntas difíciles ni me impedía ir. Y si veía a través de mis pequeñas deshonestidades, lo hacía en silencio.

Miró alrededor de la habitación y por primera vez notó los hechizos que habíamos colgado la noche anterior. Se levantó y caminó hacia uno de ellos, se subió los anteojos y estudió de cerca los nudos de Malloryn.

—¿Tú los hiciste? —preguntó.

—Mal los hizo —dije—. Yo le ayudé a colgarlos.

Francesca me miró con cuidado, bajándose nuevamente los anteojos.

—¿Está todo bien, Marjan? ¿Hay algo que deba saber?

—Estamos bien. Supongo que solo quería estar más segura.

—Supongo —replicó Francesca, trazando uno de los nudos de Malloryn con el dedo y luego haciendo un gesto en señal de aprecio.

Zorro entró en la habitación y Francesca se arrodilló para saludarlo. Al verla, Zorro lanzó un ladrido de alegría y corrió a lamerle la cara. La mentira se clavó en mi costado como un cuchillo cruel. Francesca no sabía todo sobre mí y el trabajo de mi papá, pero sabía lo suficiente. La única razón por la que no sabía más era que yo no se lo contaba, y ella no preguntaba.

—Oh —dijo una vez que Zorro la hubo saludado a su satisfacción—. Quería decirte que estamos organizando una reunión pública esta noche en Sproul Plaza, en solidaridad con las mujeres y niñas de Irán. A las seis en punto. Deberías venir.

Francesca siempre estaba organizando reuniones y manifestaciones. Siempre estaba haciendo sondeos telefónicos y carteles de protesta. Y siempre estaba buscando ayuda, más manos, más personas. Sacó un volante doblado de su bolsillo y me lo entregó. En él había una silueta de una mujer con la cabeza descubierta y el pelo al viento, con el puño en alto, superpuesta sobre el contorno de las fronteras de Irán.

—Tal vez lo haga —contesté.

Sabía sobre la chica que había muerto bajo custodia. Sabía que había protestas, que mujeres y niñas estaban en las calles, con la cabeza descubierta en desafío a la ley, pidiendo libertad y justicia. Sabía la canción que todas estaban cantando. Pero a pesar de que tenía familia en Irán, a pesar de que las chicas que marchaban en las calles de Teherán se parecían mucho a mí, todo aquello se sentía muy lejano.

Francesca se levantó y echó un vistazo largo por la casa.

—Bueno, ya tengo que irme a trabajar. Disfruta esos pierogis. Y, Marjan… avísame si necesitas algo.

—Gracias, Fran —dije. Ella sonrió, le rascó la cabeza a Zorro una vez más y se fue.

Traté de volver a mis encuestas, pero Francesca tenía razón. Se sentía como una pérdida de tiempo.

El problema era que no sabía qué más hacer. Todo lo que me importaba era una pregunta. Y no tenía ninguna respuesta.

Abrí el volante, alisé los pliegues y lo miré de nuevo. *Tal vez debería ir,* pensé. Tal vez una persona más haría la diferencia. Tal vez la protesta significaría algo para mí. Tal vez conocería a más iraníes. Tal vez...

Mi teléfono estaba sonando. Era un número desconocido. Consideré dejarlo pasar. Pero si era alguien que realmente me necesitaba, no podía ignorarlo.

Contesté.

—Hola, Marjan —dijo Karl.

—Karl —contesté.

—¿Estás bien? —preguntó.

—Sí, estoy bien.

—Eso es bueno —dijo Karl—. Que estés bien. Nos preocupamos cuando una calamidad acontece tan cerca de casa. Nos preocupamos de que sufras.

—¿De qué estás hablando, Karl? —pregunté. Pero la sangre ya comenzaba a helárseme porque sabía lo que significaba, y sólo necesitaba que lo dijera.

—Tienes buenas amigas —repuso Karl—. Y estoy seguro de que tú eres una buena amiga para ellas cuando te necesitan.

—¿Por qué dices eso, Karl?

—Espero que no haya más calamidades entre tus amigas —respondió.

—El incendio...

—Una calamidad —dijo Karl—. Es una fortuna que nadie haya resultado herido. Dime qué nos quitaste. Dime qué significa.

Mi boca estaba seca. Mi garganta, apretada.

El incendio.

El incendio había sido mi culpa.

—No, Karl —dije—. No hagas esto. No es justo. Ella no hizo nada malo. No merece esto.

—Dime qué nos quitaste. —La voz de Karl era calmada y serena—. Dime qué significa.

—Quemaste la tienda —exclamé—. ¿Por qué harías eso?

—Algo importante está sucediendo —dijo Karl—. Y creo que sabes qué es. Dime qué nos quitaste. Dime qué significa.

—¿Por qué habría de volver a ayudarte?

—Porque las cosas sólo empeorarán. Recuerda al alfarero de Kashan. No tienes por qué marchar hacia Antioquía, Marjan.

—Eso es sólo una historia —repliqué—. No significa nada.

—Todas las historias significan algo —dijo Karl—. Y algunas lo significan todo. Tú, más que nadie, deberías saberlo. Dime qué nos quitaste. Dime qué significa.

—Eres malvado —grité. Las manos me temblaban. El corazón me latía con fuerza. La voz me temblaba de rabia y miedo—. Toda tu familia es malvada.

Y luego colgué.

Un silencio sofocante llenó la casa. Me sentí como si estuviera hecha de varitas. El incendio había sido mi culpa. ¿Podría volver a mirar a Grace a los ojos? ¿Podría seguir siendo su amiga?

¿Podría ser amiga de alguien, alguna vez?

Me senté en mi escritorio. Había un ala de hada y un mechón de pelo de la Muerte frente a mí, como un retorcido proyecto de tarea que había pospuesto hasta el último minuto, hasta que ya era demasiado tarde.

Karl me aterrorizaría, aterrorizaría a mis amigas hasta que no me quedara ninguna, o hasta que no hubiera nada de valor que pudiera darle. Lo que me dejaba exactamente con dos opciones: cortar todas mis amistades ahora y para siempre para no causar más daño o dolor a mis amigos, o asegurarme de que el Ave estuviera fuera del alcance de los Fell para siempre, de modo que no tuvieran razón para lastimar a nadie más.

Si lo veía de esa manera, la elección era simple. Había visto lo que sucedía cuando alguien cortaba sus lazos con el mundo. Mi papá, impulsado por el miedo, siempre tratando de simplificar las cosas, incluso si eso significaba lastimar a las personas más cercanas a él. Amu Reza, que sólo me había reconocido como su pariente cuando me habían amenazado con un cuchillo.

No, no sería como ellos. Sería algo distinto. Conservaría a mis amigos.

Y mantendría a salvo al Ave, fuera del alcance de los Fell.

• • •

Tenía la idea de que el ala era una ventana que revelaría personas y animales extraordinarios si los miraba a través de ella. No tenía idea de para qué se suponía que servía el pelo. Cuando lo sostenía en la mano podía sentir la frialdad plana y adormecida de la muerte. Pero ¿qué se suponía que debía hacer con esa sensación? ¿Cómo me ayudaría a encontrar al Ave? Desaté la cinta y dejé que el pelo cayera en un montoncito ordenado. Luego lo revolví ociosamente con la mano, preguntándome si alguna imagen o patrón podría aparecer entre los mechones. Pero no surgió nada, y después de un rato lo volví a juntar y lo até, frustrada y sin estar más cerca de entender que cuando había comenzado.

Malloryn llegó a casa un rato después. Antes de decirme nada revisó todos los hechizos, uno por uno, para asegurarse de que siguieran en su lugar. Una vez que estuvo satisfecha, resopló y se volvió hacia mí con una sonrisa, haciendo rebotar sus rizos.

—¡Todo en orden! —proclamó con orgullo. Pero cuando sus ojos se posaron en mí, su sonrisa se desvaneció—. Oh-oh. Algo te está molestando. No intentes ocultarlo, Mar. No va a funcionar.

Por supuesto que tenía razón. Pero no sabía cómo explicar las hadas muertas, y no estaba lista para decirle que yo había sido la causa del incendio en la ferretería de los padres de Grace. Afortunadamente, ésas no eran las únicas cosas que me molestaban.

El mechón de pelo también me tenía inquieta. Estaba convencida de que era importante. Pero no tenía idea de cómo se suponía que debía usarlo.

Tal vez una bruja sabría qué hacer.

—Espera aquí —dije. Luego corrí escaleras arriba, tomé el mechón de pelo, bajé de nuevo y se lo entregué.

Lo miró con cuidado, lo sostuvo bajo la luz, lo olió. Se lo ofreció a Zorro y lo observó con gran interés mientras lo olfateaba una vez, antes de alejarse arrastrando hacia un rincón. Ella sacó un solo mechón, lo dejó caer y observó cómo flotaba hasta el suelo.

—Mmm. Entonces sus ojos se iluminaron—. ¡Lo tengo! —exclamó—. ¡Pilomancia!

—¿Pilo-qué? —pregunté.

—Pilomancia —dijo—. Es un tipo de adivinación que se hace utilizando pelo. Magia muy antigua. Está fuera de moda en estos días porque hay muchos otros métodos de adivinación que son más fáciles de limpiar. Además, nunca lo he practicado antes.

—¿Cómo funciona?

—Bueno —dijo Malloryn—, Laghmani el Derviche dice que el método adecuado es correr desnudo por una duna de arena al atardecer, dejando que el pelo vuele al viento y leer las formas que hace en la luz. —Hizo una pausa—. Mmm… al decirlo en voz alta, creo que probablemente no será nuestra mejor opción.

—No —coincidí.

—También está la Disciplina Profética de Liu Chao —dijo Malloryn—, que dice que debes mezclar el pelo con arcilla, hornearlo en una taza de cerámica, llenarla de vino y luego romperla. La ventaja de ésta es que no tienes que quitarte la ropa.

—Hay algunas desventajas obvias —repliqué.

—Cierto —concedió Malloryn con tristeza—. Pero suena tan emocionante, ¿no?

—¿No hay algo que sea un poco más, no sé, práctico? —pregunté. Malloryn resopló y puso los ojos en blanco—. ¿Te refieres a aburrido? Sí. Podríamos simplemente tirarlo todo al aire y ver dónde cae.

—Hagamos eso —dije.

—No eres divertida —se quejó Malloryn con una mueca de enojo fingido—. Al menos déjame encender algunas velas.

—¿Ayudará al hechizo? —pregunté.

—Ayudará a que sea más *impresionante* —dijo Malloryn—. Así que, sí.

Esa noche empujamos el sofá y la mesa hacia la pared más alejada de la sala y apagamos todas las luces de la casa. Malloryn me permitió sentarme en el sofá y observarla mientras ella encendía siete velas, con sus ojos brillando con deleite bajo el parpadeo de las llamas.

—La magia lo es todo —dijo mientras colocaba las velas, una por una, en puntos estratégicos alrededor de la habitación. Mientras hablaba, Zorro recorría el perímetro de la habitación arrastrando sus ocho colas destrenzadas como pequeñas serpentinas en cámara lenta—. Caminamos a través de ella todos los días y la mayoría de las personas nunca se dan cuenta. Nunca cuestionan el cosquilleo en la nuca o el hormigueo en su sangre. Magia. Es el nacimiento, es la vida fugaz, es el mundo entero, es la muerte, es la transformación. Pasa a través de nosotros. Está en todas partes a nuestro alrededor. Y si escuchamos, puede decirnos cosas. Puede contarnos los secretos del universo. Puede revelar el pasado. Puede mostrarnos el futuro.

Colocó la última vela en su lugar y luego fue al centro de la sala, donde yacía el mechón de pelo de la Muerte, atado con la cinta que Malloryn me había dado.

—Esta noche —dijo Malloryn— vamos a buscar un mensaje. Vamos a capturar una instantánea de la magia que nos rodea, en la forma en que este pelo caiga al suelo. Esta noche, la magia nos va a hablar.

Recogió el mechón de pelo. Zorro se detuvo a mitad de su recorrido y la observó con sus ojos color ámbar.

—Ni una palabra hasta que la adivinación haya sido leída, o no funcionará —añadió. Luego hizo un enfático gesto de cerrar la boca con cierre para asegurarse.

En seguida desató la cinta para que sólo quedara el pelo suelto en su mano. Cerró los ojos, levantó la mano hacia el techo y dejó que el cabello se deslizara entre sus dedos y cayera suavemente al suelo.

¿Sentí, en ese momento, un hormigueo en mi sangre?

Las fibras flotantes cayeron en una amplia y caótica nube, cubriendo una parte considerable del suelo con pelo de perro. Los ojos de Malloryn danzaron por toda el área de la dispersión. Con cuidado, para no alterar su disposición precisa, dobló las rodillas sin mover los pies y se agachó para mirar más de cerca, trazando con un dedo tembloroso formas que sólo ella podía ver.

Se levantó, a punto de hablar, a punto de pronunciar su adivinación, y en ese momento, un olor terrible golpeó mi nariz. Un olor como a pan mohoso tostándose. Un olor como a…

—Fuego —dije, antes de poder detenerme.

El rostro de Malloryn se descompuso y la decepción apagó instantáneamente el brillo mágico en sus ojos.

—¡Fuego! —volví a decir, porque aunque ya lo había dicho la primera vez, aún no lo había asimilado del todo—. Fuego, ¿dónde?

Me paré, pues el hechizo ya estaba roto. La adivinación había terminado. En algún lugar, algo se estaba quemando.

Malloryn, todavía desanimada y aturdida, comenzó a mirar por todos lados en busca de la fuente del olor. Me sentí mal por ella, pero había *fuego*. E incluso ella, a pesar de su frustración por otro hechizo arruinado, también podía olerlo.

La vi yo primero, una delgada línea de humo atravesando la habitación, muy cerca del suelo. Siguiendo la línea de humo, encontré un cabello que se había chamuscado de una punta y se seguía quemando lentamente. Lo tomé por el otro extremo y lo levanté para examinarlo más de cerca.

Al quemarse, el pelo recto se curvaba en una forma retorcida y frágil. Pero se estaba quemando demasiado lento. Y el humo que salía de él fluía insistentemente en una sola dirección, una línea recta hacia el oeste. Incluso cuando corté el delicado hilo con la mano, volvió a formarse exactamente en el mismo lugar, apuntando exactamente en la misma dirección.

—Mal —susurré.

—Ahí está —dijo Malloryn olvidando su decepción, al menos por un momento—. Ahí está la magia.

—¿Qué significa? —pregunté.

Malloryn pasó con cuidado sobre el pelo en el piso y siguió el filamento de humo hasta donde chocaba contra la pared. Interpuso su mano en la trayectoria del humo, y éste se acumuló contra su palma antes de desbordarse y continuar en la misma dirección. Extendió los brazos paralelos a la línea y luego señaló hacia el oeste, la dirección en la que quería fluir.

—Creo que significa —dijo— que hay que ir hacia allá.

Ahora mi sangre definitivamente estaba hormigueando.

| CAPÍTULO TRECE |

TODA EL AGUA DEL MUNDO

Es algo peligroso, verdad

Grace respondió a mi urgente solicitud de llevarnos en su auto con Mi tía todavía está en la ciudad. Mis padres siguen intentando sacar cosas de la tienda. No quiero ponerme en peligro esta noche.

Y luego, un momento después, ¿Adónde vamos?

A lo que sólo pude responder, No lo sé todavía

Y luego, Sí probablemente peligroso

Diez minutos después, la Ballena Azul rugía en mi entrada y mi estómago se retorcía de culpa. Grace era la única de nosotras que tenía auto, así que era la única que podía llevarnos a donde el humo nos señalaba. Intenté no hacer contacto visual mientras me deslizaba en el asiento del copiloto.

Había vuelto a atar el pelo de Shuck, y Malloryn tenía una cartera de cerillas. Mal se sentó atrás.

Grace miró llena de confusión las cosas que habíamos traído.

—¿Para qué es eso? —preguntó cuando Malloryn encendió una cerilla y prendió una hebra de pelo—. No estoy de humor para más fuego en este momento.

—Creo que es como una especie de GPS —dije—. Pero más raro.

Malloryn apagó la cerilla rápidamente. El pelo ya comenzaba a arder.

—¡Qué olor! —exclamó Grace.

—Te acostumbras —dije débilmente. No estaba acostumbrada. Seguía oliendo horrible, incluso peor que el humo que ya saturaba el aire.

Malloryn bajó la ventana y el humo salió del auto en un filamento azul pálido que se extendía hacia la noche.

—Entonces —añadí, señalando en la dirección de la línea de humo—, tenemos que ir hacia allá.

El humo nos llevó al parque junto a la bahía de San Francisco. Bajamos del auto, caminamos hasta la orilla del agua y encendimos otra hebra. El hilo de humo flotó sobre el agua en dirección a la tierra al otro lado, o al océano más allá de esa tierra.

—Supongo que tenemos que seguir manejando —dije.

Pude sentir que Grace me lanzaba una mirada de exasperación, más molesta que asombrada. Yo mantuve mis ojos en el horizonte. La culpa era una bola de plomo en mi pecho.

—Te das cuenta de que Taiwán también está hacia allá —replicó Grace—. No voy a llevarte a Taiwán.

—Gracias por salir esta noche —dije—. Sé que las cosas están complicadas en este momento.

Ella suspiró.

—Necesitaba un descanso de todos modos. Mi papá es el que más lo está resintiendo. Él levantó esa tienda desde cero. Es como su historia del sueño americano. Ni siquiera sabe qué hacer consigo mismo.

—Lo lamento, G —dije.

Grace parecía mayor. Sus ojos estaban más oscuros. Había estado llorando. Me sentí pequeña y tóxica, como un caracol venenoso en el fondo del mar.

Condujimos a través del puente de Richmond. El ángulo del humo cambió, dirigiéndose hacia el sur. Lo seguimos por la autopista y luego por un pueblo tranquilo, frente a moteles iluminados con neón y marismas oscuras, a través de un vecindario de casas silenciosas y finalmente por una carretera que serpenteaba sobre el borde sinuoso de un valle empinado rodeado de oscuridad. Grace redujo la velocidad para no salirnos del camino. El humo seguía llevándonos hacia el oeste, hacia la profunda oscuridad que teníamos frente a nosotros, donde las estrellas del cielo desaparecían. Los viejos neumáticos de la Ballena Azul rechinaban fatigados en las curvas.

Estábamos cerca. Había algo insistente en el humo ahora. Ya no era sólo una línea. A veces, la brasa al final del pelo encendido parpadeaba y soltaba una bocanada enfática que seguía el camino de la línea. Me imaginé a un hombrecito de humo pisando fuerte, como si necesitara que le prestáramos atención, como si el lugar exacto donde quería que estuviéramos se encontrara muy cerca.

Apareció una salida hacia una playa en la boca del valle, y el humo nos llevó por allí. Condujimos por un camino estrecho y desigual bajo un dosel de árboles arqueados, pasamos un viejo pub de estilo inglés y un par de caballos en un corral, y luego cruzamos un puente que atravesaba un arroyo. El estacionamiento de la playa estaba cerrado, pero quien lo había cerrado lo había hecho a medias, y una de las puertas todavía estaba abierta.

Grace me lanzó una mirada dubitativa mientras pasábamos junto a la puerta que seguía cerrada.

—Si me ponen una multa por estacionarme aquí, tú vas a pagarla.

Bajamos del auto y nos quedamos un momento en el estacionamiento oscuro. Éramos las únicas, lo cual era tanto reconfortante como aterrador. Excepto por las estrellas, la noche era impresionantemente negra. Un puente de metal cruzaba una marisma llena de croares de ranas y otras cositas invisibles que correteaban entre el follaje. Al otro lado del puente, un camino de tierra llevaba a la orilla del mar. Escarpados acantilados se alzaban a ambos lados de la playa, y el océano oscuro se enrollaba en olas bajas y suaves que deslizaban láminas de espuma brillante sobre la arena.

Éste era el lugar al que el humo quería que fuéramos.

Cuando llegamos a la playa vacía, Malloryn señaló las olas y dio un grito ahogado. Bajo el revuelo de las olas, el agua parecía brillar. Nos acercamos a la orilla. Nuestras huellas resplandecían en la arena mojada.

—Magia —susurró Malloryn, sin aliento ante aquella maravilla.

—Plancton —dijo Grace, no menos asombrada—. Bioluminiscencia. Se ilumina cuando se agita.

El agua subía por la playa con un brillo verde, pálido y luminoso, rodeado de espuma blanca.

—Hola —grité—. Estoy aquí, mundo. Seguí el humo, y ahora estoy aquí.

Las olas continuaron retumbando y siseando. El agua continuó brillando en sus partes más salvajes. Un pelícano blanco pasó volando por encima y se alejó sobre el océano. Pero el mundo no respondió.

—Tal vez no es el lugar correcto —dijo Grace, con un dejo de preocupación en su voz.

—Aquí es exactamente a donde nos trajo el humo —afirmé.

—Sí —replicó Grace—, pero es *humo*. Odiamos el humo. Además, olía tan mal. ¿Cómo sabes que debías hacerle caso a ese humo? Tal vez tenías que hacer lo contrario a lo que te decía. Tal vez el olor era una pista. Algo así como, *no hagas exactamente esto*.

—Mundo —dije en voz alta—, por favor ignora a mi amiga, que es una gran conductora y una persona increíble, pero no entiende cómo funcionan estas cosas.

Me quité los zapatos y caminé hacia la espuma fría, fascinada por la forma en que la arena suave se iluminaba a cada paso alrededor de mis pies. La noche seguía oliendo a incendio forestal, pero el aire del mar tenía su propio sabor: una salinidad áspera que resultaba dulce en comparación con el amargo peso del humo.

—Mar, ¿qué estás haciendo? —preguntó Grace, más atrás en la playa.

—Estoy tratando de ver qué quiere —dije por encima del hombro. Luego me volví hacia el océano—. ¿Qué se supone que debo hacer? —pregunté—. ¿Qué querías mostrarme? ¿Qué querías que supiera?

Una ola se deslizó alrededor de mis pies, y el agua brilló en tonos azules y verdes por la bioluminiscencia. Malloryn y Grace se quedaron atrás, más allá del alcance de las olas. Eran dos siluetas contra el valle oscuro a sus espaldas: Grace me observaba con los brazos cruzados, Malloryn miraba ansiosamente en todas direcciones en busca de una señal. Levanté la vista al cielo esperando encontrar indicios de las hadas, pero lo único que vi fueron estrellas, más allá de las oscuras paredes de los acantilados a ambos lados de la playa.

—¡Allí! —gritó Malloryn apuntando hacia el agua.

Un poco más adentro en el océano, una zona en el agua comenzó a fosforescer.

—Sólo es una ola —dijo Grace.

—No lo creo —repliqué.

El agua brillante comenzó a agitarse. Pareció que se elevaba desde la superficie del océano, un bulto ancho y descomunal que traía consigo su propio resplandor. Un momento después, el agua se escurrió y dejó algo oscuro, liso, serpentino y enorme que se curvó y cayó cerca de la orilla de la playa, quedando allí, más alto que yo, más ancho que un auto, tan pesado como una roca y extendiéndose hasta desaparecer en el océano. Su superficie lisa, cubierta de algas y salpicada de percebes, brillaba bajo la luz de las estrellas, revelando un patrón de escamas redondeadas en forma de diamante.

—Mar —dijo Grace detrás de mí—, sal del agua.

Pero no lo hice. Porque esto era lo que el mundo quería. Ésta era la razón por la que me había enviado aquí. Así que, en lugar de salir del agua, me adentré un poco más.

Estaba helada. Las olas rompían por encima de mis rodillas, empapando mis pantalones. Pero la gran criatura que acababa de llegar a la orilla no podía avanzar más, así que fui hacia ella mientras el océano se arremolinaba a mi alrededor.

De cerca era incluso más alta de lo que parecía. Era más del doble de mi altura. Su masa se hundía bajo su propio peso como una ballena varada. Bajo su sombra, del lado de la tierra, las olas eran suaves, pero podía escuchar su choque frustrado contra su parte trasera, la que daba hacia el océano, y ocasionalmente una ola grande la cubría, rociando sobre mí una luminiscencia brillante y una humedad fría.

No había un rostro visible, ni ojos, ni boca, ni orejas. Si esas cosas existían, estaban bajo el mar. Pero respiraba por algún sitio, porque el gran cuerpo se elevaba y descendía, se elevaba y descendía.

—Hola, mundo —susurré para cualquier oído que pudiera escucharme. La arena en la orilla brillaba, el agua del mar alrededor de mis pies brillaba, y algo muy dentro de mí también brillaba. Extendí una mano y toqué las escamas suaves y frías.

Sentí un abrazo. No que yo fuera abrazada, sino que yo estaba abrazando. Sentí los contornos de la tierra, de toda la tierra, con un detalle minucioso y exacto, debajo de mí, debajo de una vasta superficie sensorial que todo lo tocaba. Sentí el frío infinito y la presión aplastante del océano entero. Sentí el parloteo de un millón de pececillos, mordisqueando algas adheridas, absorbiendo parásitos microscópicos. Sentí una oscuridad impenetrable, el rugido silencioso de los lugares más profundos de la tierra. Sentí el retumbar de lejanos volcanes y el murmullo de las placas tectónicas, el golpeteo de las patas de los crustáceos abisales, la suave nieve de las ballenas al caer.

Sentí el mundo dentro, aferrado a mí y el océano cubriéndome como una manta helada de vida y muerte. Sentí una consciencia brumosa, lenta, paciente e interminable que se había agitado de mala gana desde un letargo glacial para mover hacia la orilla una pequeña secuencia de vértebras y saludarme.

Y justo en un lugar en particular, muy lejos de esta playa, sentí una picazón, un ardor, una llamada de atención hacia un punto, exactamente *allí,* un punto que podía sentir con claridad y precisión absoluta. Sentí ese lugar, y el camino que llevaba desde aquí hasta allá, lo sentí por un momento, y luego por un momento más.

Entonces la criatura se alejó, empujando el mar que tenía detrás, hasta que el agua brillante la cubrió por completo, hasta que el bulto en el mar se aplanó, hasta que sólo quedaron el océano, las estrellas, las olas y la arena, todavía brillando con la magia ordinaria del plancton bioluminiscente.

Eso, y dos cosas más: el recuerdo exacto de un lugar y el camino serpenteante desde aquí hasta allá, y una escama del cuerpo de la criatura, del tamaño de mi mano, que reflejaba las estrellas en su superficie plateada y lisa, de modo que parecía que sostenía un pedazo de noche en la palma de mi mano.

—¿Qué fue eso? —preguntó Grace en una voz muy baja.

Estaba a punto de responder cuando me di cuenta de que el recuerdo era lo único que cabía en mi cabeza, e incluso eso era más de lo que podía contener. Era demasiado grande y complicado, y si no lograba recordarlo con exactitud, no serviría de nada.

—Necesito un globo terráqueo —exclamé—. Necesito un globo y un marcador, ahora, antes de que lo olvide.

Salí corriendo del agua, me guardé la escama en el bolsillo empapado, recogí mis zapatos y corrí descalza por la playa. Malloryn y Grace corrieron para alcanzarme.

—¿De qué estás hablando? —preguntó Grace una vez que estuvimos dentro de la Ballena Azul.

—No digas nada —le pedí—. No digas ni una palabra y no me toques. Necesito mantenerlo en mi mente.

—Tuvo una visión —dijo Malloryn en un susurro lleno de asombro—. Las visiones son delicadas. Necesitamos conseguirle el globo terráqueo y el marcador.

—¿Dónde se supone que vamos a encontrar...? —comenzó a decir Grace, pero Malloryn la calló. Grace arrancó el auto, sacudiendo la cabeza con incredulidad y confusión en la mirada.

Había una tienda que abría hasta tarde cerca de la autopista, un poco más al sur. Grace estacionó el auto bajo la luz fría de una farola LED, y las dos me dejaron sentada en el asiento del copiloto.

—Tú, el globo —escuché decir a Grace mientras entraban a la tienda—. Yo, los marcadores. Vamos.

Me quedé inmóvil, tratando de retener con toda claridad cada giro y cada curva en mi cabeza, cada contorno de la tierra que llevaba desde la playa que acabábamos de dejar hasta aquella picazón insaciable. Y a cada momento, mi propia mente me ponía a prueba con preguntas, con pensamientos intrusivos.

¿Qué acababa de sentir? ¿Qué era esa criatura?

¿Era la picazón el lugar donde encontraría al Ave?

Incluso esta pregunta era disruptiva. La hice a un lado, concentrando toda mi capacidad en mantener el camino claro, reteniéndolo firmemente, fijando su curso enrevesado para poder capturarlo.

Estaba tan concentrada que salté cuando la puerta del auto se abrió, y casi pierdo todo lo que estaba tratando de retener. Malloryn estaba sacando un globo terráqueo de su caja de cartón y Grace abría una caja de marcadores. Ambos objetos llegaron a mí al mismo tiempo, y tomé cada uno con una mano. Hice girar el globo hasta encontrar la ubicación aproximada de nuestra playa y puse un dedo sobre ella. Luego quité la tapa del marcador con la boca, cerré los ojos y comencé a dibujar.

Cada sección de aquella ruta se sentía como algo en particular: la curva rocosa de una montaña submarina, el silencio lodoso del fondo del océano, el flujo de las corrientes sobre mi cabeza. De vez en cuando abría los ojos para ver dónde estaba, luego los cerraba de nuevo para dejar que la memoria me guiara. Dibujé una línea que se torcía y giraba para bajar por la costa oeste de América del Norte y luego de América del Sur y se adentraba en el Océano Austral, zigzagueando en una trayectoria larga y solitaria. Sentía el movimiento de la piel escamosa, la enorme masa abriendo nuevos canales en el fondo del océano. La línea subió por la costa este de América del Sur y la picazón se sintió cada vez más cercana, hasta que rocé la costa, justo debajo de la plataforma continental, y allí me detuve.

Río de Janeiro.

Allí era a donde me llevaba la picazón.

Diez minutos después cruzábamos nuevamente el puente de Richmond. Yo seguía mirando el globo terráqueo y la línea torcida y serpenteante que había dibujado en él, y aún no había dicho una palabra.

Ahora que mi mente se había liberado del trabajo de retener esta figura exactamente en su lugar, mis pensamientos habían colapsado en una planicie tan uniforme y vacía como la sensación de la muerte. Quería sentarme en esa quietud por un momento, sentir el consuelo de la nada. El mundo necesitaba algo de mí, y yo intentaría con todo mi corazón ser la persona que necesitaba. Pero primero tenía que descansar. Los músculos que habían sostenido este camino, este mensaje intacto, estaban exhaustos.

Sin embargo, Grace necesitaba algo distinto.

—¿Qué significa eso? —preguntó, mirando de reojo el globo entre mis manos. Sus palabras eran más una acusación que una pregunta.

—Creo que tengo que ir allí —dije.

—Okey —dijo, mientras las luces del puente se balanceaban como espadas sobre su rostro—. Entonces, lo que vi fue algo grande, como un tentáculo, saliendo del océano. Y tú, por alguna razón, decidiste acercarte. Y de alguna forma ahora tienes un mapa hacia... algo. ¿De qué me estoy perdiendo, Mar?

Levanté la vista del globo. Grace miraba la carretera, pero su expresión era de enojo y confusión.

—No lo sé —repliqué—. De mucho, supongo. No era un tentáculo. Era su cuerpo. Parte de su cuerpo. —Incluso eso me costó trabajo decirlo.

—Esa cosa podría haberte aplastado —dijo—. Podría haberte agarrado y arrastrado al mar. Y tú simplemente... te acercaste a ella.

Intenté reír. Intenté hacer una broma.

—Suenas como Carrie.

Pero Grace no se rio.

—Nos hiciste mirar mientras lo hacías —añadió con voz temblorosa—. No quiero ver a mi amiga ser devorada por un monstruo del océano.

—No pasó nada, G —dije—. Estoy bien.

—¿Crees que no pasó nada? —exclamó—. ¿De verdad crees que no pasó nada? Voy a tener esa visión durante semanas. Tú, simplemente caminando hacia un... un... ¿qué era eso? ... ¿Y con todas las olas rodeándote? ¿Sabes quién se mete al océano, sola, a mitad de la noche? *La gente que no quiere volver a salir.* Mar, pensé que ibas a *morir*. Pensé que iba a verte morir. Y ni siquiera pareció que te importara.

Debí haber escuchado el miedo en su voz. Debí haber cerrado la boca. O tal vez debí haberme disculpado por algo, por lo que fuera. Quizá estaba demasiado cansada para escuchar. Quizá el mensaje del mundo, que aún resonaba en mis huesos, ahogaba todo lo demás. O quizá simplemente me sentía culpable.

Cualquiera que haya sido la razón, estallé.

—No tenías por qué mirar —exclamé—. Yo no te dije que lo hicieras. Tenía que ir allí. Tenía que ver qué quería. Ése es mi trabajo, y a veces da miedo, pero tengo que hacerlo porque no hay nadie más que pueda. Y si no lo hago pasan cosas malas, y tengo que vivir sabiendo que fallé, no sólo a mí misma, o a algún pobre animal en algún lugar, sino quizás a todos, en todas partes. Así que lamento haberte asustado, pero no lamento haber entrado al agua, y lo haría de nuevo ahora mismo si fuera necesario, incluso si estuvieras mirando.

Por un segundo vi el dolor en su expresión. Vi a una persona que estaba sufriendo, que estaba herida y cansada. Vi sus ojos oscuros y llorosos mirándome como si acabara de abofetearla.

Y luego todo se cerró, y lo único que vi fue una furia fría y dura, atravesada por las luces intermitentes del puente y las sombras de las vigas.

—Bueno, no te preocupes —dijo en voz baja—. Porque ya no volveré a mirar. Se acabó.

—Bien —repliqué.

—Genial —dijo Grace.

Abracé el globo terráqueo y ella condujo el auto a través de las espadas de luz que nos atravesaban, y nadie dijo otra palabra durante todo el trayecto de regreso a mi casa.

Había estado en el fondo del océano. Había sentido el peso de toda el agua del mundo sobre mis hombros.

Pero más pesado era el silencio dentro de la Ballena Azul.

| CAPÍTULO CATORCE |

HOLA, Y TAMBIÉN ADIÓS

—No tenías que ser tan cruel con ella —exclamó Malloryn una vez que entramos a la casa.

—No tiene idea de lo difícil y confuso que es esto —dije, levantando el globo terráqueo y ocultando el oscuro gusano de la culpa en el centro de mi corazón—. Y, por cierto, ¿tú de qué lado estás?

—Tiene miedo, Mar —contestó Malloryn—. Tiene miedo y está herida. Y no la culpo. A veces les pides demasiado a tus amigas. Más de lo que te das cuenta. Y, sabes, a mí no me molesta, pero no soy como los demás. No soy como Grace.

Sabía que Malloryn tenía razón. Pero también sabía que una de las razones por las que había entrado al agua era para proteger a mis amigas de los Fell. Y la única forma de hacerlo era asegurándome de que lo que querían de mí ya no fuera útil. El Ave tenía que estar a salvo y fuera de su alcance, y si eso significaba tener que entrar al océano, sola, en la noche, entonces me metería al agua y pasaría frío, y cualquiera que se preocupara por mí tendría que aceptarlo.

—No intentes hacerme sentir culpable, Mal —dije—. Hice lo que tenía que hacer. Eso ya fue lo suficientemente difícil sin que ustedes dos actuaran como si hubiera algo malo en mí.

La expresión de Malloryn se suavizó.

—Lo siento. No hay nada malo en ti. Y lo que hiciste fue increíble.

Dejé el globo en la mesa y, al hacerlo, sentí algo en mi bolsillo. La escama... me había olvidado de ella. La saqué y la miré. Su superficie era lisa y reflectante. Me sorprendió un poco ver una expresión preocupada mirándome de vuelta, una expresión que se transformó en curiosidad en el momento en que la noté.

Miré a Malloryn. Estaba arrodillada en el suelo, acariciando a Zorro y susurrándole al oído. Volví a mirar la escama reflectante. De nuevo, el rostro que me devolvía la mirada parecía dolorido y preocupado. Y de nuevo, tan pronto como lo noté, la expresión se convirtió en una de confusa curiosidad.

—Como sea —dije—, deberías estar feliz. Tu hechizo funcionó.

Ella se levantó, con una media sonrisa en el rostro.

—Supongo que tienes razón.

Incliné la escama hacia ella. La Malloryn en el reflejo no sonreía. La Malloryn en el reflejo estaba claramente decepcionada. Aparté la mirada del reflejo. La Malloryn real todavía tenía la misma media sonrisa. ¿Pero era real esa sonrisa? El reflejo mostraba un rostro diferente.

—Mal, ¿qué pasa?

La sonrisa se nubló y ella sacudió la cabeza.

—No es nada. Como dijiste, el hechizo funcionó.

—Sé que algo te está molestando.

Ella suspiró y se sentó contra la pared junto a Zorro. Éste subió con cuidado a su regazo y se acurrucó.

—Es sólo que —añadió— el hechizo... no funcionó. No realmente. Es decir, el *hechizo* no funcionó. El pelo sí.

—Pero no lo habríamos descubierto sin el hechizo —dije—. Sin las velas. Que fueron idea tuya.

—No es lo mismo.

Y ahora el rostro en el espejo de la escama y el rostro de mi amiga coincidían, y ninguno de los dos se veía feliz.

No pude dormir esa noche. Estaba enojada con Grace por no ver lo difícil y aterrador que todo esto era para mí, y me despreciaba a mí misma por tener que ocultarle mi secreto. Nuestra discusión del auto continuó en mi cabeza. Cada vez que cerraba los ojos veía a Grace mirándome con enojo, acusándome, con las luces intermitentes iluminando su rostro ceñudo y el rítmico golpeteo del puente retumbando bajo la vieja suspensión de la Ballena Azul. Cuanto más avanzaba la noche, más rápidos eran los golpes del puente y las espadas de luz que atravesaban su rostro, y menos sentido tenían sus palabras, y más difícil era responder. Sentía como si hablara bajo el agua, y no importaba lo que dijera porque el puente nunca terminaba, Grace siempre estaba enojada y decepcionada, y yo siempre me sentía fatal.

Cuando abría los ojos en la oscuridad, lo único que podía ver era la línea en el globo guiándome a Río. Sabía lo que tenía que hacer, pero no tenía idea de cómo hacerlo. El dinero que había obtenido de la venta de la clínica de mi padre se había ido principalmente en pagar sus deudas. Los Fell me habían pagado por mi trabajo, pero esos fondos se habían destinado a la hipoteca, los impuestos y el pago de servicios. Y odiaba el poco dinero que me quedaba porque nunca había suficiente en mi cuenta bancaria para hacer nada, excepto burlarse de mí cada vez que revisaba el saldo.

Habría gastado todo para llegar a Río, sólo para que dejara de molestarme. Pero ni siquiera había suficiente para eso.

Así que di vueltas y vueltas en la cama, sintiendo que la noche se hacía cada vez más pequeña, y cuando el cielo comenzó a teñirse del rosa sucio del amanecer ahumado, me senté en la cama y me di por vencida.

—Te ves terrible —dijo Malloryn cuando bajó las escaleras y me encontró sentada en la mesa del desayunador, comiendo un tazón de cereal frío como un zombi.

—No sé qué hacer —repliqué—. Necesito llegar a Río.

—¿Por qué no le pides a la gente que suele llevarte por todo el mundo en avión? —dijo Malloryn. Puso agua a hervir, sacó dos tazas de un armario y colocó una bolsita de té en cada una.

—No puedo —contesté—. Si les pido, van a querer algo que no pueden tener.

Mirando mi cereal se me ocurrió una idea horrorosa.

—Eso que hiciste, cuando me trajiste a casa —dije.

—Millmallow lo hizo —dijo Malloryn.

—¿Podría... podría hacerlo de nuevo?

Malloryn guardó silencio. Luego añadió:

—¿Le estás pidiendo que te lleve a Río?

—No sé lo que estoy pidiendo. Necesito llegar allí. Es verdaderamente importante.

—Ella todavía está descansando —dijo Malloryn—. Pero incluso si no lo estuviera, la respuesta es no.

—¿Por qué no?

—Porque —aclaró Malloryn— hay una diferencia entre traerte a casa y enviarte sola a un lugar donde no conoces a nadie y no hay nadie que te ayude. Yo siempre te traeré a casa.

—Pero no me dejarás meterme al océano en la noche —dije—. Incluso si es importante.

—Eso no es justo, Mar.

La tetera en la estufa comenzó a silbar, y Malloryn la retiró y vertió agua en ambas tazas. Puso una frente a mí y luego se sentó al otro lado de la mesa, con su taza entre las manos.

—De todos modos —dijo—, incluso si Millmallow te llevara, estarías atrapada allí. ¿Viste cuánta energía le tomó traerte de vuelta la última vez? Si te transportara, se desaparecería durante varios días, y no tendrías forma de regresar a casa, ni a nadie que te protegiera.

Observé, exhausta y fascinada, cómo una nube color ámbar se extendía lentamente en mi taza alrededor de la bolsita de té.

—Malloryn —añadí—, ¿quién es Millmallow?

—Es una amiga —respondió Malloryn—. Ya te lo dije.

—¿Por qué no la he conocido todavía?

Malloryn suspiró, pero no podría decir si fue un suspiro de cansancio o lástima.

—Ella no es como nosotros —aclaró—. Es diferente. Pero es amable.

—Explica "diferente".

—No puedo explicarlo —repuso—. Y todavía no es lo suficientemente fuerte para hablar por sí misma. Pero pronto lo será. Nada está lejos.

—Río está lejos —dije.

—Cada lugar está exactamente a la misma distancia de todos los demás lugares —replicó Malloryn.

—Eso no significa nada —dije.

—Significa que tal vez no estás lista todavía.

—¿Lista para qué?

—Para lo que sea que te estén pidiendo —respondió.

No me gustaba lo que Malloryn estaba diciendo, ni la forma tranquila y segura en que lo decía. Pero tampoco quería pelearme con todas mis amigas, así que me tragué mi resentimiento y bebí mi té. Luego comí cereal, volví a la cama y de algún modo logré dormir, hasta que los golpes en la puerta me despertaron.

Tap tap tap

Era media tarde. Malloryn estaba en la tienda de ocultismo. Grace probablemente no tenía interés en hablar conmigo. Y Carrie no tenía auto. Lo que dejaba a Francesca Wix como la única persona que querría ver en mi puerta. Cualquier otra persona significaría problemas.

Pero tampoco podía ser Francesca, porque ella trabajaba en una librería que, aunque era dirigida por anarquistas, mantenía horarios capitalistas normales.

Karl. Tenía que ser él. Otra oportunidad para cambiar de opinión. O tal vez otra criatura. Quizás una criatura en Río. Incluso el Ave. A estas alturas me habría sentido aliviada, incluso si eso significaba que los Fell —y no el misterioso hombre de ojos salvajes y tristes con su creciente estela de hadas muertas— pusieran sus garras en el Ave de las Mil Historias. Eran malvados, pero quería que su maldad se alejara de mí y de mis amigas más de lo que quería luchar contra ella.

Si era Karl, estaría lista. Me cambié de camiseta, me puse los zapatos, metí algo de ropa y mi pasaporte en una mochila, la cerré, me la colgué al hombro y bajé las escaleras para hacer mi trabajo.

Tap tap tap

Abrí la puerta.

—Hola —dijo la persona que estaba en el umbral, mirándome de arriba abajo y fijándose especialmente en mis zapatos y mi mochila—. ¿Y también, al parecer, adiós?

No era Karl.

Era Amu Reza.

Según los estándares de Amu Reza, las opciones de té disponibles en mi casa eran vergonzosas y yo debería sentirme avergonzada. Sacó cada caja del armario y descartó la mayoría. Finalmente, aceptó de mala gana una bolsita de Earl Grey que le resultaba marginalmente menos repulsiva que las demás opciones, sólo para escandalizarse de nuevo, un momento después, al enterarse de que no había azúcar piedra en la casa.

—Eres persa —refunfuñó—. Deberías beber mejor té.

Unos minutos después, estábamos sentados uno frente al otro en la sala, bebiendo mi inaceptable té y poniéndonos al corriente con los eventos de los últimos días.

Amu Reza había salido de Estambul apresuradamente un día después que yo. Los Fell habían ido a buscarlo, y en lugar de arriesgarse a darles información útil por accidente, él había huido. Primero fue a Londres, donde pasó la noche en el aeropuerto. Luego a Toronto, a la casa de un viejo cliente, y finalmente aquí.

—Un anciano no está hecho para estos viajes —dijo—. Afortunadamente, no fuiste difícil de encontrar. Tal vez eso sea bueno. Mejor que alguien que necesite tu ayuda pueda encontrarte.

—He terminado con los Fell —le contesté—. Fueron tras mi amiga. He terminado con ellos para siempre.

El rostro de Amu Reza me expresó su compasión, y de repente me sentí como una niña pequeña y avergonzada que va saliendo de una rabieta.

—Ellos quieren lo que quieren —dijo—. Nunca terminas con ellos. —Amu Reza miró alrededor y sus ojos se detuvieron en uno de los hechizos de zarzas en la pared—. Pero veo que has tomado medidas para protegerte.

Le conté la mayor parte de lo que había sucedido desde que dejé su tienda. Escuchó cada palabra con atención y paciencia, apartando ocasionalmente la mirada para tomar un sorbo de té y hacer una mueca educada ante el sabor. Cuando le hablé de Shuck, sonrió cálidamente al recordar al perro peludo. Después de que le compartí la teoría de Carrie de que el Ave era el guardián de nuestras historias, frunció el ceño, intrigado.

—Sé cómo termina la historia del Ave —dije—. Mis amigos y yo la encontramos en un viejo libro.

Amu Reza sonrió.

—Es una historia antigua —afirmó—. Una historia que ha llegado a muchos rincones del mundo. Y dondequiera que vaya, siempre parece encajar.

—Es un cuento de hadas —repuse.

—Y tú enterraste un hada en la tierra —dijo solemnemente—. Tal vez sea el momento de prestar atención a sus cuentos. —Debo haber puesto una expresión sorprendida, porque sonrió y luego continuó—. ¿Cómo crees que esas historias han viajado tan lejos? Las historias vuelan. Bueno, ya que sabes cómo termina, acordemos que el final no es tan importante, pero cómo llegaremos allí aún puede serlo.

Mientras le describía a la bestia que había encontrado en la playa la noche anterior, se inclinó hacia adelante, como si no quisiera perderse ni un solo detalle. No me interrumpió ni una vez para decirme que estaba siendo cruel, egoísta o imprudente. Lo entendía de una manera que ninguna de mis amigas podía.

Sin embargo, no le hablé de Millmallow. Quienquiera o lo que quiera que fuera, no sabía cómo hablar de ella y de las cosas que parecía ser capaz de hacer. Simplemente no tenía las palabras.

Cuando llegué al final de mi historia, Amu Reza no me bombardeó con preguntas. No me dijo que estaba equivocada. Simplemente se sentó en silencio, mordiéndose el labio, pensativo.

—Has estado escuchando los susurros del universo —dijo—. El humo del pelo de la Muerte te dio la Serpiente del Mundo, y la Serpiente te dio la ciudad de Río. Parece que te necesitan allí.

—¿Y qué hay de la marca en la piel de Shuck? —pregunté. Se la había descrito, pero ahora me levanté, encontré un lápiz y la dibujé en un pedazo de papel. Se lo mostré a Amu Reza—. Creo que podría estar conectada con el tipo que estaba en tu tienda. Se sentía igual.

Levantó la hoja. Una sombra pareció cruzar su rostro. Finalmente, me la devolvió. Se veía aún más viejo.

—Estabas lista para ir a algún lado cuando abriste la puerta. Eso es bueno. Iremos a Río tan pronto como podamos.

Debió ver algún destello de incertidumbre en mi rostro, porque añadió rápidamente:

—Yo pagaré nuestro viaje.

—¿Qué significa? —pregunté—. La marca, ¿qué significa?

Amu Reza sacudió la cabeza, cansado.

—Ya te debo una historia, y ahora te debo una más. Pero tendrá que esperar. Organizaremos nuestro viaje, y luego debo descansar. Soy un anciano y he hecho un largo viaje en poco tiempo. Una vez que haya descansado, te contaré sobre Volhallan.

Después de eso, estuvo mayormente callado. Reservamos un vuelo a Río y luego lo llevé a la antigua habitación de mi papá, donde dejó su maleta con silenciosa reverencia. El agotamiento en su rostro era evidente. Lo que más necesitaba era la cama, así que cerré la puerta de la habitación y caminé suavemente por el pasillo y bajé las escaleras, sopesando la extraña palabra nueva que Amu Reza había prometido explicar.

Volhallan.

La ensayé en susurros. La sentía como algo que podía explotar si no la pronunciaba correctamente.

Amu Reza dormía en la antigua habitación de mi padre cuando Malloryn regresó a casa del trabajo.

—Hay algo distinto —exclamó en el momento en que entró. Comenzó a caminar por la casa revisando sus hechizos con cuidado, como si algo en ellos hubiera cambiado.

—Mi tío está aquí —dije—. Llegó esta tarde. Está durmiendo arriba.

Detuvo su revisión y me miró fijamente.

—¿Confías en él?

—Eh, sí —contesté—. Es mi tío. Y va a llevarnos a Río.

—¿A nosotras? —preguntó Malloryn.

—Bueno, él y yo, supongo —dije—. No le pregunté sobre... sólo supuse que...

—Está bien —añadió Malloryn rápidamente para que yo no tuviera que seguir titubeando—. Lo entiendo completamente. ¿Cuándo se van?

El primer vuelo para el que habíamos podido comprar boletos era en dos días. Sólo esperaba que no fuera demasiado tarde.

—Lo siento, Mal —dije—. Sé que esto está sucediendo demasiado rápido.

—No, no —replicó Malloryn, sonriendo—. Estoy segura de que sabes lo que estás haciendo.

—¿Me veo como si supiera lo que estoy haciendo?

—Para ser honesta —dijo Malloryn—, ni remotamente. Pero así son algunas cosas. A veces la magia más poderosa ocurre por accidente.

—Entonces estás diciendo que tengo una oportunidad.

—Si alguien tiene una oportunidad, ésa eres tú. —Echó un vistazo al piso de arriba—. ¿Crees que tu tío vaya a despertar con hambre? Porque voy a hacer berenjenas a la parmesana.

No sé si fue el ruido de las ollas y sartenes entrechocando en la cocina o los aromas a berenjena asada y salsa de tomate hirviendo lo que despertó a Amu Reza. Pero cuando la cena estuvo lista, él ya se encontraba en la mesa, descansado y bastante hambriento.

—Así que eres una bruja —le dijo a Malloryn después de que todos tuvimos nuestro plato servido—. Tú hiciste estos hechizos, entonces.

Ella sonrió con orgullo.

—Mar ayudó a colgarlos.

—Y este muchachito debe ser tu familiar —exclamó mientras Zorro olfateaba sus pies—. Una casa muy inusual, pero maravillosa. Gracias por recibirme.

—Mar dice que será una estadía corta —dijo Malloryn.

Ante esto, Amu Reza inclinó la cabeza, un gesto que era tanto una afirmación como una disculpa.

—Hay trabajo por hacer. Creo que sabes a qué tipo de trabajo me refiero.

—Zorro tenía la enfermedad del gusano del corazón —añadió Malloryn—. Mar lo ayudó. Así nos conocimos.

—Malloryn estuvo en la playa anoche —dije—. También ha estado en otros lugares conmigo.

—Entonces has visto un mundo que la mayoría nunca sabrá que existe —añadió Amu Reza—. Una bruja afortunada, sin duda. Y una excelente cocinera.

Malloryn brilló con un orgullo incandescente.

Después de la cena, Amu Reza y yo nos sentamos en la sala, con la marca de la línea cruzada por las cinco rayas sobre la mesa entre nosotros, mientras Malloryn lavaba los platos. Yo había ofrecido hacerlo, pero ella me echó con un gesto amable, diciendo:

—Yo me encargo de eso. Ve a pasar tiempo con tu tío.

Ahora estábamos sentados y Amu Reza miraba hacia abajo, como si estuviera reuniendo fuerza desde algún lugar profundo de la tierra.

—Entonces —dijo finalmente—, Volhallan.

Pronunció el nombre despacio y en un tono bajo, con el mismo cuidado que había tenido yo.

—¿Qué es?

—*Quién* es —replicó Amu Reza—. Está muerto desde hace mucho tiempo. Desde hace muchas, muchas generaciones. Era un jefe en una tierra fría. Pero para conocer su historia, primero debes saber sobre el antiguo nombre del oso.

EL ANTIGUO NOMBRE DEL OSO

Érase que se era, érase que no era.

En una cierta aldea, en el extremo norte del mundo, vivía un pueblo que adoraba a la bestia salvaje que habitaba en el oscuro bosque cercano a su asentamiento.

El animal tenía un nombre, pero nadie lo pronunciaba por miedo a invocarlo. En su lugar, se referían a él de otras maneras. Lo llamaban su amigo del bosque, el de color marrón, el comedor de miel. Su amigo rara vez era visto, pero dejaba sus anchas huellas con garras en el barro y la nieve, por lo que los aldeanos siempre sabían cuando había pasado por allí.

Los aldeanos le dejaban frutas en tiempos de cosecha y carne después de las cacerías, y en el invierno, cuando dormía, le cantaban canciones al bosque para calmarlo. Creían que su amigo los protegía. Y quizá lo hacía. Pero no siempre era amable. A veces un aldeano desaparecía, y todos sacudían la cabeza con tristeza. Porque, por supuesto, su amigo no se alimentaba sólo de miel.

Todos los que vivían en la aldea le tenían mucho miedo a la bestia, excepto un joven. Este joven también tenía un nombre. Se llamaba Volhallan, y creía en su corazón que el amigo del bosque no era un amigo en absoluto, sino un tirano cruel que los había convertido en sus sirvientes a través del miedo. Y así, un día, se propuso encontrar y destruir a la bestia en el bosque.

Después de mucho caminar, llegó a la parte más oscura del bosque y desafió a la bestia en voz alta, no como un amigo, sino por su antiguo nombre, el que nunca se pronunciaba. Y un momento después, la bestia emergió de la oscuridad, con su grueso pelaje marrón salpicado de rocío y agujas de pino. Se paró sobre sus patas traseras, arrugando la nariz ante el olor del intrépido joven. Sus enormes patas delanteras, con sus garras curvas, le llegaban casi hasta el suelo. El joven desenvainó su espada y la bestia se dejó caer sobre sus cuatro patas, haciendo que la tierra temblara, y la grasa y los músculos de sus hombros se estremecieran con el impacto de su inmenso peso contra el suelo. Soltando un rugido, avanzó pesadamente hacia Volhallan.

La batalla fue corta: un solo golpe de una pesada pata y una sola estocada perfecta de la espada del joven. El corazón de la bestia fue atravesado, y la bestia murió. Al joven se le había roto la clavícula, y las garras de la bestia habían abierto unos surcos en su pecho. Sangrante y dolorido, cojeó de regreso al pueblo y declaró que estaban libres del reinado de la bestia.

Si acaso esperaba una celebración, estaba equivocado. Los aldeanos recibieron a Volhallan con asombro, pero también había una profunda tristeza en sus ojos. El amigo del bosque había sido temido, pero también apreciado. Si había muerto, entonces el pueblo había perdido a su protector, uno que era especial y raro, incluso si también en ocasiones era terrible. Habían perdido la historia que definía su mundo. A la vida de los aldeanos llegó un vacío, un abismo.

Mientras tanto, Volhallan se convirtió en un hombre y fue respetado por todos por su valentía y su fuerza. Quizá también fue temido. Después de todo, ¿quién sino una bestia aún más feroz podría haber matado a su amigo del bosque? A medida que Volhallan envejecía, los aldeanos recurrían cada vez más a él en busca de consejo, protección y liderazgo. Y un día, Volhallan se convirtió en su jefe, y sobre su pueblo ondeaba una bandera que llevaba la marca de la bestia: una gruesa línea cruzada por cinco líneas más.

Con el paso de los años, Volhallan pudo llenar, poco a poco, el vacío que él mismo había creado. Sus hazañas se convirtieron en una nueva historia, y luego en una leyenda. Se convirtió en aquello que hacía especial a su aldea, el asesino de la bestia.

Finalmente, se convirtió en su héroe.

Pero hay un secreto sobre los héroes. Se esculpen cortándoles las partes que son extrañas, confusas o incorrectas. Esas historias heroicas no mencionaban, por ejemplo, que Volhallan nunca volvió a sonreír, ni una sola vez, después de regresar del bosque. O que, aunque sus huesos sanaron, nunca volvió a dormir bien, y que fue atormentado por pesadillas que lo persiguieron hasta el final de sus días. Tampoco mencionaban una curiosa costumbre que adoptó la gente de la aldea: hablar de él sólo con grandes títulos honoríficos, llamándolo Asesino de Bestias, Gran Guardián y Hombre de la Espada, de modo que, al final, su verdadero nombre sólo se pronunciaba en susurros.

Y en cuanto a la bestia del bosque, el amigo del bosque, el comedor de miel, se convirtió en un monstruo, y su nombre nunca volvió a ser pronunciado, por temor a que pudiera regresar.

| CAPÍTULO QUINCE |

COSAS QUE NECESITAN SER REPARADAS

—Ése es Volhallan —dijo Amu Reza.

—¿Y ésta es su marca? —pregunté, sosteniendo el símbolo.

—Eso es lo que la historia nos cuenta—respondió Amu Reza.

—El bosque, el oso —dije—. Creo que los sentí. ¿Qué significa?

—Las historias antiguas no se explican por sí mismas —afirmó—. Tal vez haya un oso entre nosotros. Imagino que nuestro amigo de la tienda podría arrojar algo de luz sobre este asunto, si estuviera dispuesto. Supongo que no lo has vuelto a ver.

Negué con la cabeza, estremecida por el recuerdo de sus ojos inyectados en sangre, de la hoja que apareció entre los pliegues andrajosos de su ropa.

—¿Por qué el mundo quiere que sepamos esto? —pregunté.

—El mundo no está para llevarnos de la mano. La historia del jefe Volhallan es importante. Por ahora, eso es todo lo que sabemos.

—Amu Reza —dije, y sus ojos se arrugaron un poco al escuchar su nombre—. ¿Esto va a ser peligroso?

Él suspiró.

—El trabajo siempre ha sido peligroso. Manipulamos los mayores sueños de las personas y sus miedos más profundos. Los riesgos siempre son altos para nosotros, Marjan. Y el mundo siempre está observando. —Hizo una pausa, y cuando volvió a hablar, había una nota de vergüenza en su voz—. Los ojos del mundo pueden ser muy pesados, de verdad que sí. Por eso me fui... por eso dejé que tu padre continuara el trabajo solo. Después de un tiempo se volvió... demasiado para mí.

—¿Así que simplemente lo abandonaste?

—Él sabía lo suficiente. Creí que sabía lo suficiente.

—¿Y yo? —pregunté—. ¿Sé lo suficiente?

—No —dijo Amu Reza—. Por eso vine. Para que tengas lo que no le di a él.

Por primera vez sentí enojo hacia Amu Reza. La única otra persona viva que entendía el trabajo, y había sido un fantasma durante toda mi vida. Sólo estaba aquí porque lo había rastreado y le había insistido hasta el cansancio, e incluso así, había sido necesario que alguien sacara un cuchillo contra mí para que admitiera quién era.

—Guau —exclamé—, supongo que fue bueno que te buscara en Estambul.

Él sonrió, una sonrisa herida que no llegaba a sus ojos.

—Mereces estar enojada conmigo.

—Gracias —dije—. Gracias por darme permiso para tener sentimientos.

—Déjame decirlo de otra manera, entonces —respondió—. Me merezco tu enojo. ¿Mejor?

—Sí —dije—. Mejor.

—Hay muchas cosas que necesitan ser reparadas en esta familia —añadió con voz tranquila—. Espero tener la oportunidad de arreglar algunas de ellas.

Más tarde esa noche, acostada en mi cama, me pregunté qué pensaba él que estaba roto y qué creía que podía arreglar.

• • •

A la mañana siguiente pasé una hora empacando mi mochila con más atención. Unas cuantas prendas extra, otro pequeño fajo de efectivo que encontré en el fondo de un cajón. Y tres cosas más.

El ala de un hada, prensada entre las páginas de *El Peregrino*. Un mechón del pelo de la Muerte, atado con una cinta. Una escama de la serpiente que sostiene a la tierra, envuelta en un pañuelo rojo.

El mundo me había entregado esas cosas. No iba a dejarlas en casa.

Malloryn entró a mi habitación justo cuando estaba cerrando mi mochila. Sin decir una palabra, dejó su propia mochila, completamente empacada, en el suelo. Luego me miró.

—¿Qué estás haciendo? —pregunté.

—¿Qué parece que hago? —respondió.

—Pero no tienes boleto.

Su expresión, serena y paciente, fue su única respuesta.

—¿Cómo? —pregunté.

—Compré uno —dijo con una voz tranquila y firme.

Por un momento me quedé sin palabras. Todas mis preguntas se respondieron solas antes de que tuviera la oportunidad de pronunciarlas.

—Podría… podría ser peligroso —balbuceé al final.

—Lo sé —dijo.

—¿Y qué hay de Zorro? —pregunté—. Él no puede venir.

—Se quedará con la vecina. Adora a la señora Wix.

—Mal, no tienes que hacer esto. Creo que yo sí, pero tú definitivamente no.

—Podrías necesitarme —dijo.

—No quiero que te lastimes —repuse.

—Lo sé —contestó—. Pero eso no depende de ti.

Su voz era suave y calmada, sin intención de pelear. No había nada qué discutir, era lo que estaba diciendo.

—¿Por qué? —pregunté, y algo en mi garganta se quebró, y algo en mi corazón se sintió cálido, amado y asustado.

—Porque no deberías tener que hacer cosas aterradoras completamente sola —dijo—. Y porque puedo ayudar, y porque si no ayudo cuando sé que puedo, entonces no soy realmente tu amiga. Y yo soy tu amiga.

Había palabras que se suponía que debía decirle, como "Gracias", pero la voz se me quebró momentáneamente. Resultó, sin embargo, que no necesitaba decir nada, porque Malloryn ya me estaba abrazando fuerte, y yo la abrazaba de vuelta, y eso era realmente todo lo que cualquiera de las dos necesitaba saber.

Después de un largo rato, ambas nos soltamos.

—Deberías hablar con Grace —dijo Malloryn.

—Ella no quiere saber de mí.

—Sí quiere —dijo Malloryn—. Confía en mí, no quieres irte sin intentar arreglar las cosas primero.

Amu Reza pasó la mañana lavando su ropa y, principalmente, manteniéndose alejado de mí. Ya no estaba enojada con él, no de la manera en que me había sentido la noche anterior, pero agradecía el espacio. La verdad era que, aunque fuera familia, apenas lo conocía. Nuestra relación consistía, en este punto, en que cada uno irrumpía en la vida del otro, esperando simplemente que eso estuviera bien. Me alegraba tomarme las cosas con calma, en especial porque estábamos a punto de embarcarnos juntos en un viaje al otro lado del mundo.

También me alegraba que Malloryn viniera, y no sólo porque las cosas con Amu Reza eran inciertas. Fuera lo que fuera a lo que nos estábamos enfrentando, no estaría sola. Alguien que me conocía y se preocupaba por mí también estaría allí.

Después de pensarlo por un rato, decidí que Malloryn tenía razón y llamé a Grace. No contestó, pero un minuto después mi teléfono sonó, y contesté, y durante unos segundos ambas guardamos silencio.

—G, lo siento —dije en el silencio—. No sabía qué iba a pasar, y entiendo que haya sido aterrador verlo. Lamento haberte puesto en esa posición.

—Está bien —añadió—. Y… no entiendo lo que tienes que hacer. Pero sé que es bueno. Sé que ayuda a la gente. Y no es mi trabajo decirte qué hacer. Sólo estaba… preocupada, Mar. Eso es todo.

—Lo sé —contesté—. Gracias por decirlo.

Una pausa.

—¿Estás en casa ahora? —preguntó.

—Sí.

—Quédate ahí —dijo—. Voy para allá.

Colgó antes de que pudiera protestar. La recibí afuera, en la escalera de la entrada, media hora después.

—La casa está hecha un desastre —mentí.

La verdad era que no quería preocuparla de nuevo con Amu Reza y el hecho de que estábamos a punto de irnos a Río. Me lanzó una mirada cautelosa e inquisitiva, que se sintió peor porque el viaje a Río ni siquiera era lo más horrible o peligroso que le estaba ocultando. Después de un momento cedió, corrió a su auto y regresó con dos tés boba y un plato envuelto en celofán con panqueques de cebolla verde que su tía había cocinado la noche anterior.

—Así es como saben en Taipei —dijo—. Mi tía ha estado tratando de animarnos a todos.

Nos sentamos en el capó de la Ballena Azul y comimos y bebimos juntas. Los panqueques probablemente estaban deliciosos, pero no podía saborearlos. La boca me sabía a cenizas y a la acidez de la culpa.

—Me alegra que hayas llamado —añadió—. Me sentí terrible toda la noche. Creo que estoy enojada por lo de la tienda.

Miró hacia la calle, hacia el pasado, hacia la textura que había tenido su vida hasta hace tres días. En ese momento quise decirle la verdad sobre el incendio en la tienda de sus padres. Quería liberarme del secreto. Quería que Grace estuviera enojada conmigo de nuevo, que estuviera enojada conmigo para siempre, que ya no fuera mi amiga, para no causarle más dolor.

Así que cuando abrí la boca, cuando finalmente respondí a su dolor, las palabras que pronuncié sabían como el humo en el aire, envenenadas y equívocas.

—¿Quieres hablar de eso?

Ella me miró, y sus fuertes ojos se suavizaron, ablandándose. Algo dentro de mí se marchitó con repulsión.

—Simplemente parece tan injusto —dijo—. No lo entiendo. Y sé que no importa, porque todos están a salvo. Son sólo cosas. Es sólo un pequeño local, y en realidad no importa, pero parece tan injusto. Lo único que han hecho siempre es trabajar duro. No se merecían esto. No nos merecíamos esto.

Me descubrí mirando al suelo, mirando a través del suelo, tratando de alguna manera de fijar mis ojos en algo todavía más bajo. Tal vez era mi corazón. Y para mi horror y vergüenza, comencé a hablar de nuevo.

—Te entiendo.

—¿Qué hago? —preguntó Grace.

—Da miedo —dije—. Todo es más aterrador porque nada se siente completamente seguro ahora. Pero tienes razón. Nadie está herido. Tus padres abrirán otra tienda, y después de un tiempo las cosas comenzarán a sentirse normales otra vez. Será un tipo diferente de normalidad, pero te acostumbrarás.

Grace guardó silencio.

—Lo siento —dije—. No te merecías esto. No te merecías nada de esto.

Quería decir más. Tal vez era casi lo suficientemente valiente en ese momento. Tal vez, si hubieran pasado unos segundos más, podría haberme convertido en la persona que admite cosas difíciles de admitir, que asume responsabilidades y acepta consecuencias.

Pero en ese momento la puerta se abrió, y Malloryn salió con Zorro en su transportadora.

—¿Por qué Zorro está en una caja? —preguntó Grace.

—Vamos a estar fuera unos días —contestó Malloryn—. ¿Mar no te lo dijo?

Grace logró sonreír, pero sus ojos ya estaban fríos.

—Oh —dijo Malloryn—. Okey, lo siento, volveré luego.

Entró de nuevo a la casa.

—¿Cuándo ibas a decirme que te vas? —preguntó Grace sin mirarme.

—No quería preocuparte, G —dije.

—¿Preocuparme? —exclamó Grace con una risa fría—. ¿Por qué habría de preocuparme? Simplemente haces lo que quieres, todo el tiempo. Sin padres, sin nadie que se asegure de que te acuestes temprano, nadie que te diga que hagas la tarea, nadie que te diga que no te metas sola al océano. ¿Sabes lo que escucho, Mar, cuando dices que no quieres preocuparme? Escucho que no quieres que me interponga en tu camino. No quieres que te diga que no vayas. No quieres saber lo estúpido y peligroso que es, cómo estás arriesgando tu vida y que podrías no regresar. ¿Y la llevas a *ella* contigo? —Hizo un gesto en dirección a la puerta, a Malloryn.

—Sí —contesté—. Bueno, técnicamente se ofreció. Yo no quería llevarla.

—No, claro que no —dijo Grace—. Porque eso significaría que eres responsable de alguien más que no seas tú. Muy conveniente que se ofreciera.

—Eso no es justo, G —repliqué.

—Tú no eres justa —dijo Grace—. Nada de esto es justo.

Se levantó. Tenía los ojos brillosos con lágrimas de coraje.

—Bájate de mi auto —exclamó—. Haz lo que quieras, Marjan. Yo me voy a casa.

Malloryn me esperaba al otro lado de la puerta, con el rostro consternado.

—Lo siento mucho, Mar —dijo.

—No —repuse—, está bien. Me lo merecía.

—Sólo tiene miedo —aseguró Malloryn—. No lo dice en serio.

—Quizá —dije.

Levantó la transportadora de Zorro y caminamos juntas por el aire lleno de humo hacia la pequeña casa de al lado, donde vivía Francesca Wix con su cambiante manada de perros de acogida.

Llamamos a la puerta y escuchamos el alegre coro de ladridos al otro lado, seguido por el aplauso brusco de Francesca y la orden aún más brusca de "¡Silencio!". Los perros obedecieron al instante.

La puerta se abrió.

—¿Sí? —exclamó Francesca, poniéndose sus lentes para vernos con claridad.

—Eh, hola, señora Wix —dijo Malloryn—. Me preguntaba si podría cuidar a Zorro por mí, sólo unos días.

Francesca sonrió cálidamente en dirección a la transportadora de gatos.

—Sabes que amo a ese zorro. —Luego miró a Malloryn, y después a mí—. Supongo que te llevas a Malloryn en uno de tus viajes de *campamento*.

—Eh, sí —añadí—. Viaje de campamento. Igual que la última vez.

Me observó fijamente por un momento. Escrutó el rostro de Malloryn, después el mío, como si tratara de encontrar algo malo en ellos.

—Te diré algo —le dijo a Malloryn—. No te preocupes por Zorro. Va a estar perfectamente bien mientras estés fuera.

Luego se volvió hacia mí. Tomó mi mano entre las suyas y la apretó, lo suficientemente fuerte como para que sus nudillos se pusieran pálidos y los huesos y las venas se le marcaran.

—No tienes que explicarme nada —replicó—. Sé dónde está tu corazón. Pero ten cuidado.

Tomó la transportadora y la comida de Zorro y desapareció dentro de la casa, dejándonos a Malloryn y a mí en la puerta. Regresamos a nuestra casa. De alguna manera, con Zorro fuera, todo se sentía lejano, y cada paso ya era parte del viaje que nos esperaba.

—¿Estás lista para esto? —preguntó Malloryn.

—¿Lo estás tú? —le pregunté yo.

—Por supuesto que sí —dijo con una sonrisa.

Esa noche, Malloryn llamó a sus padres.

Éste era un ritual que generalmente ocurría una vez a la semana y requería una habitación tranquila y mucho espacio después. No hablaba mucho sobre sus padres o sus hermanos. Sabía que vivían en un pequeño pueblo al norte. Sabía que eran cristianos evangélicos. Sabía que la habían llamado Mallory. Sabía que no aprobaban a las brujas, y que ésa había sido, al menos en parte, la razón por la que Malloryn había huido de casa.

Las llamadas la dejaban exhausta. Por lo poco que escuchaba del lado de Malloryn, tenía la sensación de que las conversaciones implicaban una combinación de regaños, acusaciones, súplicas para que regresara a casa, amenazas de condenación eterna, promesas de bienvenida y perdón, y lágrimas. Malloryn tomaba todo con calma y paciencia, y cada semana les aseguraba a sus padres que estaba a salvo, que se cuidaba, que los amaba, que no iba a cambiar por ellos. Nadie quedó nunca feliz o satisfecho con esas llamadas. Pero tampoco nadie se rendía.

Mientras Malloryn y sus padres hablaban, Amu Reza dobló su ropa y la guardó en su maleta, tarareando mientras trabajaba. Yo lavé los platos de la cena, porque esa noche era mi turno y porque se sentía mal dejar la casa vacía con los platos sin lavar. El tintineo de los cubiertos; la melodía de la canción de Amu Reza; la tenue y apagada cadencia de las palabras de Malloryn. ("Ahora soy 'Malloryn', mamá. Con *n*.") Todo aquello llenaba nuestra casa con una dulce y frágil melancolía, tan llena de sentimiento y dolor como una canción de hadas.

Todo estaba listo. Un auto vendría a recogernos temprano por la mañana. Volaríamos primero a San Salvador, luego a Lima, y finalmente a Río, donde Amu Reza nos había reservado dos habitaciones en un hotel cerca del aeropuerto. El viaje tomaría casi un día entero.

Terminé de lavar los platos y fui a ver a Amu Reza, que estaba sentado en el sofá, muy quieto, con su maleta empacada a un lado. Me miró cuando entré y sonrió.

—Hay una ligereza en las horas previas a un viaje —dijo—. Siempre me ha parecido que la mente parte primero, y después el cuerpo la sigue.

—¿Estás nervioso? —pregunté.

Él se encogió de hombros. Su mirada era cálida.

—¿Y tú?

—Creo que sí —contesté—. No sé lo que estamos haciendo. Así que supongo que también tengo curiosidad.

—Hasta ahora tu instinto te ha llevado a los lugares correctos. Tengo confianza en él.

—Me alegra que alguien la tenga —dije.

—Siéntate —me pidió.

Me senté en una silla frente al sofá.

—Cuando el mundo se siente incierto, es un buen momento para una historia —añadió.

—Pero ya sé cómo termina —repliqué—. Encuentran al Ave, se convierten en realeza.

—Las historias antiguas cambian —dijo Amu Reza—. Cada vez que se cuentan son un poco distintas. Tal vez ésta aún te sorprenda.

Las palabras apagadas de Malloryn descendieron por la escalera y se acomodaron bajo las de Amu Reza, de modo que el cuento de las dos huérfanas y el Ave de las Mil Historias reposaba suavemente sobre un cálido y suave tono de cariño herido.

EL AVE DE LAS MIL HISTORIAS

Muchos días más caminaron las huérfanas, desalentándose a cada paso ante la idea de que su búsqueda fuera inútil. Finalmente llegaron a un viejo árbol muerto y se sentaron a descansar.

—¿Cómo podremos encontrar a esta Ave —dijo una— si ni siquiera sabemos qué tipo de pájaro es? Es grande, es pequeña, es fuego, es trueno, es viento, es el sol.

—Y sin embargo, su canto es siempre el mismo —añadió la otra.

Un viejo búho que vivía en el hueco del árbol estaba escuchando, y se compadeció de las huérfanas.

—Tal vez pueda ayudar —dijo—. Hay un castillo, no muy lejos de aquí, llamado Ven-y-Nunca-Te-Irás. En ese castillo hay un pájaro en una jaula dorada cuyo candado está asegurado con encantamientos. He escuchado que su canto es el más hermoso del mundo, pero nadie puede escucharlo. Tal vez sea el Ave que buscan.

—¡Entonces debemos ir allí de inmediato! —gritaron las huérfanas—. Dinos, Búho, ¿qué camino lleva al castillo de Ven-y-Nunca-Te-Irás?

—No está lejos —replicó el búho—, pero es peligroso ir allí, porque este pájaro está custodiado por un gigante que nunca duerme.

—¿Cómo lograremos pasar a través de un gigante que nunca duerme? —preguntaron las huérfanas.

—Cerca del castillo vive una bruja —dijo el búho—. Se dice que conoce muchos hechizos poderosos. Ella podría ayudarlas. Pero tengan cuidado, porque no es de fiar.

Siguiendo las instrucciones del búho, las huérfanas llegaron a la casa de la bruja y llamaron a su puerta. La bruja los saludó cálidamente y les preguntó qué querían. Ellos le dijeron que buscaban al pájaro que estaba prisionero en el castillo de Ven-y-Nunca-Te-Irás.

Ante esto, los ojos de la bruja brillaron. Sonrió y les dijo a las huérfanas que las ayudaría a burlar al gigante, si ellas le traían el pájaro. A cambio, usaría su magia para deshacer los encantamientos que mantenían cerrado el candado de la jaula.

Las niñas aceptaron y la bruja les enseñó un hechizo que pondría al gigante en un sueño lo suficientemente largo como para que pudieran entrar y salir ilesas del castillo. Armadas con esta magia, dejaron la casa de la bruja y se dirigieron al castillo de Ven-y-Nunca-Te-Irás.

La bruja las observó y sonrió para sí. Porque había sido ella quien encantó la jaula del pájaro, y ella quien la colocó en el castillo, y ella quien convocó al gigante para que la custodiara, todo con la esperanza de que alguien como estas dos huérfanas llegara a rescatarlo algún día.

Verás, la bruja también deseaba algo del Ave.

| CAPÍTULO DIECISÉIS |

CENTRO

El día siguiente fue de una larga y lenta marcha de aeropuerto en aeropuerto, cada uno agotador a su manera. En San Francisco, nuestra puerta de embarque cambió tres veces y tuvimos que correr de un lado a otro de la terminal, como cangrejos desesperados, persiguiendo nuestro vuelo. En San Salvador, un pajarito se perdió dentro de la terminal y nosotros nos quedamos hipnotizados, sentados en la sala de espera, observando sus muchos intentos infructuosos de volar a través de un panel de vidrio que daba a un bosque bajo y verde, sin poder hacer nada para ayudarlo. En Lima, Amu Reza durmió en una banca y Malloryn y yo comimos unos sándwiches de queso reseco que por alguna razón nos dejaron a ambas con más hambre.

Y en todas partes a las que íbamos, mi cerebro daba vueltas tratando de entender el hecho de que mis dos compañeros de viaje fueran una bruja fugitiva que se había convertido en mi amiga y mi *roomie,* y un tío al que había conocido sólo unos días antes en una ciudad a miles de kilómetros de distancia.

Nuestro último vuelo despegó justo antes del atardecer. La extensión baja y de color arcilla de la mancha urbana de

Lima se fue quedando atrás y pronto nos dirigimos hacia el este, mientras las montañas pálidas se elevaban hacia el cielo que se oscurecía. Luego el sol se puso tras nosotros, las luces de la cabina se atenuaron y la tierra debajo nuestro desapareció en la noche. Malloryn y Amu Reza se durmieron, pero yo no podía mantener los ojos cerrados.

Así que, en vez de dormir, miré por la ventana, y un paisaje imaginario se desplegó en la oscuridad: fila tras fila de montañas invisibles, vestidas de pedregales, coronadas de nieve, escondiendo lagos fríos y solitarios entre los pliegues de sus mantos. Más allá de las montañas había una vasta selva tropical surcada por ríos y afluentes, rebosante de vida, de secretos. Y finalmente, horas después, cuando las luces de Río comenzaron a brillar en la distancia, vi el globo terráqueo, vi nuestro camino completo a través de él, vi la línea que nos había traído hasta aquí, vi, en el océano de oscuridad más allá de las luces, los retorcidos anillos de la Serpiente del Mundo conectando todo con todo lo demás.

Cada lugar está exactamente a la misma distancia de todos los demás lugares.

Y luego aterrizamos en Río, y cargamos nuestras maletas una última vez mientras pasábamos frente a los cansados y aburridos oficiales de aduanas, y entramos a una noche cálida y húmeda que olía a muchas cosas, pero no a incendios forestales.

Un autobús nos transportó una corta distancia hasta un edificio largo y estrecho de cinco pisos, con puerta motorizada y un gran vestíbulo de vidrio. Luego, un recepcionista somnoliento nos entregó a cada quien una llave y nos señaló un viejo y apretado ascensor apenas lo suficientemente grande para los tres. Nos bajamos en el tercer piso. Amu Reza nos deseó buenas noches a Malloryn y a mí y se fue en una dirección, y nosotras nos fuimos en la dirección contraria.

Nuestra habitación era pequeña, con un grifo que goteaba, dos camas angostas y una ventana que daba a una autopista. Ambas dejamos caer nuestras maletas junto a la puerta. Apagué las luces y me acosté casi de inmediato.

—No puedo creer que estemos aquí —dije.

—Creo que va a funcionar, Mar —dijo Malloryn mientras se metía en su cama, con una voz somnolienta y distante—. De verdad lo creo.

Permanecí despierta un largo rato, dando vuelta a las palabras de Malloryn —esa confianza dorada que podía sacar de la nada— en mi cabeza. Me pregunté qué pensaba ella que funcionaría, qué esperaba que sucediera. Me di cuenta de que en ese momento ni siquiera importaba si le creía o no. Estábamos aquí. Habíamos llegado tan lejos. Y mañana iríamos todavía más allá. Eso era lo único que importaba.

Justo antes de cerrar los ojos para dormir, miré por la ventana una última vez. Era difícil estar segura, y no tenía el ala cerca para verificarlo, pero creí ver un hada flotando en el aire fuera de nuestra habitación, con sus ojos oscuros brillando bajo la luz de una farola parpadeante. Pero cuando volví a mirar, ya no estaba allí.

El último sonido que escuché mientras me sumergía en el sueño sin sueños del agotamiento por el viaje fue el goteo del grifo en el baño.

Tap tap tap

Tap tap tap

Tap tap

Desperté con un amanecer que estallaba a través de la ventana. Malloryn ya estaba despierta y vestida, incluyendo los zapatos. Estaba sentada de una forma extraña al pie de su cama, muy derecha, mirando directamente al frente, con las manos apoyadas en las rodillas.

—Buenos días —dije.

—Sí —respondió sin volverse.

—¿Estás bien? —pregunté, sentándome.

Ella se relajó. Una sonrisa tranquila cruzó por su rostro.

—Claro que sí. Está cerca, Mar. Puedo sentirla.

—¿Quién?

—Millmallow —dijo. Su voz casi vibraba por la emoción—. Está lista, Mar. Está lista para ayudarnos.

—Eso es genial —dije, porque no estaba segura de qué otra cosa decir.

Me paré de la cama, me vestí y saqué mi mochila pequeña de mi maleta de viaje. Dentro puse *El Peregrino* con el ala del hada, el mechón del pelo de la Muerte y la escama de la Serpiente del Mundo.

Malloryn observó cada objeto mientras yo los metía en la mochila, luego volvió a su postura extrañamente rígida y se quedó mirando fijamente la pared, mientras yo me ataba los zapatos.

Con mi mochila al hombro, agité una mano frente al rostro de Malloryn, y éste se relajó de nuevo y mostró su conocida sonrisa.

—¿Lista para irnos? —preguntó.

—Eh, sí. ¿Y tú?

—Definitivamente —dijo, con los ojos brillantes de entusiasmo.

Amu Reza ya nos esperaba en el vestíbulo con tres tazas pequeñas de un café increíblemente espeso y oscuro y tres pastelillos de color ámbar.

—Oh, no tengo hambre —dijo Malloryn despreocupadamente.

Había una salita en una esquina del vestíbulo, con sofás y mesas bajas. Los tres nos sentamos. Tomé un café y uno de los pastelillos. Era de harina de maíz, tan dulce y almibarado que me dejó los dientes entumecidos. Afortunadamente el café era amargo y vigorizante, y juntos hacían una buena combinación. Amu Reza se bebió su café de un solo trago, y después de ofrecerle nuevamente a Malloryn la taza restante (que ella rechazó sacudiendo la cabeza con una sonrisa educada), se la bebió también.

—Bueno —dijo—, en algún lugar de esta ciudad está nuestra Ave.

—Estoy segura de que éste es el lugar que la serpiente me mostró —afirmé.

—Es una ciudad grande —dijo Amu Reza—. Quizá deberíamos comenzar por la mitad.

—El pelo —sugerí—. Tal vez podamos usarlo para guiarnos.

—Veamos cómo están las cosas cuando lleguemos al corazón de Río —respondió Amu Reza.

Malloryn estaba sentada en la misma postura rígida. Sus ojos saltaban animadamente entre Amu Reza y yo mientras hablábamos. No dijo nada. Una sonrisa plana, casi vacía, parecía congelada en su rostro.

—Mal —dije—. ¿Tienes alguna idea?

Levantó una ceja se mientras estiraba el cuello hacia adelante, con una expresión curiosa que parecía estar haciendo una pregunta en lugar de responderla. Luego negó con la cabeza. Su sonrisa nunca cambió.

—¿Está todo bien? —pregunté.

—Todo está *increíble* —dijo con una voz de tranquila autoridad.

—Eh, está bien —dije—. Bueno, entonces supongo que empezaremos por la mitad.

Malloryn se levantó y caminó hacia la puerta. Amu Reza me lanzó una mirada inquisitiva, yo sacudí la cabeza y me encogí de hombros. Al menos no era la única que pensaba que Mal estaba actuando de manera extraña.

El hotel aseguraba tener una flotilla de autobuses que te llevaban a Río. Lo que en realidad tenían era una minivan beige sin aire acondicionado y un conductor llamado Vinicius que no hablaba inglés. Los tres subimos a la van y Vinicius nos preguntó algo que seguramente significaba "¿A dónde?". Logramos ponernos de acuerdo en la palabra "Centro", y Vinicius arrancó la van.

Cruzamos un puente, luego otro, y pasamos junto a hileras de palmeras, muros de cemento decorados con grafitis de colores vibrantes y favelas con casas de tres pisos hechas de ladrillo y revestimiento metálico. La carretera se convirtió en una amplia autopista y el tráfico se volvió más intenso a nuestro alrededor. Al pasar una curva, la vista se abrió y contemplamos toda una ladera cubierta de ladrillo rojo y estuco, cuadrados sobre cuadrados, ventanas sobre ventanas, balcones sobre balcones, todos diferentes, todos únicos, más detalles, densidad, historias y vida de lo que mi cabeza podía contener.

Vinicius debió ver cómo se abrían mis ojos en el espejo retrovisor, porque se rio y dijo algo en portugués. No entendí, así que sólo sonreí y asentí, sintiéndome un poco impotente. ¿Realmente teníamos un plan? ¿Funcionaría eso de "comenzar por la mitad" en una ciudad tan enorme y extensa? No teníamos un guía local, ni más recursos que las tarjetas de crédito de Amu Reza y mi miserable cuenta bancaria.

Éramos un anciano, una bruja y yo. Teníamos tres regalos, y ni la menor idea de cómo usarlos. Y en algún lugar de esta ciudad estaba el Ave.

En el asiento del conductor, Vinicius golpeteaba sus dedos contra el volante, al ritmo de la música en la radio.

Tap tap tap

El Centro era un distrito de edificios de oficinas, plazas, apartamentos coloniales de colores pastel y tranvías. Las aceras estaban llenas de hombres con camisa, mujeres con falda o vestido, estudiantes con mochila al hombro. Estrechos callejones empedrados cortaban por entre las amplias calles principales. Los autobuses retumbaban por las avenidas. Las bicicletas circulaban a toda velocidad, agitando el aire húmedo a su paso. Estábamos parados en la esquina donde Vinicius nos había dejado, tratando de decidir hacia dónde ir primero, cuando me golpeó la realidad.

—Esto no va a funcionar —dije en voz alta. No había forma de que un hilo de humo nos guiara hacia lo que estábamos buscando en una ciudad como ésta. Incluso si pudiéramos ver qué dirección nos señalaba, no había forma de saber qué tan lejos estábamos, o si una calle en particular nos acercaba o nos llevaba a un callejón sin salida. Podíamos estar a kilómetros del Ave. Podía haber montañas, literalmente, entre nosotros.

Amu Reza miró a su alrededor frunciendo el ceño.

—No —dijo—, no creo que funcione.

—Tal vez si estuviéramos más arriba —sugerí.

—Sí —coincidió Amu Reza, mirando hacia arriba. Y luego, con más convicción—: Sí.

Seguí la dirección de su mirada, más allá del horizonte de edificios altos, hacia las crestas verde oscuro en la distancia y hacia la más alta de ellas, hacia la figura blanca que brillaba en la cima, con los brazos extendidos, abrazando al mundo.

—Vamos a ver a Jesús —dije.

Tomamos un taxi y señalamos la estatua del Cristo Redentor. El conductor nos llevó por las calles de la ciudad y subió a una autopista elevada que serpenteaba a lo largo de la base de una montaña. El cielo era de un azul eléctrico y claro, sorprendentemente puro en comparación con el Berkeley lleno de humo.

Me pregunté si las hadas nos estaban observando ahora. Me pregunté a dónde irían en un día como éste, en que la luz del sol parecía alcanzar cada sombra y el cielo despejado no ofrecía ningún lugar para esconderse. ¿Estarían agazapadas en los tejados? ¿Estarían escondidas entre las hojas de las palmeras?

Nuestro conductor se detuvo en un vecindario lleno de turistas entusiastas y desorientados que llevaban cámaras y bastones para *selfies* en la mano. La pendiente del Corcovado se alzaba sobre nosotros, y unas vías de tren se adentraban en el denso follaje de la jungla. En un acto de inmensa paciencia y amabilidad, el conductor estacionó su auto, salió con nosotros, nos llevó a una taquilla y nos señaló los boletos que debíamos adquirir.

Amu Reza nos compró tres boletos de ida y vuelta y tres botellas de agua fría, y cuando el pequeño tren llegó traqueteando a la plataforma unos minutos después, subimos y nos sentamos junto a una de las ventanas. Yo ya tenía sed por la humedad y el intenso sol, y Amu Reza se bebió la mitad de su botella de inmediato. Pero Malloryn sostuvo la suya sin abrirla, mirándola como si por alguna razón hubiera olvidado qué era una botella de agua y cómo se usaba.

El tren se sacudió al arrancar de la plataforma y subió por la ladera de la montaña, pronto dejamos atrás el vecindario, y el cielo desapareció tras un dosel de anchas hojas verdes, y el bosque nos rodeó por todos lados. El tren subió más alto, pasando entre claros desde los que se veían extensos paisajes coloridos y exuberantes cámaras de sotobosque oscuro donde revoloteaban aves del bosque y ágiles monos.

Amu Reza sacó su teléfono, abrió un mapa y comenzó a acercar y alejar, tratando de entender los fragmentos de ciudad que se revelaban a través de los árboles. Malloryn miró por la ventana con la misma sonrisa serena que había estado mostrando toda la mañana. Yo contemplé la selva tropical buscando secretos, buscando hadas en cada sombra, detrás de cada árbol.

El tren subió todavía más, y gradualmente los árboles se abrieron a ambos lados del vagón. Estábamos en la cima de una empinada ladera cubierta de un manto verde profundo, rodeados en la base por la ciudad de Río y por el centelleante océano. Y de pie sobre nosotros, solo en el cielo, estaba el gigantesco Cristo de piedra, tan alto y recto como un cohete, con los brazos extendidos como alas.

Mi corazón comenzó a acelerarse. Si esto iba a funcionar, si este plan descabellado iba a mostrarnos algo, nos lo mostraría aquí y ahora. Y si no, lo sabríamos aquí, en la cima de esta ciudad, que habíamos llegado muy lejos para nada.

Bajamos del tren y seguimos el flujo de turistas matutinos por una escalera mecánica hasta la plataforma de observación. El aire cálido se sentía más ligero aquí. En la parte superior de la escalera, Amu Reza bebió más agua. Malloryn volvió a observar su botella y la dejó en una barandilla, como si fuera simplemente demasiado confuso para ella.

—¿Está todo bien? —susurré.

Ella me lanzó una mirada extraña y luego se alejó para contemplar el paisaje, dejando su agua atrás.

—Algo no está bien con ella —dijo Amu Reza mientras recogía la botella.

—Probablemente tiene *jet lag* —sugerí.

—Ten cuidado —exclamó Amu Reza.

Observé a Malloryn por un momento. Se había deslizado más allá de un grupo de turistas que se tomaban *selfies* con el gigantesco Jesús cohete, y parecía estar mirando un pedazo de cielo vacío.

—Vigílala —dije—. Voy a ver si puedo encontrar algo.

Me abrí paso entre la multitud hasta la barandilla en el borde de la plataforma. La montaña se extendía hacia abajo, empinada, peligrosa y con una vegetación muy densa. Al fondo, la ciudad se juntaba con el bosque, entrelazando mutuamente sus tentáculos. Me quité la mochila y la abrí. Los regalos estaban en el fondo: el mechón de pelo, el ala prensada en el libro de Amu Reza, la escama. Primero quise tomar el mechón de pelo, pero al imaginar sus efectos, me detuve.

Un hilo de humo podría apuntar hacia algo, pero antes de poderlo seguir a donde fuera, tendríamos que bajar de aquí. Otro viaje en tren, otro viaje en taxi, y para entonces habríamos perdido nuevamente nuestra orientación. Se me ocurrió otra idea.

Saqué *El Peregrino* y lo abrí. Allí estaba el ala, metida entre las páginas, brillando levemente. Miré a las personas a mi alrededor. Todos estaban distraídos por la vista o por el Cristo detrás de nosotros. Saqué el ala y la sostuve frente a mí, y luego miré a través de ella, y el mundo al otro lado se transformó.

Lo primero que noté fue el océano. Lejos de la costa, un resplandor verdoso, una aurora justo debajo de la superficie del agua, trazaba una forma que reconocí: la Serpiente del Mundo, extendiéndose en ambas direcciones más allá del horizonte. Luego miré hacia la ciudad. Vi destellos aquí y allá, pequeños espíritus brillantes en azul y oro, parpadeando en las ventanas de los apartamentos, en los techos de los edificios altos, en las sinuosas calles de las favelas. En el bosque pude ver una presencia resplandeciente moviéndose lentamente entre los árboles, una hambrienta llama amarilla que aparecía y desaparecía bajo el dosel.

En todas partes había secretos. En todas partes había criaturas.

Y luego encontré lo que estaba buscando.

Sobre una cresta hacia el este, escondido en un barranco profundo y boscoso, vi un inconfundible resplandor de un rojo pulsante. Ya había visto antes ese rojo, saliendo de la flor en la tienda de Amu Reza. Era el mismo color, y más que eso, se *sentía* igual.

Amu Reza se acercó a mí por detrás mientras yo guardaba el ala en el libro.

—Allí —le dije, señalando el lugar. Él se asomó por encima de la barandilla y verificó la ubicación en el mapa de su teléfono.

—¿Estás segura? —preguntó.

—Totalmente —afirmé—. Ahí es donde está.

—Bien —dijo Amu Reza en voz baja—. Lo has hecho muy bien. —Y me miró con una especie de orgullo triste en los ojos.

Nunca había necesitado que alguien estuviera orgulloso de mí. Simplemente nunca había sido una opción, y nunca lo había esperado. Nadie me había dicho algo así antes. Nadie que entendiera me había visto conectarme con las criaturas, con sus secretos, y luego me había dicho que lo había hecho bien.

Pero ahora que estaba viéndolo, experimentándolo, sentí que toda una vida me había sido negada. Sentí que un sensor secreto en cada nervio de mi cuerpo había sido despertado de repente, y ahora todo se sentía cálido y suave. Nadie me había dicho que el mundo no siempre tenía que ser de esquinas afiladas y precaución extrema. Nadie me había dicho que también podía sentirme así.

Lo has hecho muy bien.

No era difícil imaginar esas palabras en la voz de mi padre, porque la de Amu Reza sonaba tan parecida a la suya. Pero también era imposible imaginarlas, porque él nunca había tenido la oportunidad de decirlas. Nunca se había dado la oportunidad de decirlas, nunca me había dado la oportunidad de escucharlas. Estúpido, estúpido, estúpido.

Igual que las estúpidas lágrimas que estúpidamente intentaban escaparse de mis estúpidos ojos y bajar por mi estúpida cara.

—Gracias —dije. Y luego, porque no sabía qué más hacer, abracé a Amu Reza. Por un momento se quedó quieto como una piedra, sorprendido tal vez. Y luego él también me abrazó y me susurró algo al oído, tan suavemente que casi hubiera podido fingir que no lo había escuchado, fingir que mi estómago no se me salía del cuerpo y rodaba montaña abajo, llevándose consigo todos los buenos sentimientos.

Me separé de él.

—Repite eso —dije.

Él negó con la cabeza. Su rostro estaba congelado con la misma mirada triste y orgullosa, pero sus ojos hacían algo más.

Volví a meter *El Peregrino* a mi mochila y saqué la escama, y la sostuve como si yo también estuviera tomándome una *selfie* con el gigantesco Jesús cohete. Y cuando miré el reflejo, vi la culpa en el rostro de Amu Reza, y vi a tres personas separarse de la multitud y acercarse deliberadamente hacia nosotros, y vi a otro turista levantar la vista de su guía, y era Karl, y me di la vuelta mientras los Fell se acercaban, y me encontré con la expresión congelada de Amu Reza.

—¿Por qué? —pregunté mientras el mundo se derrumbaba a mi alrededor.

CAPÍTULO DIECISIETE

ESTAMOS AQUÍ POR EL AVE

No había a dónde correr, por supuesto.

Los agentes de los Fell se habían posicionado para cortar cualquier posible ruta de escape. Y, de todos modos, sólo había un camino para bajar de la plataforma, y probablemente había otro u otros dos agentes esperando allí, por si lograba llegar tan lejos. Así que, en lugar de intentar huir, me alejé de Amu Reza y traté de disfrutar de la vista.

Karl llegó a mi lado un momento después.

—Espero que no haya resentimientos —dijo.

—No, ¿por qué los habría? —pregunté.

—Tu tío se preocupa mucho por ti —afirmó Karl.

—Lo dudo.

—Te sorprenderías —añadió Karl—. La culpa hace vulnerable a cualquiera. Lo único que nadie quiere hacer es cometer el mismo error dos veces.

—Y entonces lo amenazaste con lastimarme —repliqué—, porque él se siente culpable por no haber ayudado a mi padre.

—Sí, algo así —concedió Karl—. Y mira, aquí estamos todos, en este hermoso lugar, y nadie ha salido lastimado.

—Supongo que sabes por qué estamos aquí —dije—. ¿Qué pasará ahora?

—Ahora —respondió Karl—, vendrás con nosotros. Iremos a buscar a tu pájaro.

—Para que puedan venderlo —atajé—. Probablemente a la persona equivocada.

—Somos una operación costosa —dijo Karl—. Debemos financiarla de algún modo.

—Tal vez no debería financiarse más —aseguré.

—Éste es nuestro mundo —añadió Karl—. Siempre ha sido nuestro mundo. Tus opiniones no harán que cambie eso.

Miré hacia el océano, hacia el lugar donde había visto el resplandor de la Serpiente del Mundo.

—Estás equivocado, ¿sabes? —dije.

Karl se rio.

—¿Sobre qué estoy equivocado?

Me giré para enfrentarlo. Su expresión era divertida y petulante. Ahora era mi turno de reír.

—No quieres saberlo.

La amargura que lo invadió hizo que casi valiera la pena cada cosa estúpida y horrible que lo había hecho posible.

—Creo que es hora de irnos —dijo. Se volvió hacia Amu Reza, que estaba de pie bajo la sombra de Jesús y evitaba mirarme a los ojos—. Todos vienen.

Los agentes se acercaron mientras Karl lideraba el camino hacia las escaleras mecánicas y el tren. Amu Reza y yo fuimos conducidos detrás de él. Miré a mi tío con toda la furia que podía caber en mis ojos, y él no levantó la vista del suelo. Tenía el rostro humillado por la vergüenza.

Y puesto que lo estaba observando, vi el momento en que sus ojos se abrieron de par en par. Vi cómo se congelaba a mitad de un paso. Vi lo que estaba mirando.

La botella de agua de Malloryn. Llena e intacta en su mano.

Alzó rápidamente la vista y buscó a su alrededor.

Luego volteó hacia mí y levantó la botella, con la mirada llena de preocupación y pánico. *Un poco tarde para eso,* pensé. Pero yo tampoco sabía dónde estaba ella. Negué con la cabeza y miré a mi alrededor. No había rastro de ella. Malloryn no estaba en la barandilla. No estaba en la plataforma.

No estaba en ninguna parte.

Uno de los Fell, un hombre alto y de hombros anchos, me empujó hacia adelante.

¿Dónde estaba Malloryn? ¿Ya la habrían capturado los Fell?

No los conoces, le había dicho aquella noche en que colgó los hechizos de zarzas en las paredes de nuestra casa.

No, había respondido. *Ellos no me conocen a mí.*

—Espera —dije.

Delante de mí, Karl se detuvo. Comenzó a volverse, pero mientras lo hacía, sentí que una mano se posaba en mi hombro y me giraba de lado, no respecto de Karl, ni de Amu Reza, ni del gigantesco Jesús cohete, sino respecto de *todo.*

Y allí estaba Malloryn.

—Shhh —dijo, sólo que su voz sonaba diferente. De alguna manera estaba allí, de pie, cuando un momento antes no estaba en ninguna parte. Y otra cosa también era distinta. El mundo a nuestro alrededor parecía más plano, como si todo hubiera sido torcido en un cierto ángulo. Malloryn había hecho algo cuando puso su mano sobre mí. Estábamos allí, pero al mismo tiempo no estábamos.

—¿Qué está pasando? —pregunté. O al menos eso fue lo que pensé que decía. Las palabras sonaban como un galimatías, aunque significaran exactamente lo que quería que significaran.

Malloryn sonrió, haciéndome saber que me había entendido perfectamente. Pero no era la sonrisa de Malloryn. Iba en la dirección equivocada y no le sentaba bien a su rostro.

—Tú no eres Malloryn —afirmé con palabras que no deberían tener ningún sentido, pero que de alguna forma lo tenían.

—¿Quién cocina para ti? —preguntó—. ¿Quién cocina para ti, Marjan?

—Malloryn cocina para mí —respondí—. Es una buena cocinera. ¿Ella está bien?

—Brujita, brujita —dijo Malloryn—. Hoy yo cocino para ella.

—Eres Millmallow —exclamé.

—Millmallow yo soy, Coro del Amanecer —dijo—. Encantada, encantada, encantada de conocerte.

—¿Dónde estamos? —pregunté.

Amu Reza todavía estaba allí. Los agentes de los Fell estaban allí. Pero todo se sentía lejano.

—Un poco detrás, un poco en medio, virar, virar, aquí, aquí —dijo Millmallow.

Karl acababa de darse cuenta de que yo había desaparecido. Sus hombres se habían detenido. Estaban mirando alrededor de la plataforma. Amu Reza también tenía una expresión de confusión y pánico en el rostro. Del mundo aplanado y distante surgieron algunas palabras, un murmullo de turistas parlanchines y, sobresaliendo apenas entre ellos, la voz de Karl gritándoles a sus hombres que me encontraran. Ellos corrieron a mi alrededor. Amu Reza estaba mirando exactamente el lugar donde yo estaba, y de alguna manera también miraba alrededor de mí, como si la realidad misma se curvara rodeando el sitio donde Millmallow y yo estábamos paradas.

Millmallow tomó mi mano y me llevó al borde de la plataforma. Pude ver el lugar que el ala del hada me había mostrado.

—Mira, mira, mira —dijo Millmallow—. ¿Nos apuramos?

Vi por encima de mi hombro. Karl, muy lejos ahora, estaba furioso. Y Amu Reza estaba asustado. Yo estaba enojada y herida, pero no me parecía correcto dejarlo atrás.

—Pobre voluntad —dijo Millmallow con tristeza, siguiendo mi mirada—. No hay necesidad, no hay necesidad. Nosotras iremos, tú y yo. No le digas. No le digas. Encontraremos a nuestra Ave, un pájaro más, ¡hip, hip, hurra!

No estaba segura de querer estar sola con Millmallow.

—Él debería estar aquí —repliqué—. Sabe más que yo sobre todo esto.

Millmallow me observó a través de los ojos de Malloryn.

—Maestro, maestro —dijo—. Necesitas un maestro. Ven, ven, ven aquí, querida.

En un par de saltos ya estaba detrás de él, curvando el mundo a su alrededor mientras avanzaba. Puso su mano en el hombro de Amu Reza y lo giró.

Sus ojos se abrieron de par en par por un segundo. Miró alternativamente de Malloryn a mí, sin decir una palabra.

—Amu Reza —exclamé—, no entiendo lo que hiciste, y estoy muy enojado contigo, y no te perdono.

Intenté decir más, pero no pude.

—¿Qué ha pasado? —dijo por fin—. ¿Qué está sucediendo?

—Ella es Millmallow —añadí—. Nos está ayudando. Encontraremos al Ave antes que los Fell.

—Encantada, encantada, encantada de conocerte —dijo Millmallow—. Ahora vamos, vamos, vamos. Rápido, rápido.

Ella atrajo a Amu Reza cerca de mí, puso sus manos en nuestros hombros y nos arrancó de ese lugar. El aire, la ciudad y el bosque silbaron y se deformaron a nuestro alrededor, mientras gritos de pájaros llenaban nuestros oídos.

Cuando el mundo volvió a dibujarse y a enderezarse a nuestro alrededor, estábamos parados en una tranquila intersección de dos calles empedradas en una ladera, en un pequeño y denso vecindario rodeado de bosque. Grandes crestas verdes se elevaban a ambos lados, cubiertas de oscuro follaje. Detrás y más abajo de nosotros podía ver el océano y una laguna, y junto a ésta, un tramo de la ciudad. Ya no se veía por ningún lado la estatua de Jesús.

Las construcciones que nos rodeaban estaban hechas de ladrillo y bloques de hormigón. Algunas tenían techo de lámina. Otras tenían tejas de arcilla. En una de ellas vi paneles solares. Frente a otra, un pequeño molino de viento, cuyas aspas estaban quietas. Una gallina cruzó caminando por la calle tranquilamente frente a nosotros, picoteando migas invisibles en las grietas entre los adoquines.

Una inhalación profunda e involuntaria entró en mi pecho. Nuestro vuelo me había dejado sin oxígeno. Estaba vacía y tuve que jadear para llenar ese vacío. La sangre retumbaba en mis oídos. Mi piel se sentía extraña, como si todo mi cuerpo hubiera sido arañado con ramas secas. Amu Reza parecía estar tan desorientado y abrumado como yo.

Sólo Malloryn —Millmallow— parecía no haber sido perturbada por el viaje.

—¿Dónde estamos? —preguntó Amu Reza—. ¿A dónde nos has traído?

—Aquí, aquí —dijo Millmallow—. Millmallow vuela certera, se detiene limpio, ¿ves, ves? —Su sonrisa orgullosa y fría estaba completamente fuera de lugar en el rostro de Malloryn.

Amu Reza me miró, luego a Millmallow.

—Estas palabras son... —exclamó, como si le resultaran confusas incluso mientras hablaba.

—No preocuparse, no preocuparse —dijo Millmallow—. Cantando, sólo can-tan-do.

Había recuperado el aliento, y la extrañeza de nuestro rápido viaje se alivió un poco en mi piel. Pero la cabeza aún me latía con un desagradable pulso en mis sienes que me dificultaba concentrarme en cualquier otra cosa.

—¿Dónde, dónde? —preguntó Millmallow girando la cabeza, clavando sus ojos en los míos—. ¿Lo ves?

Quería decirle que no veía nada, que ni siquiera sabía de qué estaba hablando, pero no podía formar las palabras. El golpeteo en mis oídos dispersaba mis pensamientos. Y cada vez que movía la cabeza, el latido cambiaba de lugar.

—Marjan —dijo Amu Reza—. ¿Qué pasa?

—Mi cabeza —murmuré—. Es como un...

Hice un puño y golpeé el aire al ritmo de los pulsos.

Uno. Dos. Tres.

Y luego volví a jadear. Me quedé quieta, cerré los ojos y dejé que mi cabeza martillara desde dentro.

Uno. Dos. Tres.

El sonido del mundo me estaba diciendo algo importante. Giré la cabeza, y el martilleo giró con ella. Porque la sensación estaba dentro de mí, pero provenía de fuera.

—Está aquí —susurré—. Está justo aquí.

Uno. Dos. Tres.

Tap tap tap.

—Por aquí —dije—. Ya vamos, pájaro. Ya vamos.

La sensación llegaba más fuerte por el camino que subía desde la intersección hacia la cima del estrecho valle que nos rodeaba. El bosque presionaba a ambos lados contra las orillas del camino. Las enredaderas envolvían las farolas y los postes de servicios públicos. Los arbustos crecían entre los adoquines. Los monos que correteaban en las ramas altas se detenían para vernos pasar. Tenía la sensación de que otros ojos, aún más extraños, también nos observaban, deslizándose silenciosamente en las profundidades de los árboles.

Había casas a ambos lados del camino, todas construidas contra la ladera de la montaña: una mezcla de paredes de estuco pálido y ladrillo expuesto, con techos de tejas y madera que se elevaban dos o tres pisos por encima del follaje. Había senderos y escaleras, de tierra y de concreto, que conducían a ellas y también que las rodeaban. Vi más paneles solares, más molinos de viento. Otra gallina pasó cloqueando mientras atacaba la tierra con rápidos y nerviosos picotazos que coincidían con los latidos en mi cabeza.

El martilleo se sentía cada vez más cerca, cada vez más fuerte, tan fuerte que los ojos me empezaron a llorar. El sol pegaba con mucha intensidad allí donde los árboles se abrían, y en todas partes el aire era denso y húmedo. Y cuando el bosque se cerraba, las sombras estaban cargadas de humedad y de la presencia palpable de vida invisible, acechándonos, observándonos.

—Estamos cerca —dije apretando los dientes.

—Genial, genial —exclamó Millmallow—. Rápido vamos.

Un poco más adelante llegamos a una casa rodeada de bosque, con un pequeño jardín al frente y un camino de piedras que conducía a la puerta principal. Había dos camas de cultivo hechas de botellas viejas, una a cada lado del jardín, donde se cultivaba lo que parecían ser tomates. Di un paso por el camino de piedras y mi cabeza volvió a martillar, aún más fuerte. Otras dos gallinas deambulaban por el jardín, observándonos con ojos cautelosos y desconfiados.

—Es aquí —dije.

—¿Estás segura? —preguntó Amu Reza.

Asentí, incapaz de hablar.

Amu Reza se acercó, se arregló la camisa, se aclaró la garganta y llamó a la puerta.

Y, por supuesto, los golpes sonaron *tap tap tap*, porque así es como todo sonaba ahora.

El chico que abrió la puerta usaba camiseta y pantalones cortos, y no traía zapatos ni calcetines. Su cabello oscuro caía en rizos desordenados hasta los ojos, pero estaba bien recortado a los lados y en la parte posterior de la cabeza. Todo en él era largo y desgarbado: su rostro, sus brazos delgados, sus piernas huesudas. Se veía más o menos como de mi edad, pero al mismo tiempo había algo en él que lo hacía parecer mucho mayor. Sus ojos, duros y afilados como diamantes negros, nos miraron con sospecha y duda.

—Hola —dijo Amu Reza—. Estamos aquí por el Ave.

El chico lo miró inexpresivamente.

—No te preocupes —continuó—. Por favor, somos amigos. Queremos ayudar.

Pero el chico sacudió la cabeza, confundido. No entendía una palabra.

—Oh, cielos —exclamó Millmallow. Extendió la mano y tocó al chico en el hombro, y un escalofrío lo recorrió—. Encantada, encantada, encantada de conocerte —le dijo.

Él casi se fue de espaldas dentro de la casa por la impresión.

—¿Quiénes son ustedes? —gritó, y las palabras no sonaban como inglés, portugués o cualquier otro idioma que pudiera identificar, pero las entendí de todos modos.

—No estamos aquí para causar problemas, lo prometo —dije.

Sus ojos oscuros estaban muy abiertos y llenos de temor.

—¿Y yo cómo lo sé? —replicó.

—Ahora nos entiendes —dijo Amu Reza.

—¿Quiénes son ustedes? —preguntó de nuevo—. ¿Qué está pasando? ¿Qué acaba de suceder?

—Yo soy Marjan —dije—. Éste es mi *amu* Reza. Y ésa es…

—Millmallow, Coro del Amanecer —dijo Millmallow con una reverencia.

El chico miraba de un rostro al otro.

—¿Por qué los entiendo ahora? —preguntó—. ¿Por qué me escucho así? ¿Qué fue lo que hicieron?

—Es el lenguaje de los pájaros —dijo Amu Reza. Se volvió hacia Millmallow—. ¿No es así?

—Claro, claro —contestó Millmallow—. ¡Qué alegría! ¡Qué alegría!

—Es el lenguaje más antiguo del mundo —explicó Amu Reza—. El lenguaje que yace debajo de todos los demás. Eso es lo que dicen las historias.

—¿Cómo es que estoy hablándolo? —preguntó el chico—. ¿Cómo es que lo están hablando ustedes?

—Todos lo hablan, todo el tiempo —dijo Amu Reza—. Pero ahora, gracias a nuestra amiga, creo que también podemos escucharlo. Es un raro privilegio.

—Yo no pedí ese privilegio —respondió el chico.

—No —repuso Amu Reza—. Nadie pide esas cosas. Pero suceden, y cuando suceden, es nuestro deber como seres humanos entender por qué.

—Váyanse —dijo—. Quiero que se vayan.

—Hay algo en esta casa que necesita ayuda —exclamé—. Por favor, sólo déjanos ver.

El chico comenzó a rezar. Supe que era una oración porque se persignó. Pero las suaves y rápidas palabras que salieron no tenían significado para mí. Tal vez la oración era su propio lenguaje especial, un entendimiento secreto entre el que ora y la divinidad.

O tal vez los pájaros simplemente no sabían cómo rezar.

—Ustedes son demonios —dijo cuando terminó su oración—. Son espíritus malignos.

—Yo vengo de los Estados Unidos —afirmé—. Estoy en la preparatoria. Vivo en California. No soy un demonio, lo prometo. El mundo ha estado tratando de hacer que venga aquí a buscarte porque tienes algo que necesita ayuda. Un ave. Sé que suena increíble, pero es verdad.

—¿Qué ave? —preguntó.

—No sé exactamente qué es —respondí—. Pero creo que sé lo que ha sido antes.

—¿Y cómo sabes que esa ave está aquí?

—Porque la escucho —dije—. La he estado escuchando durante días, y sé que está cerca.

El chico me miró durante un largo rato, primero con cautela, luego con curiosidad. Finalmente habló.

—¿Qué es lo que escuchas?

Conocía ese tono. Lo había escuchado antes. Era la voz de alguien que luchaba por entender la extrañeza del mundo. Era la voz de alguien que necesitaba ayuda.

—Suena como… —Intenté decir *Tap tap tap*, pero salió en el lenguaje de los pájaros, y en el lenguaje de los pájaros lo que dije fue—: ¿Estoy a salvo?

Mientras lo decía, mi cabeza volvió a latir, una vez por cada palabra. Hice una mueca de dolor.

—Eso no es lo que quería decir —aclaré rápidamente.

—Tal vez no —dijo Amu Reza—. Pero lo has dicho. Y por eso, probablemente sea cierto. Joven, por favor, déjanos ayudar.

El chico miró a Malloryn.

—¿Qué le pasa a ella? —preguntó.

—Es una bruja —respondí—. Está haciendo magia.

—No creo en la magia —dijo el chico.

—*Yo no creo en las brujas, pero de que las hay, las hay** —dijo Amu Reza—. No nos entenderíamos si no fuera por la magia. No podrías decirnos que no crees en la magia, si no fuera por esa misma magia.

—Algo anda mal con ella —dijo el chico.

—Ella puede mantenerse alejada —ofrecí—. Sólo muéstrame. ¿De acuerdo?

—Lástima, lástima —dijo Millmallow—. Qué lástima.

El chico le lanzó a Malloryn una última mirada dubitativa, y ella, como respuesta, se encogió alegremente de hombros. Luego él nos hizo un gesto para que todos entráramos a la casa.

El interior era ordenado y acogedor. El piso era de baldosas, las paredes estaban pintadas de un blanco brillante y cremoso y el sol entraba por una ventana abierta, iluminando toda la habitación. Había un sofá contra la pared, una silla y una estantería con algunos libros. No pude leer sus títulos —claramente el lenguaje de los pájaros sólo era hablado—, pero uno de los libros obviamente era una Biblia. En la pared había una imagen de Jesús, con su rostro sereno y acogedor

---

* En español en el original. (N. del T.)

y sus manos juntas en oración. Había una pequeña cocina con su refrigerador, su estufa y su fregadero, y a un lado, un dormitorio con dos literas y un escritorio.

—Soy Inácio —dijo el chico—. Mi hermano y yo vivimos aquí.

—Gracias por recibirnos en tu hogar —dijo Amu Reza con una ligera reverencia.

Inácio señaló el sofá. Amu Reza se sentó, y yo me senté a su lado. Inácio colocó la silla frente a nosotros y también se sentó. Malloryn se quedó de pie, quieta y rígida, con la cabeza inclinada hacia un lado, en una postura tan poco propia de Malloryn que me costaba incluso mirarla.

—¿Por qué quieren ver al… —Inácio hizo una pausa—… ave?

—Porque ha estado pidiendo ayuda —respondí—. Escucho y siento cosas que la mayoría de la gente no. Y la he sentido.

Inácio me miró durante un largo rato.

—Puedo mostrarte dónde está —dijo—. Pero es posible que no te permitan verla.

—¿Por qué no? —pregunté.

—Está custodiada —contestó.

—¿Quién la custodia? —preguntó Amu Reza.

—Un ser tan antiguo como este bosque —respondió—. Su nombre es Boitatá.

—Sabes su nombre —dijo Amu Reza.

Un brillo inconfundible apareció en los ojos de Inácio: el brillo de la posibilidad que surge justo antes de una historia.

—Sé más que eso —añadió.

EL BOSQUE QUE REGRESÓ

Hay una parte terrible en esta historia. Y también hay una parte increíble.

Llegué a Morro do Hélio cuando era sólo un niño pequeño. Mi hermano nos trajo aquí. Él es diez años mayor que yo, y siempre me ha cuidado. Somos toda la familia que tenemos, pero es suficiente.

Nuestro padre era minero, y también era alcohólico. Se fue cuando yo nací. Nuestra madre era maestra. Nos impulsó a aprender, a pensar, a informarnos y a ayudar a quien pudiéramos. Nos enseñó a esperar siempre una vida mejor. Ella murió en un accidente de autobús.

Ésta no es la parte terrible de la historia. Es injusto y triste, y duele todos los días, pero simplemente así es la vida.

Morro do Hélio es una pequeña favela. No es fácil llegar hasta acá. Antes había una cantera de granito y la gente que vivía aquí solía ser minera, pero la cantera cerró, y ahora sólo queda el bosque. Aquí no hay cárteles ni milicias. Cultivamos vegetales. Criamos gallinas. La comunidad ha construido su propio sistema de tratamiento de aguas residuales. Tenemos algunos paneles solares que nos han donado. La ciudad no nos apoya porque somos pequeños y pobres, pero nosotros nos cuidamos unos a otros. Todo lo que hacemos aquí proviene de la esperanza de que algún día podamos mejorar nuestra vida, y también el mundo. Nuestra madre nos enseñó a ayudar y a tener esperanza, y por eso este lugar se sintió como un hogar para nosotros.

Alguna vez hubo un bosque aquí, hace mucho tiempo. Cuando llegaron los portugueses, lo despejaron para hacer espacio para sus haciendas, y luego para sus pastos y sus plantaciones de café. Trabajaron la tierra hasta que se agotó, y hasta que el agua de los arroyos se secó. Y luego se dieron cuenta de que habían cometido un error. Así que hicieron algo asombroso. Decidieron plantar el bosque de nuevo.

Y lo hicieron. Trajeron de vuelta las plantas nativas, las plantaron de nuevo, las cuidaron, y funcionó.

Aquí viene la parte terrible de la historia.

El nuevo bosque fue plantado por personas esclavizadas por el gobierno imperial. Pienso en ellos todos los días cuando miro estos árboles. Pienso en sus vidas y en lo enojados, tristes e impotentes que debieron sentirse. Pienso en el dolor y el sufrimiento que trajo de vuelta a este bosque, y no puedo separarlo de las personas que trabajaron en él. Me pregunto si los árboles recuerdan la tristeza de las manos que los colocaron en el suelo. Me pregunto si entienden la injusticia que les dio vida.

Luego me digo, *ellos sanaron la tierra*. Porque es lo que hicieron. Y me pregunto si hay algo sagrado en eso. Y me descubro preguntándome si los hombres y mujeres que labraron este suelo, que llevaron las plántulas colina arriba y las colocaron en la tierra para que crecieran, podían ver más allá de las injusticias de su vida y saber que su trabajo era un trabajo de sanación.

Y aunque lo supieran, sigue siendo tan injusto e incorrecto. Pero ahora hay un bosque, cuando antes no lo había. Y sus manos sagradas lo plantaron. Y yo me siento a la sombra de los árboles y les estoy agradecido, y me lamento por ellos.

Es difícil tener esperanza a veces, cuando hasta las cosas más hermosas pueden surgir de un mal tan terrible.

Las personas que volvieron a plantar este bosque buscaron llenarlo con especies nativas, con la misma vida que estaba aquí antes de que llegaran los portugueses. Trajeron plántulas de los árboles que una vez vivieron aquí. Pero alguien, tal vez uno de los trabajadores esclavizados, también trajo las semillas de otro tipo de vida.

Y ésa es la parte increíble de esta historia.

Escuché por primera vez de Boitatá de un viejo minero llamado Ulisses, que se quedó en Hélio después de que la cantera cerrara. Cuando yo era nuevo aquí, me contó una historia que era difícil de creer. Ahora yo se las contaré a ustedes, y podrán decidir por sí mismos.

BOITATÁ

Boiguaçu no era una bestia amable.

Era una serpiente que cazaba a los animales del viejo mundo. Un día llegó una gran inundación, y el cielo estuvo oscuro durante meses y meses, y nadie vio el sol, y muchas criaturas se ahogaron y se perdieron para siempre. Pero Boiguaçu sobrevivió, y continuó cazando en la oscuridad.

Más que comida, Boiguaçu anhelaba la luz. Anhelaba el calor y la brillantez del sol. Por eso se comía los ojos de sus víctimas, porque dentro de ellos guardaban, como un tesoro encerrado, el recuerdo de la luz del sol. Se comió tantos ojos que su interior ardía con toda la luz que había tragado.

Pero el mundo seguía oscuro, así que siguió comiendo, y aunque los ojos saciaban su hambre de calor y luz, no alimentaban su cuerpo. Su piel se volvió pálida y traslúcida, de modo que todos los ojos que había tragado miraban fuera desde su interior. Siguió cazando, comiendo sólo los ojos de sus víctimas, tratando de llenarse de la luz que se había apagado del mundo. Finalmente, su cuerpo quedó tan débil y agotado, y la luz dentro de él fue tan poderosa, que su exterior simplemente se disolvió, y todo lo que quedó fue la luz que había devorado.

Así como los ojos recordaban la luz, la luz recordaba a la serpiente. Y cuando el sol regresó al mundo, la gran serpiente regresó a los bosques, no como una cazadora de carne y hueso, sino como el espíritu de los cazados, como un protector de luz y fuego, ahuyentando con sus llamas a cualquiera que se atreviera a dañar los árboles y las criaturas que vivían allí. Desde entonces, la serpiente fue conocida como Boitatá, que en el antiguo lenguaje de las personas que vivían en el bosque significa "cosa de fuego."

Y hasta que los hombres blancos llegaron y cortaron los árboles, éste era el bosque de Boitatá.

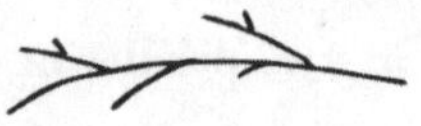

Cuando los bosques fueron talados, me explicó Ulisses, Boitatá desapareció. Pero en algún lugar, alguien debió haber salvado alguna parte de Boitatá: una brasa, una semilla que pudiera ser plantada de nuevo cuando llegara el momento adecuado. Y tal vez esa persona fue esclavizada por el imperio, y tal vez esa semilla fue pasando de generación en generación. O tal vez esa brasa fue llevada hacia dentro del bosque, cada vez más adentro a medida que el imperio avanzaba y reclamaba más y más de esta tierra. Nadie conoce las manos y los corazones que sostuvieron y cuidaron esa brasa. Esas personas se escondieron, y aún permanecen ocultas.

Pero cuando el bosque volvió a ser plantado, alguien liberó esa semilla.

Porque cuando los árboles regresaron, Boitatá también regresó.

Ahora Boitatá custodia nuevamente el bosque. Es un Boitatá más joven, un Boitatá de nuevo crecimiento, como los mismos árboles del bosque. Quizá no sea tan fuerte o brillante como el Boitatá que existió antes. Pero está creciendo.

CAPÍTULO DIECIOCHO

¿ESTOY A SALVO?

Inácio guardó silencio, y Amu Reza sonrió.

—Tienes corazón de narrador, joven —dijo.

—Es este lenguaje extraño —añadió Inácio—. No sé si hubiera podido contar una historia así de otra manera.

—Tic-tic-tic —dijo Millmallow con una voz teñida de irritación—. Rápido, rápido, no podemos mantener esto para siempre. Sin palabras, sin pájaros.

—Creo que entendemos —replicó Amu Reza—. Nuestra bruja está trabajando muy duro y hemos sido indulgentes. Después de todo, estamos aquí por el Ave.

—Si quieren ver al pájaro —dijo Inácio—, les mostraré dónde buscar. Pero dependerá de Boitatá si se les permite acercarse.

Se levantó y nos guio a través de la cocina hasta una puerta trasera hecha de madera delgada. Junto a la puerta, bajó de un estante un cubo lleno de granos y semillas, lo abrió y tomó un puñado. Luego volvió a colocar el cubo en el estante y tomó una pequeña linterna de bolsillo.

El patio trasero era un pequeño terreno despejado de maleza. Estaba rodeado de bosque, denso y profundo en todas direcciones. En una esquina había un gallinero. También había otra cama de cultivo, un poco más chica, igualmente hecha de botellas vacías, con algún tipo de lechuga creciendo dentro. Dos gallinas deambulaban sin rumbo por el pequeño terreno. Cuando vieron a Inácio salir, se acercaron corriendo. Él esparció las semillas aquí y allá, y las gallinas comenzaron a picotear.

—Compartimos sus huevos con nuestros vecinos —dijo volviéndose hacia nosotros tres, que esperábamos en la puerta.

Observó a las gallinas comer por un momento, luego cruzó el patio hacia el gallinero de madera. Desató un cerrojo de alambre y abrió la puerta, revelando una oscuridad cálida en el interior. Luego miró hacia los árboles.

¿Estoy a salvo?

Sentí que me iba a explotar la cabeza por la fuerza de los golpes. Intenté respirar a pesar del dolor, y entonces salí al patio. Millmallow y Amu Reza se quedaron en la puerta. Cuando salí, el bosque pareció crecer y expandirse a mi alrededor. El gallinero abierto parecía atraerme hacia él, y algo brillante y salvaje fluía y se deslizaba con gracia entre los árboles, entrando y saliendo de los troncos, acercándose cada vez más.

—Apareció hace dos semanas —dijo Inácio—. Estaba aquí, en el centro del patio. —Me mostró un parche de tierra—. Lo metí allí —añadió, señalando el gallinero.

—Árboles, árboles —dijo Millmallow desde la puerta—. Fuego, fuego.

—Boitatá —dijo Inácio—. Ha estado vigilando desde entonces.

La presencia en los árboles brilló con un poco más de intensidad al escuchar su nombre. Luego, como un depredador atacando, salió del follaje para bloquear mi camino. Era un destello ágil, serpenteante y ardiente, tan brillante que hacía que me dolieran los ojos. Me rodeó, y yo cerré los ojos y sentí su calor y su hambre irradiando hacia mí, y sentí sus mil ojos observándome desde todos los ángulos, viendo todo de mí.

Recuerdos, y ecos de recuerdos, ondearon a través de mis pensamientos. El anhelo de las bestias condenadas a la oscuridad, el anhelo de la tierra por el bosque que una vez fue, el anhelo de los corazones y las almas por la libertad, por el amor, por la justicia. El anhelo de esta brasa de Boitatá por el Boitatá del que había surgido.

Todo eso pasó por mí, caliente, triste, enojado y orgulloso, y cuando el fuego me liberó, temblaba de todo el cuerpo, y el corazón me latía aceleradamente, y el Ave me llamaba desde la oscuridad dentro del gallinero con las únicas palabras que conocía.

¿Estoy a salvo?

El gallinero era un espacio bajo y oscuro, hecho de *pallets* de madera y lonas de vinilo. Había barras a ambos lados para que las gallinas se posaran. El fondo estaba cubierto de hojas de palma.

Y en el centro del gallinero había un huevo.

Por supuesto que es un huevo, pensé. *¿De qué otra manera vendría un pájaro al mundo?*

Era mucho más grande que un huevo de gallina y diferente a cualquier otro huevo que hubiera visto. Estaba cubierto de remolinos con tonos de grises, naranjas y rojos, como un diminuto Júpiter alargado. Debajo de tantos colores había destellos —posiblemente una ilusión— de un color azul eléctrico frío, que tal vez brillaba desde el interior y probablemente hacía que el aire a su alrededor vibrara de aquella manera tan extraña.

Tap tap tap, chocó un pico contra una cáscara dura y quebradiza.

Los impactos me golpearon en el centro del pecho como las olas de un océano, un estremecimiento que subía y bajaba en el espacio entre mis órganos.

Y en el centro de esas olas, como un halcón escondiéndose en el sol, las palabras resonando en mis huesos.

¿Estoy a salvo?

Boitatá trazó remolinos de fuego en el aire detrás de mí. Su estela crepitaba por el calor que expedía.

—¿Qué es? —preguntó Inácio—. ¿Qué hay dentro del huevo?

—El futuro —dijo Amu Reza desde el otro lado del patio.

—¿Por qué está aquí?

—Debe comenzar en algún lugar —sentenció Amu Reza.

Malloryn salió al patio, con su paso lánguido y fluido y los ojos fijos en el gallinero. Al instante Boitatá la interceptó, trazando un muro de fuego entre ella y el huevo y deteniéndola allí.

—La bruja y su pasajera no pueden acercarse más —dijo Amu Reza desde la puerta—. Y yo mismo me quedaré aquí, pues la serpiente ya tiene suficiente en qué pensar.

—Quita, quita —exclamó Millmallow con frustración mientras los brazos de Malloryn golpeaban a la serpiente.

—Sólo quédate ahí, Mal —dije.

Por un segundo vi los ojos de Malloryn —sus verdaderos ojos— mirándome a través de la llama danzante de Boitatá. Parecían los ojos de alguien que colgaba al borde de un acantilado. Boitatá se movió frente a su rostro y los ojos de Malloryn desaparecieron, y la brillante mirada inexpresiva de Millmallow se encontró con la mía.

—Aquí estoy, aquí, aquí —dijo Millmallow, evidentemente decepcionada por no poder ver el huevo de cerca.

—Dime qué ves, Marjan —pidió Amu Reza.

—El ave está lista —exclamé—. Quiere salir. Eso es lo que ha estado tratando de decirme.

—Entonces somos muy afortunados —sentenció Amu Reza con una voz suave y reverente—. Debes hacerle saber que será bienvenida.

Me agaché y puse mi mano sobre la superficie lisa del huevo, y sentí más poder en bruto bajo mi palma del que jamás había conocido. Grandes tormentas arrasando continentes. Bosques ardiendo. El peso de los océanos golpeando acantilados rocosos.

Pero no era destrucción lo que sentía. El fuego limpiaba la tierra, las tormentas regaban los bosques, las olas agitaban la vida bulliciosa debajo de la superficie. Sentí cosas moviéndose en círculos, en ciclos: nacimiento, vida, muerte. Vi la ciudad de Estambul, construida y reconstruida. Vi las colinas de Río, arrasadas y plantadas de nuevo. Sentí el mundo girando, las mareas subiendo y bajando, todo dando vueltas y vueltas en un torbellino vertiginoso, ávido de comenzar de nuevo.

El Ave había vivido mil vidas, acumulando el conocimiento de cada una en la siguiente, quemándose y convirtiéndose en la materia prima de donde nacería de nuevo. Simurg, Bennu, fénix, pájaro de trueno: la cosa viva dentro del huevo no tenía nombre. No conocía nada todavía, excepto el ansia de respirar, de ver el sol, de abrir su garganta y gritar fuerte. Pero estaba saturada con la sabiduría de mil historias, todas ellas verdaderas. Se levantaría de esa sabiduría, de esa verdad, bautizada por ella, moldeada por ella en algo nuevo. Era anhelo y era posibilidad. Era poder. Y era cambio.

Era esperanza.

Ésa era la razón por la que estaba aquí. La razón por la que había elegido Hélio. Tal vez también la razón por la que había elegido a Inácio, un chico que conocía el poder de la esperanza, que la usaba todos los días para hacer que el mundo a su alrededor fuera un poco mejor, un poco más amable, un poco más cálido.

¿Estoy a salvo?

—Sí —susurré—. Estás a salvo con nosotros.

Como si fuera su respuesta, una pequeña fractura apareció en el contorno arremolinado del huevo. Un rayo de luz brillante brotó de la grieta, iluminando la oscuridad del gallinero. Parecía que todo el mundo se estremecía a mi alrededor, como si se exhalara un aliento contenido durante mucho tiempo, en todas partes. Detrás de mí, escuché a Millmallow jadear. Inácio se agachó a mi lado para observar mejor, con la mirada llena de asombro. Me moví para darle espacio.

El Ave picoteó la cáscara de nuevo y la fisura se extendió. Del interior salió más luz. Podía sentirla en mi piel, como si hubiera un segundo sol secreto ardiendo aquí, en este pequeño cobertizo de madera. La grieta se ensanchó, el huevo se sacudió, la luz se hizo más brillante. Incluso las gallinas se habían detenido para mirar.

Los pasos suaves y cuidadosos de Amu Reza se acercaron. Boitatá lo dejó pasar. El huevo se estremeció, la grieta rodeó su circunferencia y la luz brotó en todas direcciones.

—Bienvenida —susurré—. Bienvenida de vuelta.

La parte superior del huevo se levantó vacilante por la costura rota. La membrana se abrió bajo el duro cascarón. Una luz ardiente brotó con la fuerza de un puñetazo. Retrocedí tambaleándome, cerrando los ojos de golpe, con formas de deslumbrantes arcoíris tatuadas en mi visión. Escuché que el huevo se rompía una vez más, y luego que la cáscara caía en pedazos.

Abrí los ojos. Dentro del huevo había una pequeña singularidad resplandeciente, no un pájaro en absoluto, sino un punto de luz de un imposible fulgor, demasiado caliente y brillante para siquiera mirarlo. Se elevó de los fragmentos rotos de su cáscara y pasó flotando junto a mí, apenas por encima del suelo, en dirección al patio. Destellos luminosos iban cayendo tras él, como si formaran un rastro deslumbrante. El patio, y todos los que se encontraban en él, estaban en silencio, llenos de asombro, y los sonidos del mundo —el zumbido constante de la ciudad, el canto de los pájaros del bosque, incluso el rugido de una motocicleta solitaria en la calle empedrada— se sentían muy pequeños y lejanos.

Cuando la luz pasó junto a mí, escuché el crepitar de las llamas. Estaba ardiendo, pero no se consumía. La luz, las flamas parecían volverse del revés, revelando —o quizá creando— un par de ojos fieros y afilados, delineados por contornos de fuego que se transformaban en intrincadas formas de plumas, en los bordes de un cuerpo, en un par de alas extendidas, en un pico curvo de rapaz. Y entre más ardía la luz, más parecía crecer, como si el resplandor incandescente estuviera creando más espacio en el mundo y el Ave que había en él se apresurara a llenar ese espacio con su presencia. Estaba convirtiéndose, y en todo momento el calor y la intensidad abrasadora nunca abandonaron el centro de sus ojos, unos ojos con mil historias de antigüedad.

Dio una vuelta alrededor de mí. Ya era del tamaño de una paloma y seguía creciendo, transformándose, manifestándose.

—Bienvenida —volví a decir mientras sus ojos brillantes como el sol relampagueaban sobre mí.

Sentí una calidez en mi interior. A pesar de las mentiras y las traiciones que nos habían traído hasta aquí, a pesar del caos y el desorden de mi vida y el mundo, las cosas iban a estar bien. El Ave había regresado. Estaba a salvo. Se estaba convirtiendo y, de alguna manera, todo saldría bien.

Lo que pasó después fue una aturdidora cadena de eventos que se sucedieron uno encima del otro. Se oyó el golpe de la puerta trasera de la casa de Inácio al abrirse. Se oyó un grito de sorpresa que pareció provenir de todos. Hubo una figura que cruzó cojeando el patio a gran velocidad. Hubo un chasquido cuando Boitatá salió disparado tras ella. Hubo una brillante explosión de plumas. Se oyó un horrible chillido de un pájaro estrangulado. Se oyó un rugido de furia y dolor. Hubo un olor a carne quemada.

El caos de tres segundos se detuvo en seco, dejando un desastre humeante y devastador. Así es como se veía:

Millmallow tambaleándose, pero ya no retenida por Boitatá. Amu Reza e Inácio paralizados por la impresión y el horror. El hombre harapiento de la tienda de Amu Reza en el centro del patio, temblando, abriendo grandes los ojos, con Boitatá enroscado alrededor de un brazo extendido y humeante, y con el Ave de las Mil Historias agarrada con fuerza en la otra mano.

Soltando un espantoso rugido, el hombre envolvió los dedos de su brazo constreñido alrededor de Boitatá y apretó. La serpiente luchó, y la piel del hombre chisporroteó. El hombre rugió de nuevo y cerró su puño con más fuerza alrededor del cuerpo de la serpiente. Entonces el hombre sacudió su brazo con un movimiento violento y desgarrador, y Boitatá se deshizo en una lluvia de brasas.

—¡No! —gritó Inácio.

El hombre se irguió, enorme y terrible, rodeado de una lluvia de chispas, con los ojos desorbitados por la agonía y la furia. Tenía un brazo chamuscado y humeante hasta el hombro, donde su camiseta también se había quemado. En la otra mano sostenía al Ave con un agarre feroz. Los ojos del pájaro aún chisporroteaban con un fuego salvaje, pero su cuerpo ya no se desplegaba. Era una pequeña rapaz. Una de sus alas estaba presionada contra su cuerpo, la otra se agitaba torpemente en el aire intentando —y fallando— conjurar el poder abrasador del vuelo. A cada momento que pasaba se debilitaba más y más.

—Todos lo sentirán —dijo el hombre con una voz que era apenas un susurro entre sus dientes apretados—. Los aplastaré hasta que se enfríen.

Y cuando avanzó pesadamente hacia la puerta trasera, algo estalló dentro de mí. Me levanté de un salto y corrí para bloquearle el camino. Se detuvo por un segundo, sosteniendo al Ave lejos de mí. Vi un gesto de reconocimiento en sus ojos, luego apretó los dientes y me apartó con una mano.

Ventiscas blancas en un bosque antiguo. Una voz gritando un viejo nombre ya olvidado. El frío penetrante del acero. La nieve cae con más fuerza.

Las imágenes me llegaron en un revoltijo, desordenadas, desmoronándose como todo lo que había a mi alrededor. Vi en el hombro del tipo harapiento, donde su camiseta se había quemado, el inicio de una vieja cicatriz: una línea irregular sobre su clavícula, atravesada por otros cortes paralelos y curvos.

—Volhallan —susurré. Sus ojos se fijaron en los míos por apenas un instante. Luego desaparecieron, y también él, y con él, el Ave.

Pero la rabia y el miedo que había en ellos continuaron para siempre.

Una eternidad después, cinco segundos después.

Una motocicleta arrancó al otro lado de la casa de Inácio y se alejó en la distancia.

Inácio se arrodilló sobre las brasas de Boitatá.

—No era lo suficientemente fuerte —dijo—. Lo intentó, pero no pudo.

Luego dijo algo que no pude entender. Tal vez otra oración.

Amu Reza me miró, impactado y aturdido.

—Viste su marca —añadió.

—¿Qué quiso decir? —pregunté—. "Todos lo sentirán." ¿Qué significa?

Amu Reza sacudió la cabeza.

Inácio entró corriendo a la casa y salió un momento después con algunas botellas y frascos vacíos. Comenzó a llenarlos con las brasas regadas. Hablaba rápidamente, pidiendo ayuda. Pero las palabras no significaban nada.

Miré a Malloryn. Estaba recargada en la casa para mantenerse en pie.

—Tic-tic-tic —dijo con un débil encogimiento de hombros. Luego se sentó contra la pared y se desplomó.

—¡Mal! —Corrí hacia ella y la sacudí por los hombros. Después de un momento, abrió los ojos y me miró.

—Mar —dijo—. Lo siento.

—¿Estás bien? —pregunté.

—Estoy muy cansada —contestó. Y cerró los ojos de nuevo.

Desde el otro lado de la casa llegó el sonido de un auto deteniéndose, una puerta que se abría, pasos en el camino y luego una voz familiar que dijo "Hola, estoy buscando a Marjan".

Otra voz dijo algo que sonó similar, pero en portugués. Inácio se levantó de la tierra chamuscada, vigilante y desconfiado. Pero ya no importaba que Karl nos hubiera encontrado.

Sólo que... ¿cómo lo había hecho?

Miré a Amu Reza, quien estaba ayudando a Inácio a recoger las brasas sobrevivientes del suelo. Su expresión era de pura vergüenza.

—Mi teléfono —dijo—. Lo han estado usando para rastrearnos.

Inácio tomó los frascos y los colocó en un estante alto de su cocina. Luego cruzó la casa. Un momento después, escuché que se abría la puerta. Y pasado un instante, Karl y otro agente de los Fell entraron al patio trasero.

Estaba demasiado conmocionada, demasiado exhausta para seguir enojada.

—Te lo perdiste todo, Karl —exclamé—. Se acabó. Perdimos. Ya no hay nada aquí.

Él miró a su alrededor, deteniéndose en los restos del cascarón roto; en el suelo quemado donde Boitatá se había desintegrado; en Malloryn, agotada e inconsciente contra la pared de la casa; y finalmente en mí. De pronto gritó algo que probablemente era en holandés, y probablemente era vulgar. Después, un poco avergonzado, se recompuso.

—Qué lástima —dijo, encogiéndose de hombros.

—Ahora ya puedes dejarnos en paz a mis amigas y a mí —espeté—. No puedo ayudarte más. No sé nada.

Karl me miró con preocupación.

—Te creo —dijo—. Pero sospecho que tu ayuda volverá a ser necesaria. Y cuando lo sea, esperaré tu cooperación, ¿sí?

Hizo una inclinación de cabeza en dirección a Amu Reza, quien no le devolvió la mirada, después a Inácio, quien lo fulminó con los ojos, y finalmente a mí. Y luego salió, y el auto arrancó de nuevo y se alejó.

—Deberías volver a casa, Marjan —dijo Amu Reza—. Llévate a tu amiga, toma tus boletos y vete a casa a descansar. Me temo que no te he traído más que problemas.

Me levanté y ayudé a Malloryn a ponerse en pie. Por un momento miré a Amu Reza con furia, pero ni siquiera tenía energía para seguir enojada. Así que lo ignoré y me acerqué a Inácio.

—Sé que ya no puedes entenderme —dije—. Pero quiero que sepas que lo intenté. De verdad lo intenté. Y lo siento. Ese hombre… No lo sabíamos. Yo no lo sabía. Creo que habría venido de todos modos, incluso si no hubiéramos estado aquí.

Inácio me dijo algo en portugués que sentí como una especie de perdón, una especie de comprensión. Entró a su cocina, tomó algo del estante, lo consideró por un momento y luego me lo entregó.

Era un pequeño frasco de vidrio. Tal vez antes había sido un frasco de especias, pero no podía saberlo porque todas las etiquetas y marcas se habían borrado. Dentro había una sola brasa danzante, una pequeña chispa de Boitatá.

—¿Estás seguro? —pregunté.

Tomó mi mano, la cerró alrededor del frasco y lo empujó hacia mí.

—*Isso é esperança* —dijo.

CAPÍTULO DIECINUEVE

TODO ES UN DESASTRE

Inácio nos llamó un taxi y Amu Reza me dio algo de dinero, el cual acepté de mala gana. Inácio y yo ayudamos a Malloryn a entrar al auto. Pero justo cuando yo estaba a punto de subir, Amu Reza me apartó.

—Escúchame —dijo—, si es que te importa tu amiga. O ella está usando magia poderosa, o la magia la está usando a ella. Me temo que no sabe lo fuerte que es, ni lo que quiere. Debe tener mucho cuidado. Y tú también.

Era un buen consejo, y si hubiera venido de cualquier otra persona, le habría dado las gracias. Pero como venía de Amu Reza, un hombre que me había traicionado dos veces en un solo día, le contesté:

—Déjame en paz.

Era media tarde cuando regresamos al hotel. Malloryn durmió el resto del día y toda la noche, y no despertó hasta que fue hora de partir rumbo al aeropuerto para tomar nuestro vuelo de regreso a casa. Metí a mi maleta los regalos que las criaturas me habían dado, excepto la brasa de Boitatá. ¿Cómo iba a pasar una llama viva en un frasco de vidrio por el control de seguridad del aeropuerto? Al final, decidí envolverla en un calcetín y guardármela en el bolsillo de la sudadera.

Malloryn seguía agotada y aturdida por la mañana, pero avanzó por el mostrador de boletos, la aduana y el control de seguridad con una sonrisa cansada en el rostro y un brillo familiar y reconfortante en sus ojos. Yo sudé todo el tiempo mientras esperábamos en la fila del control de seguridad, apretando firmemente con la mano el pequeño frasco caliente en mi bolsillo. Pero cuando llegó mi turno y pasé por el sensor, la brasa de un espíritu del bosque hecho de fuego no activó ninguna sirena ni luz intermitente.

Nos sentamos lado a lado en el avión, turnándonos para mirar por la ventana. Mientras volábamos sobre el Amazonas, el frasco en mi bolsillo se sintió más cálido, así que lo tomé en mi mano y lo sostuve con fuerza. Me pregunté si el espíritu de Boitatá también vivía entre esos árboles. Me imaginé un rastro de fuego serpenteando por el sotobosque, envolviendo a los intrusos como había envuelto a Millmallow en el patio el día anterior. Y luego recordé la advertencia de Amu Reza.

O ella está usando magia poderosa, o la magia la está usando a ella.

—Mal —dije—, ¿estabas ahí? ¿Cuando Millmallow se encontraba, mmh, al volante?

Su sonrisa fue pálida y débil.

—Claro que estaba ahí. ¿Dónde más estaría?

—No sé —respondí—. Realmente no entiendo lo que pasó ayer.

—Ella estuvo junto a mí —explicó Malloryn—. Todo el tiempo. Cuando dije que estaba cerca, a eso es a lo que me refería. Y luego, cuando estábamos en la cima de la montaña, me susurró al oído.

—¿Qué te dijo?

—Dijo: "Cocinaremos para ti", y después todo fue fácil.

Miró por la ventana, como si la conversación hubiera terminado.

—¿Fácil cómo? —pregunté.

Parecía casi molesta por la pregunta. Suspiró y puso los ojos ligeramente en blanco. Luego, como si se hubiera dado cuenta de que estaba siendo grosera y completamente ajena a su forma de ser, sonrió con paciencia.

—Fue como si de repente todo se convirtiera en una película, y lo único que tenía que hacer era mirar. Pero aún podía *sentir* todo. La forma en que nos giró. Podía sentir que yo lo hacía. Podía *sentir* mis manos girándote.

Sus ojos se suavizaron con asombro al recordar. Miró sus manos y las giró levemente hacia un lado y hacia el otro, tratando de recrear el gesto exacto que nos había apartado de todo. Después de un momento, se dio por vencida y volvió a poner las manos en su regazo con un suspiro melancólico.

—¿Puedo preguntarte algo más? —dije.

—Siempre, Mar —respondió.

—¿Qué pasó cuando estábamos con el huevo? —pregunté—. Tú, o Millmallow, supongo, querías acercarte. Pero Boitatá te detuvo. La detuvo. ¿Qué estaba haciendo? ¿Qué quería Millmallow?

Malloryn guardó silencio y frunció el ceño, como si tratara de recordar o de entender.

—Probablemente sólo quería ayudar —dijo encogiéndose de hombros.

—Pero no lo sabes —repliqué.

—Las cosas se volvieron un poco confusas cuando el huevo estuvo cerca. Era más difícil ver lo que ella hacía. ¿Por qué lo preguntas?

Sacudí la cabeza.

—Sólo estoy tratando de entender.

Ambas guardamos silencio. Creo que tal vez las dos estábamos asimilando el hecho de que habíamos estado tan cerca y, aun así, habíamos fallado. Miré por la ventana y me pregunté cuántas veces había escuchado a la gente hablar sobre el Amazonas y las cosas terribles que le estaban sucediendo. Los ecosistemas perturbados y destruidos, la pérdida de millones de árboles, la huella de carbono de su devastación, el lento estrangulamiento del mundo por miles de manos codiciosas. Nunca me había parecido del todo real: los riesgos siempre parecían demasiado altos, la evidente locura de todo aquello parecía tan clara. El bien y el mal eran tan obvios que no podía ser un lugar real. El Amazonas que yo conocía era una fábula, un país inventado de una historia como las que mi papá solía contarme.

Pero allí estaba, en toda su extensión debajo de nosotros, con todas sus maravillas y sus tragedias, todas sucediendo en tiempo real, probablemente sucediendo justo ante mis ojos, pero diminutas y lejanas, difíciles de ver.

Me pregunté qué le pasaría al mundo si el ciclo del Ave se rompiera. Si perdiéramos nuestras historias. ¿Lo sentiríamos todo de una vez? ¿O esa onda simplemente se uniría a todas las demás ondas de los ciclos que se desmoronan? ¿Y todos esos ciclos rotos formarían finalmente una única ola gigante de calamidad? ¿O se cruzarían sólo raramente, como olas rebeldes que nos arrasan, devastadoras e imposibles de predecir, pero fáciles de ignorar como eventos fortuitos?

¿Cómo terminaría todo?

—¿Qué va a pasar ahora? —preguntó Malloryn.

—No lo sé —dije—. Tal vez nada que lleguemos a notar. O, ya sabes, tal vez todo esté a punto de cambiar.

Algo que había aprendido en este trabajo era cuántas cosas suceden en la oscuridad. Cuántas cosas asombrosas, terribles, que cambian al mundo, suceden sin que nadie llegue a saberlo nunca. Tal vez esto sólo era otra de esas cosas: otra injusticia invisible, otro robo desconocido, pequeño y lejano. Tal vez nunca nadie lo sabría.

O tal vez el mundo se partiría en dos.

Por un momento me pareció que nunca llegaríamos a casa. Pero con los últimos rayos del sol vimos la columna de humo de un incendio forestal extendiéndose por California, y luego aterrizamos en San Francisco, y luego subimos a un tren que nos llevaría a casa. Caminamos las últimas cuadras desde la estación del BART, ambas demasiado exhaustas para importarnos que cada respiro nos arañara los pulmones y nos dejara un sabor a quemado en la boca.

• • •

Cuando entramos a la casa, Malloryn miró a su alrededor y suspiró, con una expresión decepcionada en su rostro cansado.

—Mis hechizos —dijo—. Tendrían que habernos protegido...

—¿De qué estás hablando? —pregunté. Probablemente sonó un poco brusco. Estaba cansada.

—De tu tío —exclamó—. Vino aquí sabiendo que te iba a traicionar. Los hechizos tendrían que habernos protegido de alguien como él.

Caminó hacia uno de los hechizos de zarzas y lo examinó. Las flores ahora estaban secas y quebradizas. Cuando lo tocó con la llave de la casa, parte de él se desintegró y cayó al suelo.

—No funcionaron —murmuró, casi para sí—. ¿Por qué no funcionaron?

—Mal —dije—, si vas a estar triste, hay cosas más importantes por las que habría que estarlo.

Ella me miró con ojos heridos, y yo me sentí como una idiota.

—Vamos a ver a Francesca —añadí—. Estoy segura de que Zorro te extraña.

Caminamos hasta la casa de Francesca Wix y tocamos a la puerta. El habitual coro de ladridos de perros comenzó, acompañado esta vez por el inconfundible grito de un zorro.

—¡Zorro! —gritó Malloryn—. ¡Ya volvimos a casa!

La puerta se abrió un momento después. El rostro de Francesca era una imagen de alivio y preocupación. A sus pies había un grupo de perros felices, y un pequeño zorro intentaba abrirse paso entre ellos. Malloryn se arrodilló y sacó a Zorro de entre el mar de colas que se movían y patas que golpeaban el suelo, y lo abrazó con fuerza.

—Me alegra que hayan regresado sanas y salvas —dijo Francesca. Observó a Malloryn, y después a mí. Sus grandes ojos redondos se estrecharon hasta volverse una finas y penetrantes rendijas—. ¿Están en problemas?

—No —suspiré—. Sólo que todo es un desastre.

Una sonrisa triste y comprensiva cruzó su rostro.

—Les diré algo. ¿Qué tal si voy a su casa y les preparo una taza de té? Aprovecho que Humbug necesita un paseo.

Humbug era uno de sus perros de acogida, una mezcla de mastín y pitbull con una cabeza grande y colgante, ojos tristes y un cuerpo con forma de cubo. Era tan robusto y activo como un mueble, y Francesca le había tomado un cariño especial. Al escuchar su nombre, su pequeña cola comenzó a vibrar de emoción. Francesca ató una correa a su collar, y Zorro saltó obedientemente a su transportadora. Juntos caminamos por la acera en un pequeño y extraño desfile: dos chicas cansadas, un zorro en una caja de cartón, una mujer pequeña de cabello abundante y un perro robusto, yendo de una casa a la casa de al lado.

Mientras Francesca calentaba agua en la estufa, Malloryn recorrió las habitaciones quitando los hechizos en silenciosa desesperanza. Pronto los tóxicos ramos estuvieron metidos en bolsas de supermercado y listos para convertirse en composta. Mal se lavó las manos para eliminar los restos de alcaloides y las tres nos sentadas a la mesa, frente a sendas tazas de té de menta: Francesca, paciente y preocupada; Malloryn, abatida; y yo, sintiéndome más incompetente que nunca.

—¿Tan mal estuvo? —preguntó Francesca.

—Alguien nos engañó —contesté—. Alguien en quien confiaba.

—Ésa es una de las cosas más difíciles, ¿no es cierto? —dijo Francesca—. Cuando tu propio corazón es usado en tu contra. Los corazones son instrumentos afilados. Deberían venir con una advertencia. —Hizo una pausa—. ¿Qué tan profundo te cortaron?

—Sólo me siento estúpida, eso es todo —dije.

—Nada te hace sentir tan pequeño como que te mientan —sentenció—. Algunas personas mienten porque no les importas. Otras porque tienen miedo a las consecuencias de decir la verdad. Y otras porque no quieren enfrentarse a sí mismas. Supongo que esta persona te importa, ¿cierto? Entonces te debes a ti misma saber cuál fue la razón. Porque tal vez lo que realmente te están diciendo cuando mienten es que necesitan ayuda.

—No voy a ayudar a alguien que me traicionó.

—No dije que necesites ayudarlos —continuó—. Pero a veces es más fácil soportar el dolor de ser engañada si puedes ver que no es sólo algo que te pasó a ti, sino que en realidad es parte de un ciclo que es más grande que cualquier persona.

—Un ciclo.

—El pasado siempre está lastimando a alguien —aseguró Francesca.

—No podemos cambiar el pasado —afirmé.

—Eso es cierto —dijo Francesca—, pero podemos ayudar a sanarlo.

Tomó un sorbo de su té, sin dejar de observarme por encima del borde de la taza.

—¿Cómo? —pregunté—. Siento que todo lo que hacemos es decepcionarnos unos a otros. Probablemente tú me decepcionarás algún día. Y yo probablemente te decepcionaré a ti también. Tal vez ya lo he hecho. Y el aire sigue siendo venenoso, y los incendios siguen prendidos, y nadie hace lo correcto, y nadie dice la verdad. ¿Acaso todo se está rompiendo siempre?

Al otro lado de la mesa, los grandes ojos de Francesca parecían honestos y serios. Por un momento no dijo nada. Luego habló con una voz inexpresiva y práctica.

—Sí —añadió, con un pequeño y rápido asentimiento de cabeza—. Todo el tiempo.

—¿Sí? —pregunté—. ¿Eso es todo?

—Básicamente —contestó—. Vivimos en una máquina gigante y hambrienta construida sobre la tecnología del imperialismo y el destino manifiesto. La máquina come y come y no se detendrá hasta que no quede nada. Todo lo que no está sostenido por el miedo y la falsa fuerza está unido con mentiras y... —Hizo una pausa y nos miró a Malloryn y a mí con simpatía—. Ustedes dos no tienen idea de lo que estoy hablando, ¿verdad?

—No exactamente —admitimos ambas, casi al unísono.

—Lo que digo es que, por supuesto, todo se está rompiendo siempre.

Esto no parecía molestarla demasiado.

—Entonces, ¿cuál es el punto? —pregunté—. ¿Cuál es el punto de todo?

—Nadie lo sabe —dijo Francesca—. Tal vez no haya uno. Tal vez el punto es arreglar lo que está roto. O tal vez es algo más. Tal vez el punto es transformar el mundo en algo mejor. O transformarnos a nosotros mismos en algo que el mundo necesita.

—¿Cómo lo manejas tú? —pregunté—. El no saber qué se supone que debemos hacer, el no saber cómo hacerlo.

—¿Yo? —dijo Francesca—. Leo novelas de amor. Acaricio a mis perros. Marcho y grito por todos los que necesitan una voz. Les preparo a ustedes un té. —Tomó otro sorbo, y Zorro frotó su nariz contra sus pies—. Como sea, están sentadas aquí ahora. Están a salvo. Eso es lo más importante.

Cuando terminamos el té, Francesca se levantó, fue a buscar a Humbug a su lugar junto a la chimenea donde dormía la siesta y se despidió. Cuando la puerta se cerró tras ella, Malloryn recogió del suelo un ramo caído y lo examinó.

—No lo entiendo —se lamentó, con una voz pequeña y herida—. Deberían haber funcionado.

—Está bien, Mal —dije—. Descansemos un poco. Ya resolveremos las cosas por la mañana.

Puso el ramo en la bolsa, con todos los demás hechizos rotos.

—¿Cómo lo hacen ellas? —preguntó, sacudiendo la cabeza.

—¿Hacer qué?

—Magia —dijo con voz suave—. Pareciera que simplemente toman lo que tienen a la mano, lo juntan, le dan un significado, y funciona. Y luego intentas hacerlo tú, y...

—¿Quiénes son "ellas", Mal?

—Las personas que hacen magia.

Suspiró y subió las escaleras para ir a la cama, seguida discretamente por Zorro.

Yo apagué las luces de abajo una por una, subí a mi habitación y me dejé caer en la cama, sintiéndome desorientada y sin esperanza.

La marca de Volhallan estaba en el pecho del hombre. La historia del oso de alguna manera le pertenecía a él, de la misma manera que la historia del unicornio me pertenecía a mí.

El momento se repetía una y otra vez en mi cabeza. Intenté detener al hombre. Fallé. Se fue, llevándose el tesoro más grande del mundo con él. Pensé en el Ave sujetada bruscamente por el puño nudoso del hombre, sus alas arrugadas y torpes, el fuego que la había estado moldeando repentinamente quieto, su historia interrumpida a media frase. Pensé en cicatrices, en rostros de ojos salvajes rodeados de chispas que caían y en todas las cosas que habían sucedido en los bosques antiguos, que seguían sucediendo hoy, que nunca habían dejado de suceder.

Cada lugar está exactamente a la misma distancia de cualquier otro lugar.

Tal vez Millmallow tenía razón sobre eso. Me sentía a un millón de kilómetros de todo.

El frasquito de vidrio en mi bolsillo rozó mi pierna, lo saqué y lo puse en la mesita de noche. La luz de Boitatá —ese fragmento de un fragmento de él— brillaba con un fuego tenue y distante.

Isso é esperança. Las últimas palabras que Inácio me había dicho. Las había buscado mientras esperábamos uno de nuestros vuelos.

Esto es esperanza.

| CAPÍTULO VEINTE |

INFINITOS PUNTOS SUSPENSIVOS

Al día siguiente Malloryn volvió a su trabajo en la tienda de ocultismo. La casa estaba incómodamente silenciosa sin ella. Intenté mantenerme ocupada limpiando y ordenando, pero después de unas horas el trabajo estaba hecho y sólo me quedé moviendo cosas sin rumbo por la casa. Francesca pasó por la tarde con dos pizzas de champiñones y aceitunas. Le pedí que se quedara, pero iba de camino a otra protesta, así que me senté a la mesa y comí pizza en silencio. Me sentía como en los días justo después de que mi papá había muerto, cuando las cosas habían sido extrañas de una manera que ahora parecía insignificante y ordinaria, cuando pensaba que mi herencia era tan simple como una casa y una clínica veterinaria.

El humo se cernía, espeso y picante, sobre el área de la Bahía, una sombra pesada sobre cada pensamiento, un obstáculo invisible adicional para cada movimiento. Un sol anémico asomaba a través de la neblina durante el día, y la luna se desdibujaba débilmente por las noches. El aire estaba implacablemente quieto. Y en algún lugar, Grace estaba enojada conmigo, evitándome, posiblemente harta de mí, y aun así, yo le seguía mintiendo en silencio.

Tres noches después de regresar, Malloryn cocinó para nosotras. Mientras se movía por la cocina, tarareando y buscando especias y utensilios que yo había guardado en el lugar equivocado, parecía haber vuelto a sus maneras habituales. Y cuando el aroma complejo y sabroso del guiso que estaba preparando comenzó a impregnar la casa, fue fácil olvidar que acabábamos de estar al otro lado del mundo viendo cómo el futuro rompía su cascarón en una colina de Río, y luego viendo a un hombre malvado robarlo.

Fue fácil olvidar que alguien más había estado dentro de la piel de ella, detrás de sus ojos.

La comida de Malloryn siempre era deliciosa. Tenía un instinto para los sabores y las temperaturas. Tal vez era algo parecido a la brujería.

Después de la cena limpiamos la mesa juntas. Yo lavaba los platos y ella los enjuagaba y los ponía en el escurridor para que se secaran, como en una pequeña y ordenada línea de montaje de dos.

—Mal —dije mientras le pasaba un tazón—, ¿qué es Millmallow, realmente?

Malloryn colocó el tazón en el escurridor y luego hizo una pausa.

—Es un espíritu —respondió después de un momento—. Eso es lo que me dijo.

—¿Y tú le crees?

—Por supuesto, tonta —exclamó Malloryn—. Ella es increíble.

Apliqué detergente a un vaso y lo froté. Intenté controlar mi voz para no sonar como una madre suspicaz o una maestra entrometida.

—¿Cómo te encontró?

—Me escuchó cantar —contestó Malloryn mientras tomaba el vaso que le entregaba—. Dijo que me escuchó desde donde estaba, y que era tan hermoso que tuvo que encontrar a la persona a la que pertenecía esa voz.

—¿Dónde, ehm... dónde estaba ella, Malloryn? —pregunté—. Cuando escuchó tu voz. ¿Dónde fue eso?

—Oh, es un vacío —dijo Malloryn con naturalidad—. Ahí es donde ella se queda.

—Un vacío —repetí. Había dejado de lavar los platos.

—Es como un lugar sin nada —explicó Malloryn. Luego añadió—: Allí pasan el rato los espíritus.

—¿Espíritus *buenos*? —pregunté.

—Espíritus asombrosos —respondió Malloryn—. Ya viste lo que es capaz de hacer.

—Sí, lo he visto —dije—. Y Mal, es asombroso. Pero también es *muy* raro. Y no entiendo por qué te está ayudando.

—*Nos* está ayudando —corrigió Malloryn—. Ella, digamos, ahora está en nuestro equipo. En nuestro aquelarre.

—Pero ¿por qué? ¿Qué es lo que ella quiere?

—Elevarse horáltica —dijo Malloryn.

Intenté un par de veces, sin éxito, decir algo en respuesta a una palabra que sonaba como un galimatías. Finalmente, Malloryn sonrió con paciencia y continuó.

—Significa como esto, de cara al sol. Horáltica. —Para demostrarlo, extendió los brazos y cerró los ojos, como si el sol brillara sobre su rostro—. Ella está en un vacío, ¿recuerdas?

—Pero ¿por qué está en un vacío, Mal? —pregunté—. Un vacío no suena como un buen lugar.

—Oh, no lo es —dijo Malloryn—. Está en un vacío porque todos la olvidaron.

—¿Quiénes son todos? —pregunté.

Una expresión de divertida exasperación se asentó en el rostro de Malloryn.

—*Todos*, tonta —dijo, e hizo un gesto como de abrazo que parecía incluir al mundo entero.

—¿Eso no te parece un poco extraño?

—Por supuesto que sí —respondió Malloryn—. Todo lo que es interesante es un poco extraño, ¿no es verdad? Todo es un gran misterio, ¿cierto?

—Sólo quiero que tengas cuidado con ella —añadí.

—Definitivamente no necesitas preocuparte por mí —sentenció Malloryn. Tomó el último plato jabonoso de mis manos, lo enjuagó y lo colocó en el escurridor.

—Bien, no, no lo haré —repliqué—. Una pregunta más.

—Adelante.

—Cuando se presentó, Millmallow se llamó a sí misma "Coro del Amanecer" —dije—. ¿Sabes qué significa eso?

—Por supuesto que sí —respondió Malloryn—. Es una murmuración.

—¿Una murmuración?

—Sí —dijo Malloryn—. Ella es muchas, pero una.

—¿Cómo es muchas, pero una? —pregunté—. ¿Muchas qué? ¿Una qué?

—Aves, obviamente —repuso Malloryn. Cuando dejé claro que aquélla no era una respuesta satisfactoria, añadió—: Es una cosa de espíritus. —Luego se encogió de hombros, como si no importara en absoluto.

La tienda de ocultismo parecía estar especialmente ocupada en esos días. Malloryn llegaba a casa exhausta cada noche. Mientras tanto, Carrie y su familia se fueron de la ciudad. Habían mirado el mapa del humo y se dirigieron a la ciudad más cercana que tuviera aire limpio. No podía culparlos. Estaba celosa de Carrie por muchas cosas, y el extraordinario privilegio de su familia unida y amorosa era una de ellas.

Grace no quería hablar conmigo. Le envié un par de mensajes de texto. No respondió. Cada vez que quería hablar con alguien sobre las cosas que había visto en Brasil, cada vez que quería quejarme del aire, incluso cuando quería reírme con alguien sobre la familia de Carrie yéndose de la ciudad, el silencio de Grace era un agujero negro, y nada salía de él.

Intenté hablar de esas cosas con Malloryn, pero a menudo estaba cansada, y de todos modos no era lo mismo. No sé si ella había cambiado, pero ahora que yo había conocido a Millmallow, veía algo diferente en ella. Y no estaba segura de que me gustara.

Una noche, una semana después de haber regresado, me quedé despierta y me pregunté qué le estaría pasando al Ave de las Mil Historias. ¿Qué le estaría haciendo el hombre harapiento con la marca de Volhallan?

No podía tener las piernas quietas, así que me levanté y caminé por la habitación. Me detuve frente a la ventana para mirar fuera. El cielo, bañado por la contaminación lumínica y envuelto en neblina, tenía el color marrón violáceo de un moretón que se desvanece. Casi no se veían estrellas. La luna gibosa estaba suavizada por la capa de humo y teñida de un naranja oxidado. Era imposible sentirse esperanzada bajo un cielo como aquél. Todos los días te recordaba que no tenías poder sobre las fuerzas que moldeaban tu vida.

Estaba por darme la vuelta cuando me di cuenta de que me observaban. Justo afuera de la ventana, completamente inmóvil excepto por sus alas vibrantes, flotaba un hada. Sus ojos oscuros se fijaron en mí con una expresión al mismo tiempo vacía y feroz.

—Hola —dije. Pero el rostro del hada no dio ninguna señal de que me viera, me escuchara o le importara lo que decía. Seguía observándome, sin parpadear, sin moverse.

—¿Qué hago? —pregunté—. ¿Qué hago ahora?

El hada no dijo nada. Su quietud se sentía extraña.

—¿Qué? —insistí, con la voz haciéndose pequeñita en mi garganta.

Retrocedí de la ventana, pero sus ojos me siguieron. Así que abrí la puerta de mi habitación y salí al pasillo, lejos de esos ojos y de ese cuerpo flotante e inmóvil.

Al final del pasillo, más allá del dormitorio de Malloryn, había otra ventana. Allí también flotaba un hada, pero una diferente: su piel estaba moteada de gris y marrón. Ella también estaba quieta y flácida como un cadáver, con unos ojos silenciosos y enormes.

Bajé la escalera de dos en dos. Al llegar abajo me detuve. Detrás de mí había una puerta por donde se podía ver parte de la cocina. A través de la ventana donde sólo un par de semanas antes un petirrojo había venido a buscarme, la farola exterior proyectaba un rayo ámbar en el suelo.

Enmarcada dentro de él, estaba la sombra de otra hada.

—¿Qué quieren? —susurré.

En el comedor había otra. En la sala, otra. Sus ojos, todos oscuros y sobrenaturales, todos observándome desde cada ventana.

Retrocedí de la sala hasta que estuve parada en la entrada. La casa estaba en silencio. Las hadas no hacían ningún sonido.

—Mal —susurré hacia las escaleras. Mi voz se había puesto ronca.

Tap tap tap

Tres golpes en la puerta, tan suaves que sólo los escuché porque estaba parada justo al lado de ella. Me giré para tenerla de frente y esperé.

Silencio.

—Está bien —susurré—. Quieren hablar conmigo, ¿verdad?

Miré hacia las escaleras nuevamente. *¿Debería llamar a Malloryn? ¿Y tal vez a Millmallow?*

Tap tap tap

Salté. Todo mi cuerpo se había convertido en un nervio en tensión.

—Está bien —dije—. Está bien, ya voy. Sólo... están siendo verdaderamente espeluznantes, chicas. Esperen.

Metí los pies descalzos en mis tenis que estaban junto a la puerta. Con mano temblorosa quité el cerrojo. Puse mi mano en el pomo de la puerta y lo giré.

La acera estaba vacía. No había autos en la calle. La noche estaba tranquila y las hadas no se veían por ningún lado. Los ojos comenzaron a arderme por el humo.

Bajé un escalón y cerré la puerta detrás de mí. Todo estaba tan quieto como una fotografía: la farola, la calle vacía.

Vinieron a mí cuando llegué a la acera. Una docena de hadas descendió silenciosamente desde el cielo amoratado, flotando todas con la misma inmovilidad inquietante y flácida. Formaron un círculo alrededor de mí, justo por encima de mi cabeza, justo fuera de mi alcance. Un anillo de ojos oscuros me miraba desde arriba con una luna medio apagada en su centro.

—¿Qué quieren? —pregunté—. ¿Qué se supone que debo hacer?

El círculo de silencio se cernía sobre mí, una hilera de orbes negros que reflejaban la luz de la farola como una sucesión de infinitos puntos suspensivos.

Súbitamente los ojos desaparecieron al unísono, ocultándose detrás de párpados furiosos.

Y las hadas comenzaron a gritar.

Era un grito salvaje, lleno de ira y desesperación. Era una docena de lanzas arrojadas desde el cielo. Retumbó en mí como un rayo y yo también grité, con todo el aire que había en mis pulmones, en mis huesos, en mi sangre, desgarrándome por dentro, y no pude saber si era el terror saliendo de mí o algo más antiguo respondiendo a un lenguaje ancestral. Las alarmas de los autos sonaron en toda la cuadra y sus faros comenzaron a parpadear.

Encendidos. Apagados.

Encendidos.

Las hadas se habían ido. Estaba sola, encogida de miedo ante la nada, con el grito muriendo en mi garganta.

Una luz se encendió en la casa al otro lado de la calle. Me di la vuelta y subí los escalones tambaleándome, cerré la puerta detrás de mí y la aseguré.

Malloryn bajó corriendo las escaleras, con Zorro siguiéndola cauteloso. Sus rizos rubios estaban enredados por el sueño; sus ojos, pequeños por la confusión.

—¿Qué pasó? —preguntó—. ¿Estás bien?

—No sé qué significa —contesté—. Estoy escuchando, lo estoy intentando, pero simplemente no entiendo.

—¿De qué hablas, Mar? —exclamó, poniéndome una mano en la espalda para calmarme.

—Estaban gritando —dije—. Todas al mismo tiempo, como si quisieran que yo…

Cerré la boca.

Querían que yo *hiciera algo*.

Yo no era ningún héroe. Era un desastre, y probablemente siempre lo sería. Y todavía no estaba segura de qué hacer. Pero el mundo me necesitaba, y no podía ignorarlo.

Yo era la portadora de la línea hircaniana, y el Ave de las Mil Historias necesitaba mi ayuda.

Respiré. La respiración más profunda que había tomado en días. El remolino de incertidumbre a mi alrededor se calmó, aturdido por los gritos de las hadas y por el grito que había salido de mí. Lo que sea que fuera a suceder después, ya estaba harta de esperar. Tenía que confiar en que tenía lo que necesitaba.

En el bote de basura junto a mi escritorio vi el volante que Francesca me había dado después de regresar de Estambul y Escocia. Lo saqué. Lo coloqué en el escritorio, detrás de todo lo demás.

Al otro lado del planeta, una chica que se parecía a mí estaba intentando cambiar su mundo. Todos los días se despertaba y hacía algo valiente y aterrador. Todos los días se ponía en peligro porque le importaban el futuro, las niñas y las mujeres que vendrían después de ella, el mundo que les esperaría.

Intenté imaginar que yo era la chica del volante, con ese cabello largo alborotado por la fuerza de su propio impulso imparable. Intenté imaginar que era tan valiente como ella, que creía en mi propio poder para cambiar las cosas tanto como ella creía en el suyo. Cerré mi puño, igual que ella, y lo levanté hacia el cielo.

CAPÍTULO VEINTIUNO

UNA PRINCESA ATRAPADA EN UN CASTILLO

No podía llamar a Grace. Y no confiaba en Malloryn, después de todo lo que había visto y aprendido sobre Millmallow. Y aunque podía hablar con Francesca sobre cualquier otra cosa, las criaturas siempre parecían estar fuera de límite con ella. Lo que realmente me dejaba con una sola persona en quien confiar. Por la mañana, después de que Malloryn se había ido a trabajar, me senté en el sofá y marqué un número en mi teléfono, esperando no estar cometiendo un error.

Carrie respondió en el segundo tono.

—Hola, Mar. Siento que nos hayamos ido de la ciudad.

—Está bien —dije—. Yo también lo hice, más o menos. Pero ya he vuelto.

La familia de Carrie se había refugiado en el hotel de un parque temático que parecía un castillo medieval, en uno de los pocos lugares del estado donde el aire todavía estaba limpio. Sus padres estaban trabajando de forma remota desde cafeterías, su hermano estaba paseando en bicicleta y ella estaba sola en la *suite* temática del tapiz de Bayeux.

—Las personas que trabajan aquí están vestidas como caballeros y princesas —dijo—. Organizan peleas de espadas en el patio todas las noches. La piscina siempre está llena de niños pequeños. Y hay un juego de búsqueda en nuestra habitación para desbloquear un cofre del tesoro, pero es superfácil porque es para niños de cinco años, y ahora estoy usando una tiara de plástico.

—¿Quieres ayudarme a desbloquear algo más complicado? —pregunté—. Porque no me caería mal un poco de ayuda.

—Soy una princesa atrapada en un castillo —dijo—. Por favor, distráeme.

Así que comencé a hablar. Le conté a Carrie casi todo. El barometz. Amu Reza. El hombre de la tienda. El hada muerta. La flor. Le hablé del Falaropo y de Shuck. Le conté sobre la Serpiente del Mundo, el Ave y Boitatá. Incluso le pregunté si alguna vez había escuchado la palabra "horáltica".

Le conté todo, excepto sobre Millmallow, quien de alguna manera se sentía demasiado extraña, demasiado inexplicable y privada como para hablar de ella con alguien que no la hubiera visto por sí mismo.

Carrie escuchó. No hizo preguntas, pero a veces me pedía que esperara un segundo. Tenía la sensación de que estaba tomando notas.

Cuando terminé, hice una pausa y esperé a que me preguntara si me había vuelto loca.

—Osita Cariñosita —dije después de que el teléfono estuvo en silencio durante un rato incómodamente largo—, no tengo idea de qué hacer, y no creo que me quede mucho tiempo.

Tal vez sintió lástima por mí. Tal vez simplemente le gustaba resolver acertijos difíciles. Pero incluso si no entendía cómo podía existir un pájaro que vive, muere y renace, una y otra vez, sólo para evitar que el universo se congele, o cómo podía ser mi responsabilidad asegurarme de que estuviera a salvo, una cosa siempre sería cierta: Carrie Finch entendía lo que es tener una fecha límite.

—Entonces el humo —dijo muy lentamente, como si estuviera usando las palabras para abrirse camino en una habitación oscura— forma una línea.

—Sí.

—Una línea recta hacia algo que se supone que debes encontrar, ¿correcto?

—Eh, sí —dije.

—Pero no sabes qué tan lejos podría estar esa cosa.

—Podría estar a mil kilómetros de distancia.

—Pero sabes en qué dirección, exactamente en qué dirección, ¿correcto?

—Eso creo.

—Como la aguja de una brújula, pero hecha de humo, ¿cierto?

—Sí.

—Das un paso a la derecha, y el ángulo del humo se ajusta para compensar, ¿sí?

—Sí —dije. Habíamos visto que hacía exactamente eso en el auto de Grace.

—Y esta gente, los Fell —continuó—, te envían a diferentes lugares alrededor del mundo.

—Deberías ver mi pasaporte.

—Mar —añadió Carrie con una voz que brillaba triunfal—, sé cómo vas a encontrar al Ave.

Y me dijo exactamente lo que debía hacer.

Al instante supe que tenía razón. Por supuesto, no iba a ser fácil. Necesitaría la ayuda de los Fell. Pero sabía que iba a funcionar.

—Y, por cierto —agregó cuando terminó de explicar su idea—, no sé qué significa "horáltica", pero el nombre del oso probablemente es Arktos o Arkturos o algo parecido. La misma raíz que "ártico". Ésa es la palabra antigua para oso. No en todas partes la olvidaron. Sólo en el norte, donde la gente tenía más miedo de los osos. Por si te lo estabas preguntando.

—¿Cómo lo sabes?

—Me he estado clavando mucho en etimología —dijo—. Es muy útil para aprender nuevos idiomas.

—Gracias —contesté—. Estoy segura de que tienes muchas preguntas que hacerme.

—Las tengo —aseguró—. Y vas a respondérmelas. Después. Ahora mismo sólo hay dos cosas que debes hacer. La primera es salvar al Ave.

—¿Cuál es la segunda?

—Llama a Grace —dijo—. Te extraña.

No llamé a Grace.

No es que no lo pensara. Busqué su número y lo miré durante largo rato. ¿Qué se suponía que iba decirle? ¿Que me había metido aún en más problemas? ¿Que probablemente estaba a punto de hacer algo aún más peligroso?

¿Que yo era la razón por la que la tienda de sus padres se había quemado?

Todavía no podía enfrentarme a ella. No estaba lista. Tal vez no podía enfrentarme a mí misma.

Mientras estaba allí sentada, Zorro se acercó, jadeando, con su lengua rosada colgando sobre sus pequeños y afilados dientes blancos. Puse una mano sobre su cabeza y lo rasqué detrás de las orejas, donde siempre le gustaba que lo tocaran.

Normalmente era un manojo de sentimientos salvajes de zorrito: el olor de los rastros de ratones; el crujido amortiguado de las hojas bajo sus pasos suaves; el recuerdo cálido y acogedor de una madriguera bajo un roble. Pero hoy, una burbuja de inquietud se atascó en mi garganta cuando lo toqué, como si el aire de repente se hubiera vuelto más delgado a mi alrededor. Miré a Zorro con alarma y sus ojos ámbar se encontraron con los míos, lastimeros y expectantes. Se estremeció, y el estremecimiento subió por mi brazo como una corriente helada.

Tan pronto como nos recorrió a ambos, desapareció, pero una sensación enfermiza permaneció en Zorro y en mí. Había una crudeza gélida en el centro de mi pecho.

El universo enfriándose.

—Lo estoy intentando, Zorro —dije—. Realmente lo estoy intentando.

Acaricié a Zorro e intenté calmar la inquietud de ambos. Pero, aunque parecía disfrutar de la atención y las caricias, la sensación incómoda nunca desapareció del todo.

Se sentía como si me estuvieran sofocando muy lentamente.

No pasó mucho tiempo antes de que Karl volviera a llamar a mi puerta.

No me sorprendí cuando apareció. Sabía que los Fell me necesitarían pronto, porque cada vez que acariciaba a Zorro sentía el mismo temor en el ambiente, la misma sofocación lenta, y a veces el impacto helado de un frío punzante.

—Bueno —dijo cuando abrí la puerta—, esto es algo incómodo, pero estoy aquí porque…

—¿Porque necesitas mi ayuda? —lo interrumpí—. Aquí está la primera regla, Karl. Mis amigas están fuera de límite.

Para siempre. No te metas con ellas. No te metas con sus familias. Necesito que pongas eso por escrito, o no voy a ningún lado.

Karl suspiró, luego sacó una libretita del bolsillo de su blazer y garabateó algo en ella. Lo firmó con un gesto frustrado, luego arrancó la página y me la entregó.

—Ves lo importante que es esto. No me gusta firmar cosas.

—Deben estar perdiendo mucho dinero —dije, y Karl hizo una mueca. Por un momento me pregunté cuánto dinero exactamente estarían perdiendo. ¿Lo suficiente como para estar dispuestos a aceptar mis demandas?

—Ahora —continué—, déjame contarte sobre la segunda regla…

—¿Estás lista para partir? —preguntó, interrumpiéndome. Levanté mi maleta. Empacada y lista. —Bien. Tal vez puedas explicarme la segunda regla en el camino.

—¿En el camino a dónde? —pregunté.

—Comenzaremos —respondió Karl— en Tokio.

Tokio

Un pequeño y estrecho apartamento, libros y papeles por todas partes, una cama tipo *loft*, rasgada y quemada. Un par de ojos pequeños y tímidos observándome desde un rostro con antifaz de bandido, escondido entre el caos que había creado. Una nariz negra, un erizado pelaje marrón moteado, crepitando con corriente eléctrica.

Una descarga, y luego otra, lo suficientemente fuerte como para enfurecer y poner nervioso a cualquiera.

Finalmente, el pequeño perro mapache cedió y me dejó acercarme. Metí una mano bajo su pelo y sentí su piel.

Temor y ansiedad en cada respiración. No había suficiente oxígeno. Incluso con la ventana abierta, el aire era delgado y peligroso, como cuando se inhala humo. Sólo que este humo no olía ni sabía a nada. Simplemente lo sentía en el fondo de mi estómago: la certeza, con cada aspiración, de que estaba cometiendo un terrible error.

Así lo sentí, y sentí frío.

Departamento de Jura

Aire vigorizante de la montaña, frío y efervescente en mis pulmones.

Una cabra negra asustada, temblando junto a un estanque en calma. La llama entre sus cuernos ardía con fuerza. Y, aun así, la cabra temblaba.

También temblaba yo.

Ras al-Khaimah, Emiratos Árabes Unidos

En una laguna interior, bordeada de piedra blanca y salpicada de brillantes nenúfares verdes, una tortuga con escamas de arcoíris permanecía bajo la superficie y se negaba a comer. Me cubrí la cabeza con un pañuelo, y el dueño del palacio sólo se dirigió a mí a través de Karl.

No pude ayudar a la tortuga. No pude ayudar a ninguno de ellos.

La Segunda Regla

Dondequiera que vayamos tendré un poco de tiempo a solas. Sin nadie vigilándome. Sin preguntas. Ésa es la segunda regla.

En Tokio, el día se estaba encaminando al atardecer cuando llegué al parque, el espacio abierto más cercano que pude encontrar. Dentro de mi bolso llevaba el mechón de pelo. Saqué una hebra y la encendí con una cerilla. El humo se estiró en un hilo, trazando una línea recta. Saqué mi teléfono y recopilé la información que Carrie dijo que necesitaría.

En Relans me paré sobre una roca que dominaba un valle fluvial boscoso y observé cómo el humo se alejaba hacia el norte. Registré su dirección.

En Ras al-Khaimah, el humo trazó una línea obstinada a través de un viento caliente y seco, apuntando hacia un destino al otro lado del golfo Pérsico. Una vez más, anoté su ángulo de escape.

Karl parecía desanimado en nuestro vuelo de regreso. Todos los humanos que habíamos conocido habían quedado decepcionados y preocupados cuando nos fuimos. Todas las criaturas que habíamos visto seguían tan miserables e indefensas como las habíamos encontrado.

—No mejoraron —dijo—. No los arreglaste.

—Todavía no —repliqué—. Estoy trabajando en ello.

—¿Y cómo piensas hacer que mejoren?

—Eso no te lo voy a decir —aseguré—. No hasta que esté lista.

Karl frunció el ceño, pero no discutió.

—¿Qué le dijiste a mi tío? —pregunté—. ¿Cómo lo convenciste de traicionarme así?

—Lo mismo que te dije a ti —respondió—. Le dije que si no nos ayudaba, tu vida se volvería más difícil. Y que si nos ayudaba, tú estarías protegida.

—Y cedió —dije.

—Él se preocupa por ti —afirmó—. La vida es muy difícil. Ha sido dura para muchos hircanianos antes que tú. Al final, se convierte en una vida solitaria. Si no fuera mi familia la que te pone en esta posición, sería alguien más.

—Ésa es una excusa bastante conveniente —exclamé.

—Lo siento —dijo Karl.

—¿Por ser un matón?

—Debes entender las presiones a las que estoy sometido —replicó—. La familia tiene expectativas.

—¿Crees que no entiendo las expectativas familiares? —pregunté—. Creo que simplemente no quieres mirarte al espejo, Karl. Creo que no quieres ver lo que te devuelve la mirada.

Karl guardó silencio por un momento. Luego dijo:

—No tenemos por qué ser contrarios el uno del otro, Marjan.

—Habla por ti —añadí—. Los odio por lo que le hicieron a la tienda de Grace.

Karl cerró la boca y puso una cara como si le doliera el estómago, y no dijo ni una palabra más durante todo el vuelo.

| CAPÍTULO VEINTIDÓS |

TESOROS SAGRADOS

Al día siguiente me desperté en mi propia cama con un piquete de ansiedad en el pecho. Llevé el mechón de pelo al parquecito cercano, quemé una hebra y anoté la dirección del humo, exactamente como Carrie me había dicho.

Había algunos niños jugando en el área infantil. Su juego parecía moverse en cámara lenta. Todo el tiempo olvidaban las reglas. Todo el tiempo paraban para ponerse a discutir. Tal vez su historia se estaba desvaneciendo. Los padres y las niñeras estaban sentados en los bancos, mirando sus teléfonos. Nadie me prestó atención, excepto por un hada solitaria, silenciosa e inmóvil, agazapada en la rama de un roble. Sus ojos negros y brillantes me observaban a través de una nube de hojas.

—Estoy trabajando en ello —susurré en dirección al árbol—. Sólo no empieces a gritar de nuevo.

Llamé a Carrie desde el parque y le di toda la información que había recopilado. Su hipótesis era ésta: una línea no nos decía nada, pero un montón de líneas nos lo dirían todo. En un punto muy específico, en algún lugar del mundo, todas las líneas se cruzarían, y ése era el lugar al que el humo quería que fuera.

Ahí era donde estaba el Ave.

Esperé mientras ella trazaba las líneas en un mapa en su computadora. Durante lo que pareció una agónica eternidad, lo único que escuché fue el sonido de su teclado. Luego, el sonido se detuvo.

—Te estoy enviando un enlace —dijo—. Y encontré tu palabra. ¿"Horáltica"?

—¿Qué significa?

—Es la pose que adopta un ave cuando extiende sus alas para recibir el sol —explicó—. Los buitres y otras rapaces lo hacen a veces, tal vez para matar bacterias, o tal vez sólo para calentarse. Pero la palabra en sí… es un misterio, Mar. Nadie sabe de dónde vino—. Hizo una pausa—. Es huérfana.

Una huérfana más. Estaban por todas partes.

Antes de que pudiera responder, mi teléfono sonó. Abrí el enlace.

El lugar donde las líneas se cruzaban era un área remota de Finlandia, cerca de la frontera con Suecia.

Una cierta aldea en el extremo norte del mundo.

El hogar de Volhallan.

—Genial —dije—. ¿Cómo se supone que llegaré allí?

Por supuesto que sabía cómo llegar allí. Simplemente no quería pedirlo. Los Fell podían llevarme a cualquier lugar que quisiera, y si supieran lo que estaba en juego, lo harían lo más rápido que fuera humanamente posible. Pero no quería a los Fell cerca del Ave. Ni siquiera los quería cerca de mí.

Tenía la sensación de que Millmallow también podría llevarme. Pero tampoco quería recibir favores de ella. No la entendía, y no me gustaba su forma de manipular a Malloryn como una marioneta insana, como si no entendiera del todo la mecánica de un cuerpo humano. Tampoco me gustaba su forma de hablar.

Pero no sabía cómo llegar allí sin la ayuda de uno u otro. Simplemente no veía la manera. Estaba demasiado lejos, y yo estaba demasiado cansada.

Tal vez, pensé mientras me dirigía a mi casa, *pueda acostarme y dormir, y el pegamento habrá desaparecido de mis ojos y mis pensamientos cuando me despierte.* O tal vez el mundo se enderezaría por sí mismo mientras dormía. Tal vez el Ave encontraría su propio camino hacia la libertad, y todos simplemente se olvidarían de mí y me dejarían en paz para ser una persona normal por un tiempo. O tal vez éste era sólo un problema sin solución y estaba condenada a cargarlo dentro de mí hasta que un día se convirtiera en el problema sin solución de todos.

Podía sentir muchos ojos invisibles sobre mí, incluso en la claridad del día. Las hadas arriba, la Serpiente del Mundo en las frías profundidades, y quién sabe cuántos más mirando desde las sombras, escondidos entre las nubes, rumiando bajo las olas. Dependían de mí. Estaban esperándome. Eso hacía que mi piel se sintiera tensa. Hacía que mi corazón se sintiera como un puño que apretaba, que golpeaba en mi pecho.

Cuando llegué a casa, había alguien esperándome. Era Amu Reza.

Estaba sentado en los escalones de la entrada con su maleta a un lado, una bolsa de supermercado al otro y una cajita de madera entre sus pies.

—¿Qué haces aquí? —exclamé—. No quiero volver a verte.

—Y no merezco otra oportunidad —respondió—. Sin embargo, eso es exactamente lo que he venido a pedir.

—Me mentiste —dije—. Me engañaste.

—Lo hice —aceptó—. Me aproveché de tu confianza y te engañé.

Esperé a que dijera algo más, que intentara minimizar lo que había hecho. Pero se detuvo ahí.

—No es justo —repliqué—. No es justo que vengas aquí de esta manera. Que me hagas esto. Ya te dije lo que quería. Y esto no es lo que quiero.

—En ese caso —dijo Amu Reza—, me iré. Pero quería que tuvieras esto.

Señaló la caja de madera con un gesto de la cabeza. Luego se levantó, tomó la maleta y la bolsa de supermercado y pasó junto a mí. Lo observé hasta que llegó a mitad de la cuadra. No miró hacia atrás, lo cual fue decepcionante por alguna razón que no acababa de comprender.

La caja seguía en los escalones. Parecía un joyero de madera oscura, con pequeñas bisagras y un broche de latón. Abrí el broche y levanté la tapa para ver qué había dentro.

—¡Espera! —grité.

Casi al final de la cuadra, Amu Reza se detuvo. No se volvió. Simplemente se quedó quieto.

—Regresa —dije.

Amu Reza se dio la vuelta muy despacio. Miré nuevamente dentro de la caja, luego hacia la calle, donde estaba él. Caminaba de regreso con pasos lentos y medidos, como si el suelo pudiera ceder bajo su peso en cualquier momento.

—¿Por qué trajiste esto aquí? —pregunté.

—Pensé que tal vez estaba destinado a ti.

Miré de nuevo.

Era un pedazo del huevo del Ave.

—Es sólo un cascarón —añadí—. Y está roto.

—Tal vez sea sólo un cascarón —dijo Amu Reza—. Pero hasta una cosa rota puede ser útil a veces.

Me miró, y pude ver el más tenue destello de esperanza en sus ojos.

—Está bien —dije—. Entra.

Amu Reza entró a la casa, dejó su maleta junto a la puerta y abrió la bolsa de supermercado con una ligera reverencia, como si contuviera un tesoro invaluable.

—Una tienda maravillosa, no muy lejos de aquí —dijo—. El dueño es persa. Isfahaní. Prepararemos un delicioso té.

Pensé que querría hablar, explicarse, poner excusas. Estaba lista para empezar a odiarlo de nuevo. Pero Amu Reza sólo quería preparar té, y nada más. Puso a hervir agua en un hervidor abierto en la estufa. Colocó varias pizcas de té, cuidadosamente medidas, en una tetera. Luego vertió en ella un poco de agua fría, la agitó y vació el agua, asegurándose de no perder en el proceso ninguna hoja de té. Luego colocó la tetera sobre el hervidor.

Mientras el agua se calentaba, sacó una bolsa de azúcar piedra y buscó un tazón. Los pequeños cristales cayeron con un sonido seco y agradable. Colocó el tazón en la mesa junto al sofá. Luego sirvió un plato de galletas pálidas en forma de estrella y lo colocó junto al azúcar. Las galletas eran pequeñas y gruesas, y cada una estaba coronada con un fragmento de pistacho verde. Por último, sacó una bolsa de pequeñas ciruelas, algunas doradas, otras moradas, y las vertió en un tazón.

—La madre de mi amigo isfahaní las recogió —dijo—. En cualquier ciudad o pueblo donde crezcan ciruelos, siempre hay una abuela persa llenando una bolsa de plástico con todas las ciruelas que pueda cargar. Ésa es una verdad universal.

El agua en el hervidor comenzó a hervir. La apagó y revisó su reloj. Luego juntó sus manos con fuerza y una expresión pensativa cruzó por su rostro.

—No sabes cuánto he extrañado esto —dijo.

—¿Qué no tomas té todos los días? —pregunté.

—Un auténtico té persa requiere algo más —dijo—. Requiere un lugar cómodo para sentarse. —Hizo un gesto hacia el sofá—. Requiere dulces y frutas. —Señaló el plato y los tazones—. Y requiere familia. —Me miró, y su voz tembló, apenas perceptiblemente—. No he tomado un auténtico té persa en muchos años.

Quitó la tetera del hervidor y vertió un poco de agua caliente en ella. Después de un momento vertió un poco más, y luego más, hasta que llenó la tetera a un nivel que lo satisfizo.

Tenía todo tipo de reclamaciones que quería hacerle a Amu Reza. Pero no parecía que pudieran importar. Él ya estaba herido. Ya estaba perdido. Aún no me había pedido nada, excepto sentarme a tomar el té con él. Y, de todos modos, yo también me sentía bastante perdida, así que un poco de amable compañía —incluso la suya— no era lo peor del mundo.

—¿Por qué nunca hablas con el resto de la familia? —pregunté—. ¿Por qué no vas a verlos?

Guardó silencio, observando con una mirada de intensa concentración cómo se infusionaba el té.

—La línea hircaniana es frágil —dijo—. Los que pertenecemos a ella debemos ser cautelosos. Hemos sobrevivido tanto tiempo porque muy pocos saben lo que llevamos en nuestra sangre. A mi modo de ver, siempre hay demasiadas preguntas de aquellos que no entienden. Se vuelve agotador. Las mentiras que debemos contar. ¿Sabías que el estrés de una mentira te envejece? Creo que tienes alguna idea de lo que hablo. Era más fácil dejar que esas conexiones se disolvieran. Más fácil encontrar una excusa para no ir a casa, para no asistir a la boda de tal o cual, para no llegar al funeral de tu *khaleh*. Más fácil, a fin de cuentas, desaparecer.

Comenzó a buscar en los armarios y finalmente encontró dos tacitas de cristal con asa de metal que estoy segura que mi papá había traído de Irán. No se habían usado en años. Amu Reza les quitó el polvo con una toalla de papel, las enjuagó con agua fría y las secó. Las puso sobre la mesa.

—Siéntate, por favor —añadió.

Me senté. Era extraño que me invitaran a sentarme en mi propia casa. Pero éste era el servicio de té de Amu Reza. Yo era una invitada.

—Mi abuela tuvo la marca antes que yo —dijo, sentándose a mi lado—. ¿Te imaginas? ¿Hace cien años, una mujer haciendo lo que tú haces ahora? Me contó que acostumbraba salir a medianoche. Alzaba una linterna desde una playa cerca de Bandar-e Anzali y un barquero la recogía y la llevaba hacia el norte por la costa del Caspio, luego por el río Kura hasta Tiflis. Allí se encontraba con tres hombres a caballo que la escoltaban a donde necesitara ir. Si alguien preguntaba, se sugería que era una princesa Qajar viajando discretamente, y que hacer más preguntas podría ser peligroso. Mi padre no sabía nada. Pensaba que ella comerciaba con textiles. Le mintió a su propio hijo, y yo le mentí a mi padre. Así ha sido siempre nuestra familia.

—¿Quiénes eran los hombres que la protegían? —pregunté.

—Eran de los Fell, por supuesto —dijo Amu Reza—. El barquero también. Son útiles, pero son codiciosos y están llenos de gente tonta, y no son nuestros amigos.

Trajo la tetera de la cocina, sirvió un poco de té en cada taza y luego devolvió la tetera a su lugar sobre el hervidor. El té despedía un aroma a rosas y tenía un rico tono color cedro. Levantó su taza hacia la luz y la examinó, luego sonrió con satisfacción.

—Cuando ella murió, yo fui el único —dijo—. Sabía más o menos lo que me esperaba, por supuesto. Pero el peso fue más de lo que estaba listo para soportar. Estaba listo para hacer el trabajo, pero no para la responsabilidad que venía con él. No estaba listo para sentir los ojos del mundo todos los días puestos en mí. Era demasiado. Es demasiado.

Bebió un sorbo de té y luego dejó la taza sobre la mesa.

—Tan pronto supe que tu padre era portador de la línea, comencé a enseñarle todo lo que sabía —continuó—. En parte porque quería que entrara al trabajo con confianza. Y en parte porque quería que me sustituyera. Quería retirarme. Mirando atrás, no me siento orgulloso de mí mismo.

Sus ojos estaban llorosos.

—Un día le dije a mi contacto de los Fell que mi sentido para las criaturas se estaba desvaneciendo —dijo—. Era cierto, de algún modo. Pero también era conveniente. Les dije que fueran a ver a tu padre. ¿Estaba listo? No estaba seguro. Pero sabía que diría que sí. Cuando lo conocí, era sincero en todo lo que hacía. Sabía que aceptaría el desafío, incluso si estaba más allá de sus capacidades.

Sacudió la cabeza, disgustado por los pensamientos que lo habitaban.

—Fue tan fácil —continuó—. Jamshid lo hizo tan fácil. Le dije lo que pasaría, y él dijo: "No te preocupes, Amu". Y eso fue todo. Me fui. No me preocupé.

Ahora sus ojos se encontraron con los míos. Estaban húmedos por un feroz e implacable remordimiento.

—Me atormentará para siempre —dijo—. Fue tan fácil. Durante años fue fácil, y yo era libre, y luego él murió. Podría haberme metido en un agujero como una serpiente y nunca salir. Me pregunté… me pregunto, todos los días me pregunto, si le fallé, si es... —Hizo una pausa. Sus ojos estaban llenos de horror ante sus propias palabras—. Me pregunto si es mi culpa que Jamshid esté muerto.

Durante largos segundos ninguno de los dos dijo nada. Su rostro, tenso por la emoción de un momento antes, ahora parecía hundirse con pesadez. Pude ver lo viejo que era, pude ver cuán profundamente se marcaban las arrugas en sus mejillas, su frente, su barbilla. El nombre de mi papá flotaba en el aire entre nosotros, y sentí toda la historia de mi vida llenando los espacios de esta casa, llenando cada habitación con momentos que se repetían, todo lo que podía recordar, todo sucediendo a la vez.

Fue abrumador, y no supe qué hacer o qué decir. Así que sólo bebí el té. Sabía a humo, a cáscara de naranja y a pétalos de rosa, y de repente se hizo una grieta en el mundo, y todo era caliente y amargo, y yo estaba llorando.

—Oh, no —dijo Amu Reza—. No, no, no. Ya has sufrido suficiente. No debes sufrir más por mi culpa.

Pero no podía explicarlo: nada de esto era culpa suya. Esta tristeza era mía. La parte que nunca sanaría era mía. La cicatriz era mía, y si él la había rozado, bueno, la había rozado, pero siempre estuvo ahí, y siempre lo estaría.

Se levantó y me trajo una toalla, luego volvió a sentarse y esperó hasta que terminé.

—Cuando los Fell vinieron a mí y te amenazaron —dijo—, vi el pasado repitiéndose en mi mente. Me vi alejándome de tu padre una vez más. Podría haberle dicho a ese hombre que hiciera lo que quisiera, que yo ya estaba fuera de todo esto, y que tú y tu vida no eran de mi incumbencia.

—Bueno, tal vez debiste hacerlo —repliqué—. Tal vez eso es lo que merecías.

La mordacidad en mi voz nos sorprendió a ambos. Amu Reza no dijo nada. Parecía congelado, lo que, por alguna razón, me enfureció más. La ira, el agotamiento, la desesperanza, la futilidad de todo, todo se agitó y se estrelló a mi alrededor al mismo tiempo, y lo único que podía ver era a Amu Reza, mudo, indefenso. Y lo único que podía sentir era rabia.

—¿Por qué no ayudaste a mi padre? —grité—. ¿Por qué no hiciste más? ¿Por qué no lo protegiste? ¿Por qué estás aquí? ¡NO ES JUSTO! ¡NO ES...!

Pero no pude continuar. Mi voz era demasiado áspera e irritante en mi garganta. Ni siquiera parecía ser mía. Parecía la voz de alguien más, como si la parte de mí que hablaba ahora hubiera vivido otra vida entera en silencio, como si su silencio la hubiera convertido en una extraña para mí.

Y ahora estaba nuevamente en silencio, y por un segundo pareció que hubiera sido un extraño quien habló, como si una tercera persona oculta hubiera salido de detrás de una puerta para irrumpir en nuestra conversación. Para gritarnos y lamentarse y volver las cosas incómodas y terribles para todos. Nos quedamos quietos mientras el momento se aplacaba, mientras todo lo que se había lanzado al aire caía como si fueran chispas brillantes.

—Lo siento —repliqué por fin con mi voz, mi verdadera voz, apenas un susurro—. Lo siento.

—No lo hagas —dijo Amu Reza en un tono bajo y amable—. El dolor que llevas es la huella digital de tu alma. Es sagrado, y lo has compartido conmigo. —Tomó un sorbo de té y luego depositó la taza con cuidado, pensativo—. Si el té sirve para algo —dijo—, es para compartir tesoros sagrados.

Terminamos nuestro té en silencio y Amu Reza nos sirvió una segunda taza a ambos. Comí una de las galletas pálidas en forma de estrella. Era seco y se desmoronaba en mi boca, y cuando tomé un sorbo de té, la galleta se disolvió en nada.

—Sé dónde está el Ave —dije—. ¿Me ayudarás a salvarla?

EL AVE DE LAS MIL HISTORIAS

El castillo de Ven-y-Nunca-Te-Irás era una fortaleza solitaria y amenazante en la cima de una colina igualmente solitaria y amenazante. Sus muros eran de fría piedra gris y no tenía ventanas. Una sola puerta era la única entrada o salida.

Las huérfanas llegaron a la puerta del castillo justo cuando el día se hacía noche, y se deslizaron dentro tan rápida y silenciosamente como les fue posible. Se encontraron en un largo vestíbulo iluminado por antorchas. Al fondo del vestíbulo había una habitación con una jaula dorada en el centro, y dentro de la jaula había un pajarillo marrón.

—Tal vez estamos en el castillo equivocado —dijo una de las huérfanas—. Éste se ve como un pájaro cualquiera. No puede ser el Ave que estamos buscando.

—Tal vez —dijo la otra huérfana—, pero incluso si no es nuestra Ave, seguro no le gusta estar atrapado en esa jaula. Sea lo que sea, deberíamos llevárselo a la bruja para que lo libere.

Pero tan pronto como movieron la jaula de su lugar, las huérfanas escucharon el ruido del gigante acercándose.

Sus pasos retumbaban en el vestíbulo, y cada vez se aproximaban más y más a la habitación donde estaba encerrada el Ave. Su voz hizo eco entre las paredes.

"Cartílago y hueso,
Cardos y piedras.
Un par de ladrones que buscan robar.
Médula y espino,
Mollejas y vino,
Y una olla para sus huesos asar."

Las huérfanas se estremecieron al recordar las palabras del búho: que la bruja no era de confianza. ¿Y si su hechizo no servía contra el gigante? Los pasos se oían cada vez más cerca y la estruendosa canción del gigante se escuchaba cada vez más fuerte. No había forma de salir sin pasar junto al gigante, así que las huérfanas no tuvieron más remedio que confiar en que el hechizo las salvaría. Se prepararon, y cuando el gigante entró en la habitación, lo realizaron, tal como la bruja les había mostrado.

El gigante pareció confundido al principio, luego súbitamente somnoliento. Se sentó en una esquina de la habitación sacudiendo la cabeza. Un momento después, sus ojos se cerraron, y al momento siguiente estaba roncando, en un sueño profundo y pesado. El hechizo había funcionado.

Las huérfanas tomaron la jaula con el Ave, pasaron junto al gigante dormido y corrieron tan rápido como pudieron lejos del castillo de Ven-y-Nunca-Te-Irás, de regreso hacia la casa de la bruja.

§ § §

—¿Qué pasa después? —pregunté—. ¿Qué hace la bruja cuando llegan allí?

Amu Reza miró pensativo dentro de su taza de té vacía. Sus cejas se juntaron con preocupación.

—Soy un anciano —dijo—. Ha pasado mucho tiempo desde la última vez que escuché este cuento.

—¿Estás diciendo que no recuerdas cómo termina?

Me miró con tristeza.

—Seguramente las huérfanas se convierten en princesas.

Pero sus ojos estaban en blanco. La historia se había esfumado de ellos.

—Tenemos que encontrar al Ave —exclamé—. Tenemos que encontrarla ahora.

CAPÍTULO VEINTITRÉS

DETRÁS Y EN MEDIO

Ocho horas después, tres personas muy cansadas abordaban un vuelo nocturno a Londres.

Yo me senté en medio, con Malloryn a un lado y Amu Reza al otro. A mis pies había una mochila con un cambio de ropa y los regalos que había recibido. En mi bolsillo llevaba mi pasaporte y una pequeña cantidad de efectivo. No traía nada más.

Las cosas se habían organizado rápido.

Esa tarde Malloryn regresó a casa y nos encontró a Amu Reza y a mí terminando el té. El enojo no se le daba fácilmente a Malloryn Martell, pero en un golpe maestro de injusticia cósmica, cuando aparecía, era adorable: arrugaba la nariz, fruncía el ceño, entornaba los ojos y apretaba la boca. Parecía una niña pequeña fingiendo estar enojada con un animal de peluche.

Hubo explicaciones y disculpas. Se hicieron las paces, y todos acordaron ser amigos nuevamente. Luego hubo una discusión.

—Vamos a liberar al Ave, Mal —dije. Y luego añadí—: Pero creo que podríamos necesitar a Millmallow.

A lo que Malloryn respondió sin dudar, con ojos brillando de entusiasmo:

—A ella le *encantaría* ayudar.

Creí ver que algo cruzaba por el rostro de Malloryn —algo incierto y vacilante en las comisuras de su sonrisa y en el centro de sus ojos—, pero desapareció en un parpadeo.

Karl compró los boletos.

—Los Fell no son nuestros amigos —dijo Amu Reza—. Pero son útiles. Así que los usaremos.

Llevamos a Zorro a casa de Francesca. Resultó que Humbug lo había estado extrañando, por lo que hubo un adorable reencuentro con muchos dientes y colas y golpecitos de patas.

—Volveremos pronto —le aseguré a Francesca.

—Lo sé —exclamó, y su confianza me dio una inyección de esperanza directo al corazón.

Esa tarde, antes de irnos, llamé a Grace, y ella vino.

Nos sentamos juntas en el amplio y maltratado capó de la Ballena Azul, y le dije que me iba de nuevo. Luego le conté la verdad sobre la tienda de sus padres. Le dije que todavía trabajaba con las personas que la habían quemado. Le dije que lo odiaba, que los odiaba, pero que los necesitaba, al menos durante un poco más de tiempo. Y le dije que podía golpearme o irse si quería, porque sabía que probablemente yo habría hecho alguna de esas dos cosas, o ambas, si nuestras posiciones se hubieran invertido.

Ella no hizo ninguna de las dos. Un caldero entero de emociones se agitó detrás de sus ojos, y no dijo nada.

—No quiero seguir ocultándote cosas —dije—. Quiero que entiendas mi vida, y quiero poder compartir todo contigo. Y tengo miedo de que ahora que lo sabes todo, me vayas a odiar. Tengo miedo de que te vayas y nunca te vuelva a ver. Grace, no quiero perderte hoy, pero tampoco quiero perderte después. Y si no puedo contarte sobre mi mundo, si no puedo compartirlo contigo, te perderé tarde o temprano. Lo siento, G.

Guardó silencio durante un largo rato, con la boca apretada y el rostro dolorosamente quieto.

—Todo este tiempo lo sabías —dijo—. Lo sabías, y no me lo dijiste.

—Lo sabía —acepté, y cada palabra me lastimaba—. Lo sabía, y no te lo dije.

Grace asintió con la cabeza.

—Pero nunca pensé que lastimarían a tu familia —continué—. Nunca imaginé que harían algo así. Si lo hubiera sabido…

—¿Qué habrías hecho? —preguntó—. ¿Habrías evitado que sucediera?

—Te habría advertido —exclamé—. Habría montado guardia fuera de la tienda de tus padres. Habría hecho cualquier cosa para evitar que sucediera.

—¿Y si no hubieras podido evitarlo? ¿Qué se suponía que debía hacer con una *advertencia* sobre una familia criminal todopoderosa de la que nadie ha oído hablar? ¿Llamar a la policía? ¿Para decirles qué? ¿Qué se supone que tengo *permitido* decir, para empezar? —Grace me lanzó una mirada feroz. Sus palabras eran duras y sus ojos estaban llenos de ira. Pero podía sentir que la ira daba paso a algo más. Agotamiento, tal vez.

—Lo lamento —añadí.

—No me siento bien con nada de esto —dijo Grace por fin—. Y no voy a poder confiar en ti de la misma manera por un tiempo. Si quieres mi confianza, vas a tener que ganártela de nuevo.

—Es justo —dije.

—No he terminado —añadió—. No estoy de acuerdo con que hagas cosas peligrosas. Nunca voy a estar de acuerdo con eso. Pero entiendo que tienes que hacerlo, y entiendo que tengo que aceptar no estar de acuerdo con eso, y que eso es parte de ser tu amiga.

—Ojalá fuera más fácil —dije—. Yo no pedí nada de esto.

—Lo sé —replicó—. Y aun así lo haces, porque la gente necesita tu ayuda. También entiendo eso. Y ahora tengo que equilibrar esas dos cosas en mi cabeza. El que tú arriesgues tu vida, y el hecho de que la gente te necesita. Y es difícil porque no puedo aceptar la primera parte y no creo que lo haga nunca, pero la segunda parte te convierte en una especie de heroína. Y francamente te admiro por ello. Pero es difícil ser tu amiga. Y puede que no siempre sea buena en eso.

—No soy ninguna heroína.

Me miró, entornando los ojos a través de la neblina brillante y difusa.

—Ésa es la parte buena, Mar. No niegues la parte buena. Porque la parte mala es pésima.

—Lo sé —dije—. Pero no lo soy. Los héroes son... No existen. No realmente. Los héroes son algo que la gente inventa porque no pueden manejar las cosas complicadas.

—Tal vez yo tampoco pueda manejar las cosas complicadas —sentenció Grace después de un momento—. Pero, bueno, voy a seguir intentándolo. ¿De acuerdo?

Nos miramos, y ambas sonreímos. Y como se sentía tonto estar sentadas allí sonriéndonos, ambas comenzamos a reír. Y reír se sentía bien. Muy bien. Cuando la risa finalmente disminuyó, Grace hizo una falsa cara de enojo y me dio un puñetazo en el hombro.

—Ten cuidado, tonta —me dijo.

A veces es difícil amar a las personas. Y luego, de pronto, es lo más fácil del mundo.

Nos dirigíamos, vía Londres y luego Helsinki, a una zona remota de la taiga finlandesa. Los mapas satelitales mostraban algún tipo de edificio rodeado de bosque, apenas conectado a una carretera solitaria por un camino todavía más solitario que serpenteaba a través de la foresta. El pueblo más cercano estaba a kilómetros de distancia. El próximo atardecer sería en una semana.

Cuando la azafata apagó las luces de la cabina del avión, Amu Reza cerró los ojos y pronto comenzó a roncar. Pero yo no podía ponerme cómoda, y Malloryn parecía estar llena de energía por todo lo que estaba por venir.

—Mal —dije en voz baja—, ¿confías en Millmallow?

—Definitivamente —contestó sin dudar.

—¿Por qué? —pregunté—. ¿Qué te hace estar tan segura de que tiene buenas intenciones?

—Todo lo que ha hecho por nosotras —exclamó Malloryn, como si fuera lo más obvio del mundo—. Te trajo a casa cuando lo necesitabas. ¡Te salvó! Si no fuera por ella, te habrían capturado en Brasil.

—Lo sé —repliqué—. Pero ¿por qué haría eso? Ni siquiera me conoce.

—Pero me conoce a mí —dijo Malloryn—. Y sabe cuánto me importas. Entonces, por supuesto que quería ayudarte.

Su voz era tranquila y casi reconfortante, pero había una espinita detrás. Molestia, ofensa, o algo más que no pude identificar. No le gustaban las preguntas que estaba haciendo.

—Pero… y por favor, no lo tomes a mal… ¿por qué tú, Mal?

—Ya te lo dije —repuso—. Me escuchó cantar. Dijo que yo estaba abierta, y que la mayoría de las personas están cerradas. Dijo que yo era especial.

—Eres especial —aseguré.

—Millmallow dice que cuando haces magia, magia de verdad, es como cuando dejas caer una piedra en un estanque. Si puedes hacerlo, es así de fácil. Sólo que el estanque es en realidad todo el universo. Dice que la mayoría de las personas no pueden hacerlo. Pero hay algo en mí que es especial.

—Tienes a Zorro —dije.

—Eso ya lo sé —exclamó, demasiado rápido y con demasiada brusquedad—. Pero no es a eso a lo que ella se refiere.

—Lo siento —añadí—. No estaba tratando de decir…

—Soy una bruja, Mar —dijo—. Sé lo que estoy haciendo.

Malloryn guardó silencio. Después de un rato me di cuenta de que ya no iba a hablar, y me sentí mal por haber dejado que las cosas terminaran conmigo cuestionando sus habilidades. En este momento lo que todos necesitábamos era confianza, más que nada.

—Confío en ti —manifesté.

Lo dije para tranquilizarla. Lo dije porque había tocado algo sensible y delicado y no quería perder otra amiga. Y posiblemente sí confiaba en ella.

Pero en realidad en lo que estaba pensando era en una piedra cayendo en un estanque, y en las ondas formándose, rebotando en los bordes y luego regresando, como un eco que continuaba eternamente.

En el aeropuerto de Heathrow nos recibió Karl, quien parecía ser inmune a los efectos del *jet lag*. Su rigidez habitual se volvió más incómoda todavía por el hecho de que Amu Reza y yo claramente éramos amigos de nuevo.

—Estuviste en Río, ¿no es cierto? —le preguntó a Malloryn.

—Más o menos —respondió ella con una sonrisa misteriosa y un guiño en mi dirección.

—Ella tiene un talento especial —dijo Amu Reza—. Podría sernos útil.

Karl la miró con sospecha, pero no cuestionó más su presencia.

Los cuatro abordamos un vuelo a Helsinki, donde un auto nos recogió y nos llevó a través de la ciudad hasta un pequeño aeródromo regional. El trato que yo había hecho con Karl era éste: si él nos llevaba allí y nos traía de regreso sin interferencias, yo continuaría ayudando a los Fell en el futuro.

—No hay aeropuertos importantes cerca de nuestro destino —dijo Karl—. Así que he fletado un vuelo para nosotros.

Cuando llegamos al aeródromo se me hizo un nudo en el estómago. Había otros cinco agentes de los Fell esperándonos allí. Hombres y mujeres con ropa táctica y bolsas de lona negra llenas de equipo misterioso. Eso no era parte de nuestro plan, y Karl no había mencionado nada sobre un equipo de escolta.

—Esto parece mucha interferencia —sentencié.

—Sólo están aquí por nuestra seguridad —dijo Karl.

Supongo que todos teníamos algunos trucos bajo la manga.

Intenté no dejar que mi consternación se notara, aunque Amu Reza y yo intercambiamos una mirada frustrada.

El avión ya nos esperaba con la puerta abierta y una escalera que descendía hasta la pista. Subimos los escalones y nos agachamos para entrar a la cabina, un espacio de metal desnudo con una fila de cuatro asientos y mosquetones y redes colgando de las paredes, que me era conocido. La piloto nunca miró hacia atrás, pero quiero pensar que sonrió cuando subí.

Este último vuelo fue silencioso, excepto por el zumbido de los motores. Los Fell se sentaron detrás de nosotros, silenciosos y alertas. Falaropo no dijo nada durante todo el vuelo, ni siquiera miró por encima del hombro. Amu Reza enrolló su chaqueta, la apoyó contra la pared del avión y se durmió. Malloryn estaba callada, pero de una forma distinta, con una expresión tranquila y adormecida que me decía que Millmallow estaba cerca.

Aterrizamos en las afueras de un pequeño pueblo rodeado de árboles, a orillas de un gélido lago azul. El sol brillaba en lo alto. El tiempo había perdido todo significado: seguiría siendo de día hasta que nos fuéramos, y yo iba a estar cansada pasara lo que pasara. Al bajar del avión, creí ver que Falaropo me dedicaba una leve inclinación de cabeza.

Karl había organizado que dos camionetas nos llevaran a todos desde la pista hasta el lugar. Uno de los Fell era nuestro conductor, un hombre robusto de cara somnolienta y hundida que me recordaba a Humbug. Salimos del pueblo y pronto llegamos a una carretera tranquila, donde había muy pocos autos circulando además de nosotros.

Hasta este punto, la inercia y la fatiga habían sido más fuertes que cualquier otra sensación que tuviera. Pero ahora, en esta última etapa, la incertidumbre respecto de todo se apoderó de mí, y me sentí sola y asustada. No sabía cuánto podía contar con Amu Reza. Karl había traído más refuerzos de los que cualquiera de nosotros esperaba. Y Malloryn estaba ocupada haciendo espacio para Millmallow. Todo se sentía un poco extraño, pero habíamos avanzado demasiado y estábamos demasiado al norte y demasiado lejos de cualquier cosa que pareciera orden, razón o civilización, para que yo pudiera arreglar algo.

Pronto —demasiado pronto— dejamos la carretera y entramos al bosque por un camino pavimentado estrecho y sinuoso. Los árboles eran esbeltos y el terreno era plano. Mirar hacia el bosque era como mirar hacia un laberinto de infinitas habitaciones con piso y techo verde: un millón de caminos entre los árboles, todos conduciendo hacia lo más profundo del bosque. El suelo estaba lleno de vegetación. Resistentes arbustos crecían sobre la tierra y el musgo y los líquenes trepaban por los delgados troncos rectos. Aquí y allá vi manchas blancas entre el verdor: pequeños hongos redondos que asomaban en las partes más sombrías. El sol penetraba en manchones que deberían haber hecho que el bosque se sintiera cálido y acogedor, pero en cambio se sentía distante, misterioso y hostil.

Estábamos en un lugar salvaje. Hasta la luz se sentía salvaje.

El pavimento dio paso a la tierra. Un poco más adelante, Karl tocó el hombro del conductor. El auto se detuvo bruscamente y el corazón me dio un vuelco en el pecho.

—Continuaremos a pie el resto del camino —dijo Karl.

El segundo auto se detuvo detrás del nuestro y el resto de los Fell descendió.

Seguimos un rato más por el mismo camino hasta que, después de una última curva, el bosque se abrió.

Habíamos llegado.

Era una estructura de piedra que parecía haber sido construida en la Edad Media y a la que parecía que sólo esporádicamente se le hubiera dado mantenimiento desde entonces. Era en parte un castillo y en parte una ruina. Estaba situada sobre una enorme protuberancia de roca gris cubierta de musgo y rodeada por todos lados de bosque. Tenía altos muros de piedra pálida, agrietados y derruidos en algunas partes, pero sólidos e imponentes en otras. Había unas cuantas ventanas, pero todas tenían contraventanas de madera, y todas estaban cerradas. No se veía nada dentro ni había señales de vida, excepto por el zumbido de los insectos de verano que llenaban el aire y una solitaria camioneta pick up estacionada al pie de una escalera gastada tallada en la roca.

Nos agrupamos a la orilla del bosque y nos ocultamos tras el tronco de un árbol para observar el castillo en busca de movimiento.

—Este tipo —le dije a Karl—, el tipo que está ahí dentro, no está en una buena posición. Si cree que está en peligro, o si cree que está en desventaja, podría hacer algo impulsivo. Y entonces nadie obtendrá lo que quiere.

Miré por encima del hombro a los agentes de los Fell reunidos detrás de nosotros.

—Pase lo que pase —añadí—, tienen que quedarse aquí. Es preciso que se mantengan al margen.

—Sólo están aquí por si se les necesita —sentenció Karl—. Si no se les necesita, se quedarán aquí.

—¿Qué quieres decir con "necesitar"? —pregunté—. No los quiero. No te pedí que los trajeras.

—Y yo no te pedí que trajeras a tu amiga —replicó Karl, mirando a Malloryn—. Y, sin embargo, aquí está.

—Está bien —accedí.

—Yo, por supuesto, te acompañaré dentro —dijo Karl, colocándose un auricular en el oído.

—Ése no era el trato —dije.

—Eres más que bienvenida a encontrar tu propio camino de regreso a casa —amenazó Karl con una mirada que abarcaba la vasta extensión del bosque a nuestro alrededor.

—Te mantendrás al margen y bajo ninguna circunstancia hablarás con nadie que podamos encontrar dentro —ordenó Amu Reza.

Karl pareció ofendido, pero no protestó.

—Bueno —dijo Amu Reza, ajustándose la chaqueta—, ¿vamos?

Miró a Malloryn, quien nos sonrió vagamente a todos. Luego ella se levantó, se giró y desapareció.

—¿Qué ha pasado? —exclamó Karl, alarmado—. ¿A dónde ha ido?

—Un poco detrás, un poco en medio —dije—. Ya lo verás.

Amu Reza y yo esperamos. Pasó un segundo, después otro. En cualquier momento sentiría su mano en mi hombro y el mundo giraría y Malloryn —Millmallow— estaría allí.

Sólo que no pasó nada. ¿Seguía todavía aquí, parada con nosotros? ¿Qué estaba pasando en ese espacio paralelo al mundo? Amu Reza me miró, y hasta su rostro tranquilo reveló un indicio de alarma creciente. ¿Dónde estaba ella?

Entonces, por fin, sentí el peso de una mano en mi hombro, y un momento después el mundo giró, y Millmallow estaba allí, mirándome a través de los ojos de Malloryn.

—¿Quién cocina para ti? —preguntó.

—Te tomaste mucho tiempo —repuse—. ¿Está todo bien?

—Ánimo, ánimo —dijo con una sonrisa y una inclinación de cabeza que parecían ajenas a Malloryn—. Estamos aquí, estamos aquí.

—¿Malloryn también está aquí? —pregunté—. ¿Está bien?

—Aquí, aquí —exclamó Millmallow con paciencia—. Está aquí, está aquí, brujita mirona.

—¿Eso significa que está observando? —pregunté—. ¿Puede darme una señal para saber que está bien?

—Claro, claro —dijo Millmallow. Miró hacia otro lado, luego de vuelta, y los ojos de Malloryn estaban allí.

—¿Qué estás haciendo? —susurró—. No deberíamos estar así aquí. Estoy bien, ¿de acuerdo?

Volvió a mirar hacia otro lado, y cuando miró de vuelta, era Millmallow quien estaba detrás de sus ojos.

—¿Ves? ¿Ves? —dijo Millmallow—. Todo en orden. Bebe tu té.

—Está bien —repliqué—. Vamos a buscar a Amu Reza, y supongo que también a Karl. Sé que no puedes hacer esto eternamente.

—Tic, tic, muy cierto —dijo Millmallow. Extendió la mano, colocó su palma sobre el hombro de Amu Reza y lo giró y luego hizo lo mismo con Karl. De inmediato su auricular comenzó a chirriar tan fuerte que tuvo que quitárselo apresuradamente de la oreja.

—Hola de nuevo —dijo Amu Reza a Millmallow.

—¿Quién cocina para ti? —preguntó Millmallow.

—¿Qué ha pasado? —inquirió Karl, sacudido y completamente perturbado.

—Así es como vamos a entrar a ese castillo —expliqué—. Ella es Millmallow. Está… um… cocinando para nosotros.

Karl miró a Millmallow con disgusto y desconfianza.

Los cuatro dejamos la seguridad del bosque, y por un momento me sentí expuesta. Pero nadie podía vernos. Estábamos en algún lado entre nuestro mundo y otro lugar que no entendía: un poco detrás, un poco en medio. El bosque, el castillo y los Fell que habíamos dejado atrás parecían extrañamente planos, como si los estuviera viendo desde un ángulo imposible que no debiera existir en un mundo tridimensional. Mis pies parecían estar mucho más lejos de lo que deberían, pero el suelo seguía firme debajo de ellos.

Millmallow tenía una zancada más larga que Malloryn y un ligero rebote que casi parecía una danza. Pero incluso mientras flotaba, entre paso y paso, había algo torpe en sus movimientos que se mostraba cada pocos metros, como si no estuviera acostumbrada a un cuerpo de las dimensiones de Malloryn.

Cruzamos el claro hacia la roca, pasamos junto a la pick up —cuyas características ahora parecían alargadas y extrañas— y comenzamos a subir los escalones.

—Nadie puede vernos cuando estamos aquí —le dije a Karl.

—¿Qué es este lugar? —preguntó, tan aturdido como jamás lo había visto, pero logrando seguirnos el paso—. ¿Cómo es que estamos aquí?

—Pobre Sam —dijo Millmallow, sacudiendo la cabeza—. Pobre Sam Cabeza-de-Chícharo.

—Saldremos de aquí cuando ingresemos al castillo —dije—, una vez que sepamos a qué nos enfrentamos.

Los escalones eran estrechos y estaban desgastados y lisos en el centro. Mantener el equilibrio al subirlos era especialmente difícil cuando mis pies se sentían a kilómetros de distancia, como si estuviera tratando de pararme sobre palillos chinos. Millmallow, sin embargo, no parecía tener problemas. Subió los escalones revoloteando rítmicamente hasta llegar a la cima, donde se detuvo a esperarnos.

—Tic, tic —dijo.

—Lo sé, lo sé —exclamé—. Estamos haciendo nuestro mejor esfuerzo. Tampoco queremos estar aquí más tiempo del necesario.

El suelo de tierra parecía imposiblemente lejano, aunque sabía que la roca sobre la que se había construido el castillo ni siquiera era tan alta. Me apoyé sobre las manos y subí el resto de los escalones a cuatro patas.

—Arrástrate, arrástrate —dijo Millmallow. Tuve la sensación de que se estaba burlando de mí. Hizo una expresión de aburrimiento y luego dijo dramáticamente—: Soy tan perezooooosaaaaa.

—Oh, basta —exclamé—. No es gracioso.

—Pobre Sam —dijo.

Amu Reza llegó a la cima de los escalones, seguido por Karl, cuyo auricular colgaba suelto y seguía chillando con una estática aguda.

Una pesada puerta de madera con bisagras de hierro había sido construida en la imponente pared del castillo. Sobre la puerta había una cabeza de oso tallada en piedra.

—Éste tiene que ser el lugar correcto —afirmé.

—¿Y cómo abriremos la puerta? —preguntó Karl.

—Ánimo, ánimo —dijo Millmallow, poniéndonos las manos sobre los hombros—. Desliza, desliza, desliza, ¡yei!

El mundo se estiró a nuestro alrededor y luego se deslizó unos pocos metros, de modo que cuando se cohesionó nuevamente en la realidad de detrás y en medio, estábamos parados al otro lado de la puerta, en un pequeño patio de paredes ruinosas y desmoronadas. El suelo estaba cubierto de maleza. A mitad del patio, una sección de la parte alta de la pared se había derrumbado, y las piedras caídas yacían esparcidas entre la hierba y los arbustos que habían echado raíces. Las avispas zumbaban desde una grieta en la pared. Racimos de ortigas crecían en rincones y huecos.

Al otro lado del patio había una fortaleza de piedra, también en ruinas. Tenía dos pisos de altura y un techo terminado en punta. Las enredaderas trepaban por las paredes. Los ladrillos estaban cubiertos de musgo. Las ventanas estaban cerradas con contraventanas. Un arco de piedra conducía al interior, hacia la oscuridad. En la parte superior del arco, la vieja y resquebrajada cabeza de piedra de un oso miraba hacia abajo.

La puerta estaba abierta. Cruzamos el patio y entramos, y en todo ese tiempo en el patio nada se movió, nada respiró, excepto las avispas y las hojas de ortiga erizadas de espinas que se agitaban con la brisa.

| CAPÍTULO VEINTICUATRO |

EL CASTILLO DE VEN-Y-NUNCA-TE-IRÁS

El interior del castillo era fresco, oscuro y silencioso como una tumba. Tras pasar bajo la cabeza del oso entramos a un salón con un techo de gruesas vigas de madera cubiertas de telarañas y paredes de piedra erosionada. Algunas hierbas malas luchaban por crecer entre las grietas del suelo de piedra. No había nadie allí.

Una vez que decidimos que era seguro salir de detrás y en medio, Millmallow nos giró uno por uno de regreso al mundo donde las cosas tenían tres dimensiones completas y nuestras piernas eran de tamaño normal. Karl fue el primero, luego Amu Reza y al final me tocó a mí.

Millmallow iba a poner su mano en mi hombro, pero la detuve tomándola por la muñeca. Cuando mi palma tocó su piel, vi estrellas negras floreciendo frente a mí y escuché un retorcido coro de horribles gritos de pájaros. Ella me miró, confundida y decepcionada, como si yo hubiera visto algo que no debía ver.

—¿Qué fue eso? —pregunté.

—Esperanzas, esperanzas revoloteando —dijo, y detecté un atisbo de tristeza y dolor en su voz. Luego se puso en alerta total—. Tic, tic, tic. No queda mucho tiempo.

—Millmallow —dije, y sus ojos inquietos se encontraron con los míos—, ambas volveremos juntas. No voy a irme sin Mal.

—Claro, claro —contestó con una sonrisa vacía—. Todas juntas colina abajo.

Tomó mi mano y escuché a los pájaros gritar, hambrientos y desesperados, y ambas giramos hasta que el mundo volvió a su lugar. Malloryn se tambaleó y se apoyó en una pared para sostenerse.

—Mal —susurré mientras la ayudaba a mantenerse en pie—. ¿Estás bien?

—Estoy bien —dijo—. Sólo no me hables ahora. Estoy tratando de controlar demasiadas cosas. Ella sigue cerca.

—Ya no la necesitamos —aseguré—. Puedes dejarla ir.

Malloryn me lanzó una mirada furiosa y sacudió la cabeza, y un escalofrío recorrió mi espalda. Era ella, pero había algo que no estaba bien. Algo vacío en sus ojos. Miré a Amu Reza en busca de ayuda, pero él ya había echado a andar por el pasillo hacia la oscuridad que teníamos enfrente. Y un momento después, Malloryn lo siguió, rozando con las yemas de los dedos la pared fría y seca.

Cuando mis ojos se adaptaron a la penumbra pude ver que el pasillo se extendía unos treinta metros hacia delante. Al fondo, una escalera de madera conducía al segundo piso. Una tenue luz parecía provenir del nivel superior, pero era tan débil y estaba tan lejos que parecía casi una ilusión óptica. El aire se sentía seco, como si las piedras hubieran absorbido toda la humedad. Pero había algo húmedo y pegajoso en la oscuridad que había delante. Cuando miré hacia el final del pasillo, hacia aquella escalera, sentí como si hubiera una capa de grasa bajo mi piel.

Después de asegurarse de que su auricular ya no emitía ruidos extraños, Karl volvió a colocárselo cuidadosamente en la oreja. Comencé a seguir a Amu Reza y a Malloryn, pero Karl me detuvo con una perpleja expresión de asombro en el rostro.

—Tu amiga —dijo—, ¿ha considerado alguna vez vender sus servicios?

—No —afirmé—. Definitivamente no a ti.

Karl se encogió de hombros.

—Quizá debería preguntarle yo mismo.

Me solté de Karl y avancé por el pasillo oscuro, y la horrible sensación resbaladiza bajo mi piel se hizo más fuerte. Más adelante, Amu Reza se había detenido y miraba boquiabierto algo en la pared. Era una ancha mandíbula torcida, montada en un par de ganchos de hierro. Los dientes eran una mezcla de colmillos afilados y gruesos molares. Intenté imaginar el animal al que podría haber pertenecido, pero nada parecía encajar. Era demasiado grande, su forma era demasiado extraña y tenía demasiados dientes.

Amu Reza pasó su dedo sobre la punta y el filo de los dientes y dejó escapar un silbido de desconcierto. Continuamos por el pasillo, y un poco más adelante, otro macabro trofeo nos detuvo. Una melena larga y fibrosa, como una crin, había sido atada alrededor de otro gancho de hierro. El pelo era grueso y áspero, como el de un caballo. En un extremo del atado de pelo había un colgajo seco de lo que alguna vez debió ser piel.

—¿Qué es este lugar? —susurré. Todo aquí se sentía mal.

Amu Reza sacudió la cabeza.

Malloryn caminaba adelante de nosotros sin detenerse, mirando sólo brevemente las cosas que había en las paredes.

Cuando se acercó a la escalera, observó algo que colgaba del techo, se detuvo un instante debajo y luego continuó.

—Espera —dije. Malloryn se detuvo y volteó hacia atrás. Su rostro era casi invisible en la penumbra. ¿Estaba sonriendo? No podía saberlo. Toda su expresión era un conjunto de sombras. Caminé rápido a través de la oscuridad para alcanzarla, vagamente consciente de que pasaba junto a otras cosas extrañas colgadas en las paredes: pieles, cuernos, dientes, huesos. No me detuve a mirar. No necesitaba hacerlo.

Malloryn estaba parada justo al pie de la escalera. Colgando del techo, justo encima de ella, había un brazo gigante momificado con una mano enorme. Su pulgar y tres dedos ennegrecidos y marchitos se curvaban en un medio puño de agonía. El brazo se extendía hasta el hombro, donde terminaba en un amasijo de carne desecada y el hueso redondo y amarillento de la articulación. El brazo era casi tan largo como yo. Se me revolvió estómago.

Amu Reza y Karl llegaron bajo el brazo un momento después, y los cuatro nos quedamos mirándolo con asombro y repugnancia. Un tenue resplandor de lo que parecía ser luz solar bajaba por la escalera. Ésta subía hasta un rellano y luego giraba sobre sí misma, de modo que no podíamos ver nada del piso de arriba. Karl nos hizo señas para que esperáramos y luego probó el primer escalón con su pie. Crujió levemente bajo su peso. Apuntó hacia los escalones y se llevó un dedo a los labios. Uno por uno fuimos pasando bajo el brazo cortado.

Las escaleras crujieron levemente mientras las subíamos con cuidado. La madera era vieja pero resistente. Desde el rellano pudimos ver la parte inferior del tejado puntiagudo: un techo alto, angular y abovedado, perforado en muchos lugares diminutos por la podredumbre y el paso del tiempo, que dejaba entrar rayos de sol en el espacio polvoriento y tenue que había debajo.

Amu Reza fue el primero en subir el último tramo de la escalera. Los escalones crujían con cada paso. Yo subí tras él, y Malloryn —su rostro era una ventana cerrada— me siguió. Karl subió al final. Terminamos todos agrupados en la parte superior de la escalera, paralizados ante la vista que teníamos frente a nosotros.

La habitación ocupaba todo el piso, y la única luz provenía de los agujeros y las grietas en el techo. Parecía ser algún tipo de sala de reuniones: un gran salón o una sala del trono o algo así. Había una mesa larga en el centro y una plataforma elevada a lo largo de la pared del fondo, donde quizá algún día se había levantado un trono. Motas de polvo cruzaban flotando por los débiles rayos de sol, perturbadas por nuestra presencia.

Frente a nosotros, en la mesa, estaba el hombre harapiento. Sus ojos se veían rojos, hundidos y más salvajes que nunca, pero su cuerpo estaba encorvado por el agotamiento. Uno de sus brazos, el que había luchado contra Boitatá, estaba burdamente vendado. A su lado sobre la mesa descansaba una jaula de aspecto curioso con unos inusuales barrotes curvos. Dentro de ella, con apenas suficiente espacio para moverse, estaba el Ave, pequeña, simple, sin poder. Su plumaje era fino y polvoso. En sus ojos quedaba sólo el más tenue destello de la llama con la que había llegado al mundo. Sus alas estaban apretadas por la jaula.

Detrás del hombre, y ocupando toda la pared sobre la plataforma elevada, desde el piso hasta el techo abovedado, estaba la piel extendida de un enorme oso color gris-marrón.

Su cabeza era del tamaño de un neumático de camión. Buena parte del pelaje se había desgastado por el tiempo, pero una delgada cresta salvaje de grueso pelo oscuro corría desde la parte posterior de su cabeza y a lo largo de su columna vertebral, con sus hebras para siempre erizadas. Pude ver un orificio limpio en el lugar donde debió estar su corazón. En las extremidades de la piel, sus curvadas garras negras habían logrado conservarse. Parecían estar clavadas en la piedra. Las cuencas vacías de sus ojos miraban fijamente al cielo.

Lastimado y peligroso, el hombre en la mesa nos observó entrar a la sala, sin sorpresa ni preocupación. Parecía estar más allá de cualquier sentimiento, pero luego sus ojos se clavaron en los míos y vi un destello de reconocimiento. Entonces se rio, con un sonido áspero y hueco.

—Tú otra vez —exclamó. Su voz era como madera astillándose y piedra desmoronándose. Hacía eco con las motas de polvo y llenaba la sala por completo.

Nadie habló.

Sus ojos no se apartaron de los míos.

—Ellos también te hicieron daño, ¿no es cierto? —dijo—. Envenenaron tu sangre, tal como envenenaron la mía.

—¿Ellos? —pregunté.

—Los monstruos —espetó—. Las abominaciones. —Movió su ancha cabeza desgreñada en dirección a la piel del oso, y luego hacia el Ave—. Ellos.

—¿Es eso... lo que te pasó a ti? —pregunté.

—¿A mí? —el hombre se rio—. ¿A mí? ¿Crees que *esto* me pasó *a mí*? —Se abrió la camisa para revelar la marca en su piel. Una línea irregular que cruzaba su clavícula, con cinco rayas atravesándola en forma descendente. Por un momento pareció que irradiaba calor, como si quisiera ser vista, como si tratara de decirme algo. Los ojos del hombre bajaron hacia la marca, luego volvieron a posarse en los míos—. ¿Te pasó *a ti*? —preguntó, con voz burlona y acusadora.

—Eh, no exactamente —tartamudeé. Como si respondiera a su marca, la cicatriz del unicornio en mi pecho comenzó a arder, una marca de cientos de años de antigüedad, transmitida de generación en generación.

—No exactamente —repitió el hombre con una risita hueca—. No exactamente.

Detrás de él, los ojos vacíos de la piel del oso miraban hacia las vigas polvorientas. El agujero en su pecho era casi ridículamente pequeño. Parecía imposible que un hombre hubiera enfrentado a esta criatura solo y hubiera sobrevivido, y mucho menos que la hubiera matado.

—¿Qué quieres con el Ave? —pregunté con voz temblorosa.

—¿Qué quiero con *ella*? —dijo, como si acabara de hacer la pregunta más absurda del mundo—. ¿Qué quiere ella conmigo? ¿Qué quiere cualquiera de ellos conmigo?

—No lo sé —me aventuré a decir—. ¿Qué es lo que quieren? —Di un paso hacia el interior de la sala y sus hombros se tensaron, como si fuera un animal herido.

—Quédate ahí.

Golpeó la mesa con las manos y se levantó de su asiento. El Ave se sobresaltó en su jaula, haciendo chocar sus alas impotentes contra los barrotes. Me detuve en seco en mi lugar. El hombre se relajó y volvió a sentarse.

—¿Qué es lo que yo quiero? —murmuró. Entonces sus ojos ardientes se encontraron nuevamente con los míos. Había en ellos un brillo acusador—. ¿Qué es lo que quieres tú?

—Quiero liberar al Ave —dije.

El hombre se rio.

—Crucé un océano por ese pájaro. Exprimí los pensamientos de seis hadas para sacarles información y poder encontrarlo. ¿Y tú quieres liberarlo? —Se levantó y dejó caer los brazos distendidos a ambos lados. Su voz descendió hasta un lugar profundo y frío—. Inténtalo.

Nadie se movió. Después de un momento, volvió a sentarse.

—¿Por qué haces esto? —pregunté—. ¿Por qué te llevaste al Ave? ¿Qué es todo esto?

—Ésta es mi herencia —respondió—. Todo esto. Este castillo donde mis ancestros... —Dejó la frase a medias—. A ti no te importa la historia antigua.

—Ancestros —dije—. ¿Te refieres a Volhallan? ¿Él era tu ancestro?

El hombre me lanzó una mirada furiosa.

—El corazón de alguien iba a ser devorado ese día. Me pregunto si Volhallan alguna vez deseó que hubiera sido el suyo—. Miró tras él, hacia la piel del oso que colgaba de la pared. Luego volvió a mirarme a mí—. Sé que yo sí —sentenció.

Tocó distraídamente la marca en su pecho. Cinco líneas curvas. Cinco garras en cada pata del oso. Una línea irregular, una clavícula rota.

—El oso hizo eso —dije—. Ésa es la cicatriz. Tienes su cicatriz.

El hombre me miró con desdén.

—¿Qué quieres con el Ave? —pregunté—. ¿Qué vas a hacer con ella?

Su rostro se hizo laxo y sus ojos se volvieron unas pequeñas cuentas de rabia condensada.

—Voy a exprimirla —contestó—. Voy a hacerla sufrir.

—¿Por qué? —quise saber—. ¿Por qué harías eso?

—¿Sabes lo que es? —dijo—. ¿Este pájaro? Las hadas me lo dijeron. ¿Te lo dijeron a ti? ¿No? —Se rio—. Es el aliento. Es lo que hace que su sangre siga fluyendo. Es lo que los mantiene calientes. Antes de matar a las hadas les pregunté cómo hacer sufrir a los monstruos. Y todas dijeron: "Quítales el calor. Exprime al ave hasta que se congelen".

—Pero ¿por qué? —insistí—. ¿Por qué?

—¡Por esto! —exclamó, golpeándose el pecho con el puño sano—. Porque todas las noches ese oso me persigue y todas las noches se come mis intestinos mientras yo miro. Porque mi padre perdió la razón justo frente a mis ojos. Porque todos ellos son unos monstruos y merecen sufrir de la misma forma que yo he sufrido.

—Todas esas cosas que hay en el pasillo de abajo… —dije.

—Hemos intentado lastimarlos como ellos nos lastiman a nosotros —continuó—. Por generaciones lo hemos intentado. Pero el oso nunca nos deja en paz. Hemos cazado, pero el oso siempre está cazando también. Todas las noches nos caza. Todas las noches nos devora.

—El Ave no tiene nada que ver con eso —dije—. Nunca hizo nada para lastimarte.

—¿Crees que yo pedí esto? —rugió—. ¿Crees que yo quería esta maldita cicatriz? Todos duelen —dijo, y aunque estaba mirando su brazo vendado, parecía estar hablando de algo más—. Todos ellos duelen. Pero está bien, porque voy a hacerlos sufrir. Voy a estrangularlos, a todos y cada uno de ellos. Justo aquí. Con este pájaro.

—Si matas al Ave —dijo Amu Reza con calma—, volverá.

Los ojos del hombre se dirigieron brevemente hacia Amu Reza.

—¿Eso crees? Yo creo que *no*. Descubrámoslo, ahora mismo.

El hombre se llevó la mano a la espalda y sacó el mismo cuchillo con el que me había amenazado en la tienda de alfombras. Amu Reza levantó ambas manos en un gesto de rendición. El hombre se rio.

—No necesito matarlo —dijo, y el cuchillo se balanceó relajadamente entre sus dedos—. Sólo no dejaré que crezca. Voy a mantenerlo enjaulado para siempre. Sé lo que quiere, lo que todos quieren. Las hadas me dijeron que quiere extender sus alas. Quiere *convertirse*. Así es como el mundo respira. Así es como fluye la sangre, como se esparce el calor, como gira la rueda. Este aliento —sonrió sombríamente en dirección al Ave— nunca extenderá sus alas. Este pájaro nunca se convertirá. Y *ellos*, los monstruos, las abominaciones, pueden congelarse. Pueden asfixiarse.

Al oír eso, hasta Amu Reza soltó un grito ahogado.

—Tal vez —dijo Karl con una voz que sonó fuera de lugar en esta habitación salvaje y voraz— estarías dispuesto a llegar a un arreglo financiero. Represento a compradores que...

—Dinero —exclamó el hombre, con asco—. No necesito dinero. Tengo mucho dinero. Tengo una mina de cobre. Tengo un bosque lleno de madera. No necesito dinero. El dinero no compra el sueño. El dinero no detiene las pesadillas.

—Doctores, entonces —dijo Karl—. Hay medicamentos que...

—No quiero medicina —replicó el hombre, y su voz cortó las palabras de Karl como un hacha—. Quiero venganza.

Venganza. La palabra se desplegó sobre la habitación como una bandera oscura y desgarrada que estuviera colgando de las vigas sobre nuestras cabezas. Amu Reza se veía estupefacto. Karl parecía estar congelado. Malloryn, que no había abierto la boca ni una vez desde que subimos las escaleras, estaba en silencio, hipnotizada por el Ave. Alguien tenía que hacer algo. Alguien tenía que intentarlo.

—Por favor —dije—. ¿Al menos puedo verla de cerca?

El hombre entornó los ojos.

—Hemos llegado tan lejos —insistí—. Por favor.

Me observó con atención y su ira pareció despejarse, sólo un poco.

—¿Qué tienes de diferente? —preguntó—. ¿Por qué quieres ayudarlos?

—No sé por qué tú y yo somos diferentes —dije—. Sé que hace mucho tiempo hubo una niña que conoció a un unicornio en un bosque.

—¿Y qué pasó? —preguntó el hombre con una curiosidad casi desesperada en sus ojos—. ¿Qué le pasó a ella?

—Marjan, ésa no es una historia para… —comenzó a decir Amu Reza.

—No —lo interrumpí—. Tenemos que contar nuestras historias mientras podamos. —Me volví hacia el hombre harapiento—. Ella salvó al unicornio, él le clavó el cuerno, ella sobrevivió y ahora tengo esto—. Le mostré la marca en mi pecho.

—Entonces, ¿por qué…? —inquirió el hombre—. Ellos también te lastimaron. ¿Por qué no sufres como yo?

—Sí sufro —dije—. Yo no pedí las cosas que vinieron con esta marca. No pedí lo que el mundo espera de mí. No pedí entrar en un castillo oscuro al otro lado del mundo, lejos de mi hogar y de mis amigas. ¿Crees que quiero estar aquí? ¿Hablando contigo, en un lugar como éste? Estoy aterrada. Pero necesito… quiero saber que el Ave está bien. Al menos por el momento. ¿Puedo? ¿Por favor? Es tan importante para mí como la venganza lo es para ti.

El hombre se quedó quieto y en silencio, como un volcán inactivo. Por fin, la ira y la desesperación de su rostro se suavizaron. Se levantó.

—Puedes ver al pájaro. Sólo tú.

Miré a Amu Reza y él me dedicó un movimiento de cabeza que me transmitió seguridad. Karl hizo un gesto sutil que probablemente significaba *Ten cuidado*. Miré esperanzada a Malloryn, pero sus ojos estaban fijos en el Ave. Al otro lado de la sala, el hombre harapiento me observaba, esperándome. Y el Ave también.

El suelo crujió bajo mis pies. Madera vieja. El cuchillo brillaba en la mano del hombre harapiento. La sensación aceitosa en el aire era aún más espesa aquí. Había una inquietud enfermiza en cada centímetro de mi cuerpo que crecía a cada paso que daba.

El Ave me observaba con sus grandes ojos indefensos por entre los barrotes de la jaula. Parecía más pequeña que la última vez que la había visto. Su cuerpo, encogido y frágil, temblaba. Sus alas chocaban contra los alambres y los pálidos barrotes curvos. ¿Por qué no se prendía en llamas para escapar? ¿Por qué no simplemente se hacía más grande y se liberaba haciendo explotar su prisión? La jaula parecía frágil, endeble. Estaba construida con delgados alambres retorcidos en la parte superior para formar una especie de cebolla torcida. Horizontalmente, en una disposición azarosa, había pedazos de un material pálido que bloqueaban parcialmente los huecos entre los alambres, pero no lo hacían del todo bien. Pude ver al menos tres lugares por donde cualquier pájaro hubiera podido pasar, de haberlo querido. Pero el Ave ni siquiera intentaba escapar. Parecía completamente derrotada.

Al acercarme me di cuenta de que el material pálido era hueso.

—¿Qué es esto? —pregunté.

—Ése es Volhallan —dijo el hombre harapiento con una sonrisa torcida—. Ésos son los huesos de mis ancestros.

—¿Por qué? —pregunté.

—Porque todavía tienen el regalo del oso —contestó—. Al igual que yo.

Algunas imágenes pasaron por mi mente: el hombre apretando las llamas que formaban el cuerpo del Ave cuando la atrapó en el aire; Boitatá reducido a cenizas; el hada muerta sobre el suelo de la tienda de Amu Reza.

—Control —dije—. Ése es el regalo, ¿cierto?

—Yo exprimo —confirmó el hombre—, y ellos hacen lo que yo quiero.

—Eso es horrible —exclamé.

—Duele —dijo él, y se tocó el pecho—. Duele justo aquí. Sufrimos juntos.

—Los huesos impiden que el Ave crezca —afirmé, mirando la jaula—. Los huesos de Volhallan.

Los ojos salvajes y cansinos del hombre se fijaron en mí.

—Creo que ya es suficiente —dijo—. Retírate. —Movió el cuchillo perezosamente en el aire.

Había tenido al Ave al alcance de mi brazo. ¿Podría haberla agarrado? ¿Podría haberla liberado de su frágil jaula? La oportunidad ya se había ido. Me di la vuelta para regresar. ¿Qué había esperado lograr? El Ave seguía atrapada. Nada estaba mejor. Nada había cambiado. Amu Reza me miró con compasión; era un hombre que entendía el fracaso. ¿Estaba secretamente aliviado de ver que yo también podía fallar? Me sentí disgustada conmigo misma.

Detrás de Amu Reza, Karl murmuraba para sí mismo. Asintió en mi dirección, un gesto de aliento, un gesto que decía *Vuelve*, o tal vez *Apártate*.

Pero Karl no murmuraba para sí mismo.

Hablaba por su auricular. Hablaba con los Fell que se habían quedado afuera.

—¿Qué estás haciendo? —lo interrogué cuando llegué a su lado.

Me miró con superioridad y lástima.

—Estoy tomando el control de la situación. Señor —se dirigió al hombre al otro lado de la habitación—, muy pronto estará en una gran desventaja numérica. Lo insto a que se aleje de la jaula antes de que alguien salga lastimado.

El hombre se rio.

—¿Crees que me importa el dolor? Yo vivo en el dolor. Nunca me lastimarán más que eso. Pero si alguien se acerca, mataré a este pájaro, y podrán ver si mis ancestros lo dejan resurgir.

Mostró el cuchillo. Superando el miedo miré más allá de la hoja, con la esperanza ver en los ojos del hombre harapiento algún indicio de que mentía. Pero su expresión era dura, llena de convicción. Creía en lo que decía.

¿Era cierto? ¿El Ave moriría para siempre si la mataba entre los restos de Volhallan?

El Ave emitió un sonido lastimero. Tal vez se estremeció. Y tal vez el estremecimiento de su frágil cuerpo sacudió los barrotes de su prisión.

O tal vez los viejos huesos entre los alambres de la jaula resonaron con su propia respuesta hambrienta.

—Ordénales que no vengan —le dije a Karl—. Si el Ave muere en esa jaula, no volverá.

Me lanzó una mirada despectiva.

—Tuviste tu oportunidad de resolver esto —dijo—. Ahora es nuestro turno.

—Va a matarla —supliqué.

Pero Karl ya daba otra orden por su auricular, y el hombre harapiento ya agarraba la jaula con una mano, y el Ave chillaba alarmada y llena de terror.

—Amu Reza —dije—, haz que se detenga. Va a matar al Ave. Necesitamos más tiempo.

Amu Reza me miró. Por un momento vi al anciano que había huido de su familia, que había defraudado a mi padre, que me había traicionado. Vi esos mismos ojos patéticos mirándome, y por un segundo me sentí completamente sola en el mundo.

Y entonces uno de esos ojos me guiñó.

Sucedió tan rápido, tan suavemente, que por un segundo Karl siguió hablando. Luego se llevó una mano a la oreja y se volvió hacia Amu Reza con una expresión de conmoción y profunda ofensa, como si no pudiera creer que alguien se atreviera a hacer algo así.

—Ahora tienes tiempo, Marjan —dijo Amu Reza, sosteniendo el auricular de Karl a la distancia de su brazo.

Un momento después, Karl intentaba arrebatarle el auricular al tiempo que sacaba su teléfono del bolsillo. Amu Reza lo esquivó hábilmente y con su mano libre golpeó el teléfono de Karl, que cayó al piso.

Eso me dio tiempo. Pero no mucho.

Corrí de regreso hacia donde estaba el hombre harapiento, desafiante y desesperado, y ahora un poco confundido por la acción al otro lado de la sala. Sostenía al Ave fuera de mi alcance, con la hoja del cuchillo entre nosotros.

—Escúchame —dije—. Si matas a esa Ave, incluso si sólo la mantienes enjaulada, no vas a lastimar únicamente a las otras criaturas allá afuera.

Sus ojos vacilaron por un segundo, inseguros.

—No lo sabes —continué—. No sabes cómo funciona. No sabes lo que significan. Esta Ave es nuestras historias. Todas ellas.

—Puedes quedarte con mi historia —espetó con sorna—. ¿Quieres que el oso te devore por el resto de tu vida?

—Puede que no te guste tu historia en este momento, pero tal vez puedas cambiarla.

—Nada puede cambiar eso —aseguró, mirando hacia la piel de oso en la pared que tenía detrás, hacia el único golpe perfecto e imposible que lo había matado.

Vi la herida del oso y vi el hombre herido que aún llevaba la marca del oso, todos estos siglos después. Y por primera vez vi la pregunta en sus ojos, la pregunta que yacía debajo de la ira y la sed de venganza, la pregunta que había estado allí desde el día en que entró cojeando en la tienda de alfombras, que probablemente había estado allí toda su vida. Y la reconocí porque era la misma pregunta que yo me había hecho una y otra vez, desde que mi papá murió.

¿Por qué? ¿Por qué todo esto? ¿Por qué yo?

—No es justo —dije—. Y no puedes cambiar lo que pasó en el pasado. Pero tal vez la historia no ha terminado todavía.

Karl y Amu Reza todavía forcejeaban por el teléfono, pero Karl parecía estar ganando. Malloryn sólo estaba allí de pie, observando. *¿Por qué no ayuda?*

Miré de nuevo hacia la piel de oso extendida en la pared. Hacia el lugar donde la piel había sido atravesada por la punta de una hoja. Miré hacia la marca en el pecho del hombre harapiento. Intenté escuchar la historia que contaban, la historia que habían tratado de contar durante cientos de años.

—Sé que estás sufriendo —le dije al hombre harapiento—. Y creo que sé por qué. Dices que quieres venganza, pero tienes un castillo lleno de venganza y no te ha servido de nada. Puedo ayudarte. Creo que sé lo que el oso quiere. Pero tienes que ser valiente.

—Yo no le tengo miedo a nada —replicó.

—Sí lo tienes —dije—. Le tienes miedo a una cosa.

Agarré su muñeca y la cicatriz en su pecho brilló, y sentí el claro nevado a mi alrededor, vi los árboles extenderse como un laberinto de un millón de pequeñas habitaciones, escuché el llamado, feroz y belicoso, de un nombre antiguo. El nombre del oso. Mi nombre.

Intentó retirar su muñeca, pero no lo solté.

—No —dije—. Mira. No apartes la vista.

—Ya conozco esta historia —gruñó.

—No creo que la conozcas —insistí—. No creo que nadie la conozca.

Con mi otra mano toqué la marca en su pecho.

En el bosque desperté, parpadeé para quitarme de los ojos las escarchas del sueño helado, me sacudí la costra de la hibernación de los oídos para asegurarme de que había escuchado bien. Apenas me había levantado y él ya estaba sobre mí, clavando su acero entre mis costillas antes de haberlo visto siquiera. El rugido que murió en mi garganta fue una pregunta: ¿Por qué?

No hubo respuesta en su mirada asustada, en el tembloroso e incrédulo triunfo de su rostro mientras sacaba la espada, y con ella, mi sangre.

Le lancé un zarpazo; tenía suficiente fuerza para eso. Él se descuidó. Le desgarré la carne; le rompí los huesos. Pero entonces la nieve cayó sobre mi vista y me borró.

Solté su muñeca. Retiré mi mano de su pecho.

El hombre me miraba con sus ojos inyectados en sangre muy abiertos por el horror. El cuchillo temblaba en su mano.

—No —susurró.

—Volhallan nunca fue un héroe —dije—. No hubo una lucha valerosa. Se acercó sigilosamente al oso y lo mató mientras dormía. Todo lo demás fue una mentira.

—Nos condenó a todos —sentenció el hombre—. Nos convirtió a todos en monstruos. —Miró con disgusto la marca en su pecho, y creí ver que algo comenzaba a abrirse dentro de él. El más pequeño destello de que algo nuevo estaba naciendo.

—No eres un monstruo —repliqué—. No eres Volhallan.

Los ojos del hombre volvieron a encontrarse con los míos. Había visto la verdad. Estaba cerca de entender que las cosas podían ser diferentes.

Pero ya era demasiado tarde, porque Karl había arrebatado el teléfono y el auricular de las manos de Amu Reza. Karl se puso de pie, se sacudió la ropa con desdén y volvió a colocarse el auricular en la oreja. Se aclaró la garganta.

—Ellos estarán aquí pronto —afirmó—. Lo siento, pero tendrán que derribar la puerta de tu castillo.

Y en cuanto hubo dicho esto, escuché que algo pesado y duro golpeaba contra la puerta de madera. El hombre harapiento también lo escuchó. Aferró la jaula con el Ave. Luego me miró y colocó su dedo sobre un barrote suelto que posiblemente era un pestillo.

—Yo no recomendaría abrir esa jaula —sentenció Karl con firmeza desde el otro lado de la sala—. Voy a necesitar que el Ave esté dentro, y también te conviene a ti.

—Tú no me vas a decir lo que me conviene —espetó el hombre harapiento.

—Perdona— dijo Karl—, pero parece que tienes un gusto por la caza. ¿O tal vez por el hecho de matar? ¿Por el dolor, tal vez? ¿Es emocionante? ¿O reconfortante? ¿Sí?

—¿Qué estás haciendo, Karl? —pregunté. Él me ignoró.

—Digamos que hacemos un trato —continuó—. Me entregas el Ave, ahora mismo, dentro de esa ingeniosa jaula, a cambio de una criatura cada... bueno, debemos ser honestos, estas criaturas no son precisamente abundantes, así que... ¿quizá cada año? Una criatura de nuestra elección, entregada a ti, aquí si lo deseas, para que hagas con ella lo que quieras. Una suscripción de por vida a la venganza.

—Eso es horrible —repliqué—. Incluso para ti, Karl, es espantoso.

Pero el hombre harapiento lo había escuchado y lo estaba considerando. Porque a veces es más fácil alimentar tu dolor que sanarlo.

—¿Por qué? —preguntó.

—Queremos ese pájaro —dijo Karl—. Para serte sincero, seguramente lo venderemos por una fortuna obscena. Lo digo así de claro porque tenemos los medios para encontrar un comprador así, y creo que tú no. Y creo que no te importa el dinero. Pero las criaturas... Podemos proporcionártelas. Siempre podremos proporcionártelas.

—¿De verdad? —exclamó el hombre harapiento. Su voz se quebró con una avidez oscura y aterradora.

—No puedes confiar en él —dije, interponiéndome entre el hombre harapiento y Karl y mirándolo a los ojos—. Sólo está ganando tiempo.

—Me temo que la oferta expirará cuando lleguen mis hombres —amenazó Karl.

Los golpes en la puerta del castillo se hicieron más fuertes. Un crujido de madera resonó en el patio. El hombre harapiento me miró con unos ojos que ahora estaban llenos de urgencia. Por un momento pareció que buscaba una salida. Pero no había a dónde ir.

El Ave soltó un lamento con una voz frágil y quebradiza. Sus movimientos eran débiles y tímidos. ¿Qué pasaría si el hombre harapiento abría la jaula? ¿Tendría el Ave la fuerza para crecer, para convertirse? ¿O seguiría igual de indefensa cuando llegaran los refuerzos de Karl? ¿Y si no podíamos protegerla cuando eso pasara?

—Escúchame —dije—. La venganza no detendrá al oso. Nunca lo ha hecho.

Necesitaba que viera que él no era el monstruo que creía ser. Necesitaba que viera que estaba herido y que su dolor podía sanar, si tan sólo le daba una oportunidad. Necesitaba que viera más allá de las historias que habían definido su vida.

Necesitaba que se viera a sí mismo.

Metí la mano en mi mochila y saqué la escama de la Serpiente del Mundo.

—Mira —le insistí, sosteniéndola frente a sus ojos salvajes—. ¿Qué ves?

Era un riesgo. ¿Y si en la superficie plateada y lisa veía algo monstruoso? ¿Y si sólo veía las cosas terribles que había hecho? ¿Y si veía a Volhallan?

Pero era la única forma que se me ocurrió para llegar a él de una vez por todas. Le acerqué la escama para que no pudiera apartar la mirada, para que, viera lo que viera, lo viera por completo.

Durante un largo segundo de silencio miró fijamente la escama, y nada se movió. Tal vez vio a un hombre que sólo había aprendido una forma de enfrentar el mundo, al que sólo le habían enseñado a desear una cosa. Tal vez vio a un oso que, con su último aliento, intentaba entender por qué estaba muriendo. Tal vez vio a un niño pequeño, herido, asustado y afligido, escondido tras la armadura de la ira y la venganza.

Tal vez vio todas esas cosas, o tal vez fue algo más. Fuera lo que fuera, no lo dijo. No dijo nada en absoluto. Su rostro era un océano hambriento, turbulento y profundo. Miró el oso en la pared. Una sola lágrima —una ola rebelde— rodó por su mejilla arrugada.

Había ciclos. Había ruedas girando. Había personas como nosotros, que habíamos sido marcadas por el mundo con una pregunta que pasábamos vida tras vida buscando la respuesta. Había cosas que regresaban una y otra vez, llevadas de vuelta en infinitas corrientes de muerte y renacimiento, siempre transformadas, siempre idénticas, todas conectadas entre sí, todas ellas círculos que trazaban la forma del universo.

Había aliento.

Había esperanza.

Y tal vez había un oso esperando entre los bastidores del mundo para tener otra oportunidad.

—Tenía un nombre —dijo quedamente.

—Todavía lo tiene —respondí.

Desde la puerta del castillo llegaron ruidos de madera quebrándose y astillándose. Otro impacto fuerte, otro estruendo.

Los Fell no tardarían en entrar. Teníamos una oportunidad. Los ojos del hombre harapiento se encontraron con los míos, y pude ver que lo entendía.

—Dilo conmigo —exclamé—. Dilo fuerte.

Y mientras la puerta del castillo crujía en sus goznes, dos voces, una joven y otra vieja, gritaron un nombre antiguo, uno que no había sido pronunciado en voz alta en estos bosques del norte durante muchas generaciones. Hizo eco en las vigas. Flotó más allá de las almenas y continuó hacia las profundidades del bosque.

Y el bosque rugió en respuesta.

| CAPÍTULO VEINTICINCO |

LA COSA CON PLUMAS

Los árboles fuera del castillo se estremecieron con la fuerza del llamado del oso. Los golpes en la puerta exterior cesaron. Incluso Karl se quedó paralizado y con el rostro lívido. Amu Reza, que ahora se incorporaba, me miró con una expresión de horror.

—¿Qué has hecho, Marjan? —preguntó.

—Estoy tratando de arreglar las cosas —dije.

El rugido retumbó de nuevo, más cerca esta vez.

Karl me lanzó una mirada cargada de pánico y de pura hostilidad sin disimulo. Comenzó a dar órdenes por el auricular, instrucciones rápidas y urgentes que no lograba seguir del todo, pero que contenían palabras como "abortar", "no enfrentar" y "refugio".

El rugido resonó por tercera vez, y el suelo tembló con su poder. El hombre harapiento estaba paralizado, con los ojos muy abiertos y la expresión transfigurada.

Karl parecía tener problemas para comunicarse con sus agentes. Su voz se volvía más fuerte, más urgente. El Ave chillaba y aleteaba inútilmente contra los barrotes. Había otros sonidos fuera del castillo: golpes y enfrentamientos, y una y otra vez el bramido profundo que sacudía las vigas y hacía vibrar la piel en la pared como si estuviera viva.

Los sonidos afuera se volvieron más complicados, y después más simples, y el Ave seguía forcejeando, y al final sólo quedó el ocasional crujido de las ramas de árboles al quebrarse y los pesados pasos de una masa inmensa que avanzada por el bosque cercano. Los Fell de afuera estaban... realmente no quería pensar en dónde se encontrarían. Se habían quedado en silencio. Esperaba que hubieran llegado a las camionetas.

Karl se quitó el auricular de la oreja.

—Bueno —dijo—, ahora hay un oso afuera. Espero que estés satisfecha.

—Nunca ibas a dejar que esto se hiciera a mi manera —repliqué.

El hombre harapiento seguía sosteniendo al Ave. Su rostro estaba pálido y demacrado.

—¿Qué he hecho? —exclamó—. ¿Qué hemos hecho?

—Está bien —repuse—. Todo va a estar bien. Ya casi lo logras. Vas a arreglar todo.

El Ave lanzó un graznido interrogante en dirección al hombre. Él consideró a la criatura con una expresión distante y desconcertada. Entonces, lentamente, colocó la jaula con cuidado sobre la mesa y se alejó de ella, con los ojos ahora fijos en la piel de la pared. Fuera de los muros del castillo, el oso gruñía y resoplaba.

—¿Es el mismo oso? —preguntó el hombre harapiento.

—Tiene el mismo nombre —respondí.

Los ojos de Amu Reza brillaban de orgullo y admiración. El rostro tenso de Karl parecía de piedra. El hombre harapiento retrocedió de la mesa y se dirigió hacia las escaleras, sin apartar nunca la mirada del rostro sin ojos del oso en la pared. Por fin llegó a los escalones y se volvió para quedar de frente a Karl y Amu Reza.

Comenzó a decir algo, pero sus palabras se perdieron en el camino. Todos se miraron entre sí: Amu Reza con lástima y comprensión, Karl con resentimiento y el hombre harapiento con un desconcertado sentido de propósito.

Iba a funcionar.

El Ave chilló detrás de mí. Pronto la liberaría. El hombre harapiento me miró de reojo y yo le hice un gesto con la mano. Algo parecido a una sonrisa, pequeña e insegura, intentó formarse en su rostro.

—Esto es lo que quieres —dije—. Lo prometo.

Se volvió hacia las escaleras, y entonces se detuvo. Todos se detuvieron. Incluso, al parecer, el oso en el exterior. Algo se sintió diferente de pronto. Algo se sintió mal.

El Ave se había quedado en silencio.

Me di la vuelta para asegurarme de que estaba bien. Pero la jaula ya no estaba sobre la mesa.

Estaba en la mano de Malloryn.

—Mal —dije—, ¿qué estás haciendo?

Las lágrimas corrían por su rostro.

—Lo siento —exclamó—. Lo intenté, Mar. No puedo detenerla.

—¿De qué estás hablando? —pregunté.

Pero su cuerpo se había puesto rígido. Sus ojos, nublados por una turbulenta oscuridad, se encontraron con los míos.

—¿Quién cocina para ti? —dijo.

—¿Qué le pasa? —preguntó el hombre harapiento.

Los ojos de Malloryn se clavaron en él.

—¿QUIÉN COCINA PARA TODOS USTEDES? —rugió con una voz que no era la suya.

Algo extraño estaba sucediendo en el aire alrededor de Malloryn. Una turbulencia molecular bullía y tomaba forma. El cuerpo de Malloryn temblaba. Sus ojos derramaban lágrimas. Sus labios se movían en silencio. Afuera, el oso hacía ruidos agitados mientras pisoteaba de un lado a otro.

—¿Qué estás haciendo? —preguntó Karl—. Detente. Haz que se detenga.

La turbulencia se condensaba en una figura, un cuerpo que se alzaba, más alto que una persona, un cuerpo con un tronco retorcido, articulaciones que se doblaban en direcciones incorrectas y brazos delgados que colgaban casi hasta el suelo.

La forma detrás de Malloryn entraba y salía de foco en manchas acuosas, a veces visible, a veces no. Lo que podía ver de ella era frágil y extraño. Apéndices de huesos largos cubiertos de piel pálida y brotes irregulares de algo que parecían plumas. Un cuerpo torcido y encorvado que apenas cabía en las dimensiones de esta sala, o de este mundo. Dedos ávidos y voraces. Ojos pequeños y negros, como los de un pájaro, que se entornaban como si incluso esta habitación oscura fuera demasiado brillante, y una boca hueca y sin dientes.

Millmallow se erguía sobre Malloryn, sobre el Ave en la jaula que sostenía en su mano.

La extraña figura dio un paso tambaleante en dirección al Ave, extendiendo sus brazos hacia él. Junto a la forma vacilante y diáfana de Millmallow, Malloryn permanecía inmóvil, con lágrimas oscuras brotando de sus oscuros ojos.

Dentro del tórax traslúcido de Millmallow, algunas cosas se retorcían, luchaban y se agitaban. Algunas parecían pájaros, y otras no parecían pájaros en absoluto. En el centro del amasijo de plumas había un resplandor cálido, y los pájaros de Millmallow forcejeaban y picoteaban, peleando entre sí por la oportunidad de robar un poco de luz, de arrancar un bocado de calor, y con cada mordisco y picotazo, la cosa que era Millmallow parecía erguirse un poco más, volverse un poco más estable y segura.

—¿Qué eres? —interrogó el hombre harapiento, con una voz que temblaba de miedo.

—Somos Millmallow la Murmuración, Vasija de Esperanzas Abandonadas y Coro del Amanecer —respondió Millmallow. Las palabras silbaban al salir por su boca hueca—. Encantada de conocerte, conocerte, conocerte.

—¿Qué has hecho? —le dijo Karl a la inmovilizada Malloryn—. ¿Qué has hecho, niña estúpida?

Millmallow se inclinó sobre Malloryn y le quitó la jaula de sus manos. Sus pequeños ojos se abrieron de una manera inquietante mientras la sostenía para examinarla.

—Malloryn —exclamé—, dile que me la dé.

Si acaso me escuchaba, Malloryn no dio ninguna señal. Sus ojos eran dos pozos de una oscuridad que parecía crecer más y más con cada momento que pasaba.

—¡Millmallow! —exclamé, y la cosa con plumas giró sobre sus piernas tambaleantes para mirarme—. Dame el Ave.

Pero Millmallow sostenía la jaula con fuerza, fuera del alcance de cualquier brazo humano. Dentro de su pecho, la pequeña luz forcejeaba y luchaba contra el aleteo de las plumas y los pinchazos de los picos. Podía ver a Malloryn a través de su cuerpo fantasmal. La oscuridad se filtraba cada vez más desde los huecos de sus ojos mientras los pájaros de Millmallow desgarraban el calor en su interior. Y de pronto entendí que el calor las alimentaba, que alimentaba a Millmallow, y que el calor pertenecía a Malloryn, que le había sido arrebatado y que ahora estaba siendo devorado.

—¡Devuélveselo! —grité—. ¡Déjala ir!

Pero Millmallow sólo me miró sin piedad, sin ninguna emoción discernible.

—¿Por qué haces esto? —pregunté.

—Olvidadas no más —contestó—. Primavera del año. Esperanzas aleteando. Nos elevamos horálticas.

Luego se volvió hacia el Ave que chillaba y abrió su boca hueca y sin dientes, y los gritos del Ave se ahogaron en el silencio. Un delgado hilo azul, suave como el humo, salió del Ave y entró en Millmallow. Un resplandor pálido se extendió primero por el rostro de Millmallow y luego bajó por su garganta.

—¡No! —grité. Afuera, el oso emitió un gruñido profundo y lúgubre que se convirtió en un aullido. Las paredes del castillo retumbaron con un impacto pesado y sordo.

Algunos de los pájaros en el pecho de Millmallow desviaron su atención del resplandor de Malloryn al hilo azul brillante que se abría paso por su garganta.

—¡Por favor! —grité—. ¡Detente!

Pero Millmallow no se ocupaba de mí. Corrí hacia ella, pero me apartó con su mano libre sin molestarse siquiera en mirar. Las paredes del castillo seguían retumbando con los repetidos golpes del oso.

Caí al suelo, me levanté y miré los pozos vacíos de los ojos de Malloryn.

—¡Mal! —exclamé, agarrándola por los hombros y sacudiéndola con fuerza—. ¡Mal! ¡Despierta! ¡Tienes que hacer que pare!

El rostro de Malloryn tembló y sus labios se movieron ligeramente, pero no dijo nada. En sus ojos sólo había una infinita oscuridad.

El hombre harapiento se descongeló y, con un rugido de rabia, también cargó contra Millmallow, pero ella lo apartó con la misma facilidad con que me había apartado a mí. Se estrelló contra la piel del oso en la pared y se desplomó al piso, aturdido.

—¡Ayúdenme! —grité a Karl y a Amu Reza.

Karl miró consternado alrededor de la sala, luego se dio la vuelta y corrió escaleras abajo.

Amu Reza finalmente salió de su conmoción.

—Se comerá al Ave —gritó.

Corrí nuevamente hacia Millmallow, intenté derribarla, intenté saltar y arrebatarle la jaula de la mano, pero me apartó con un brazo huesudo, esta vez con más fuerza.

Las paredes del castillo retumbaron con otro impacto masivo, las piedras chocaron unas con otras, el mortero suelto levantó finas nubes que brillaron bajo los rayos de luz. El oso parecía estar probando diferentes puntos, buscando una debilidad, buscando una manera de derribar las almenas.

Mientras caía al suelo, mi mochila se deslizó de mi hombro y los regalos sonaron dentro.

Tal vez había algo allí que pudiera ayudar a Malloryn. Me abalancé sobre ella, la abrí y comencé a buscar: pelo, escama, cascarón de huevo, ala y llama.

Boitatá. Agarré el frasco, me puse de pie y corrí hacia Malloryn.

La oscuridad se había extendido por sus mejillas y sus ojos estaban vacíos. El frágil calor de Malloryn al interior de Millmallow casi había desaparecido. Y la propia Millmallow parecía aún más sólida, más fuerte, más real.

Se me había ocurrido una idea. Una idea desesperada y sin esperanza.

Sostuve el frasquito frente a la oscuridad en el rostro de Malloryn. La luz brillaba a través del vidrio, viva con recuerdos antiguos y salvajes, pero la oscuridad no disminuyó.

—Una vez fuiste ojos —le susurré a la pequeña llama—. ¿Puedes ser ojos otra vez? Porque necesito recuperar a mi amiga.

Quité la tapa y liberé a Boitatá.

Como limaduras de hierro atraídas por un par de imanes, la llama se dividió en dos y encontró los centros oscuros en los ojos de Malloryn, y ardió allí, más brillante que la oscuridad, demasiado brillante para mirarla, mientras el color volvía a extenderse por el rostro de Malloryn. Su boca se abrió, exhaló un pequeño aliento, luego inhaló una bocanada rápida y violenta.

Millmallow también sintió algo, porque dejó de drenar la vida del Ave por un momento y miró por encima del hombro, girando casi por completo su cabeza, como un búho. Sus ojos negros de gorrión se encontraron con los ojos de fuego primigenio de Malloryn. Y por un segundo ardiente, ninguna de las dos se movió.

Entonces Malloryn gritó.

Fue un grito que salió no tanto de ella como a través de ella, como si fuera la tierra la que gritaba, y el cielo, y el caótico y roto coro de la vida, todos a la vez, todos gritando sus nombres, sus esperanzas, sus miedos y sus corazones en un rayo abrasador de furia elemental y atemporal. En el pecho de Millmallow, el pequeño resplandor cálido también gritó y brilló con mayor intensidad, y los pájaros dentro de ella retrocedieron como si se hubieran quemado.

Afuera, el oso bramó y golpeó las paredes, y las vigas temblaron. Pero las viejas piedras resistieron.

Malloryn gritó hasta que sus pulmones se vaciaron, y luego se quedó allí, agitada y con los ojos incandescentes. Y entonces sus piernas cedieron y cayó al suelo. Millmallow permaneció quieta, observando a Malloryn con una perplejidad vacía. El resplandor cálido había desaparecido de su pecho.

El Ave forcejeaba contra los barrotes de la jaula, frenética y desesperada, con sus ojos oscuros muy abiertos y sus gritos lastimeros y sin esperanza. Millmallow se volvió hacia ella, más hambrienta que nunca, y el hilo de humo azul volvió a fluir, más grueso y rápido esta vez.

Amu Reza y yo corrimos hacia Malloryn. La oscuridad había desaparecido de su rostro. Abrió los ojos débilmente y dos pequeñas lágrimas de llama se deslizaron por ellos. Las atrapé en mi mano. Quemaban, y a cada segundo que pasaba las sentía más calientes, pero las sostuve con fuerza.

—Detenla —susurró Mal—. Tienes que hacerlo…

—¿Cómo? —pregunté—. ¿Cómo la detengo?

El Ave emitía un sonido lastimoso. Los aleteos ávidos en el pecho de Millmallow desgarraban el hilo azul a medida que descendía, rompiéndolo en pedazos y tragando cada bocado.

—Con magia —dijo Malloryn.

—¿Magia? —exclamé—. Yo no sé hacer magia, Mal.

Ella me miró y sonrió débilmente.

—Eso no importa —dijo—. Nunca ha importado. —Cerró los ojos. Su cabeza cayó pesadamente sobre su pecho.

—Está viva —dijo Amu Reza sosteniéndole la cabeza con suavidad—. Yo la cuidaré. Tú debes detener a esa cosa.

Me puse de pie. La mano me quemaba por el pequeño fuego que guardaba en el puño. El dolor hacía que me lloraran los ojos, pero no quería soltarlo. Millmallow parecía más sólida, más sustancial. Los pájaros en su interior parecían aún más feroces, más voraces. El hilo azul flotaba del Ave hacia su pecho: mil historias estaban siendo desangradas para alimentar los picos oscuros y voraces de la Murmuración.

Magia.

¿Era eso lo único que quedaba? ¿Qué sabía yo siquiera de magia? Sólo lo que Malloryn me había dicho.

Es nacimiento, es vida fugaz, es el mundo entero, es muerte, es transformación.

¿Qué se suponía que debía hacer con esa información? ¿Cómo se suponía que debía hacer magia?

La mano me ardía, el dolor ya era casi insoportable. El Ave se había desplomado al fondo de la jaula con las alas extendidas. Millmallow se estaba dando un banquete con su fuerza vital, y cuando terminara, el Ave estaría muerta, no sólo muerta como el fénix sino muerta para siempre, atrapada e impotente dentro del agarre inmortal de Volhallan.

Yo no conocía ningún conjuro. La mayor parte de lo que había visto relacionado con la magia había sido a Malloryn equivocándose, una y otra vez.

Simplemente toman lo que tienen a la mano, había dicho ella mientras descolgaba sus hechizos que no habían hechizado nada, *lo juntan, le dan un significado, y funciona.*

Yo tenía un puño lleno de fuego y una mochila con regalos que había recibido de gente desconocida. Tenían que significar algo.

Tenían que funcionar.

No había tiempo para rituales. No habría encendido de velas, ni habitaciones silenciosas, ni búsqueda del aura correcta.

Todo lo que había en la mochila fue colocado en un revoltijo sobre la mesa en el centro de la sala: ala, cabello, escama y cascarón de huevo. El dolor del fuego en mi mano era casi cegador. Apreté los dientes para soportarlo. Intenté ignorar los gritos del Ave, el silbido ominoso de Millmallow succionándole la vida, los chillidos voraces de la Murmuración alimentándose, los bramidos y golpes del oso.

Manipulé torpemente los objetos sobre la mesa. Era difícil moverlos con una sola mano y teniendo la otra prácticamente en llamas. Era difícil ver los objetos a través de las lágrimas en mis ojos. Era difícil incluso pensar a través del dolor.

Pero el Ave estaba muriendo, y todo estaba muriendo, así que comencé a hablar. Y como no podía pensar, no pensé, y las palabras salieron de un lugar que no era exactamente yo.

"Un pedazo del huevo del que nació el Ave,
El ala de un hada que ofrendó su Vida,
Una escama de la Serpiente del Mundo,
Un mechón del pelo de la Muerte,
Y un puñado de fuego para Transformarlo todo.
Un círculo por un círculo por un círculo,
Estos dones por el don de la libertad,
Estos dones por los dones del calor y el aliento."

Como si reaccionara a mis palabras, la llama en mi mano ardió, más caliente por fin de lo que pude soportar. Grité y la arrojé sobre la mesa, y su explosión cubrió todos los objetos. El cabello se quemó primero, soltando chispas amarillas y un brillante humo plateado. El fuego se extendió al ala, y su iridiscencia de vitral burbujeó y se arrugó en un delgado dedo de fuego púrpura hasta convertirse en una oscura bola de alquitrán. El cascarón de huevo se torció y ennegreció y de él brotaron llamas verdes. La escama vibró y se deformó, rodeada por una fantasmagórica llama azul. Todo ardió al mismo tiempo y los colores giraron en una espiral ascendente, formando sobre la mesa una columna que se elevaba cada vez más alto.

Millmallow se volvió de nuevo hacia el Ave. Sus ojos muy abiertos reflejaron el arcoíris ardiente en sus centros oscuros.

El fuego ardió con más brillo, tanto que quemaba incluso a través de los ojos cerrados. Y entonces, haciendo una floritura que elevó la espiral hasta el techo, se apagó.

Los objetos —lo que quedaba de ellos— yacían carbonizados e inmóviles sobre la mesa ennegrecida. Afuera, el oso estaba en silencio. Dentro del gran salón nada se movía.

Millmallow miró la mesa carbonizada. Sus pequeños ojos parpadearon hacia mí, expectantes, a la espera de ver qué haría a continuación. Pero no tenía nada más. Lo había quemado todo, y aquí estábamos: Millmallow todavía tenía al Ave, y yo no tenía nada.

Abrí la boca para hablar. Para rendirme, supongo. Pero antes de que las palabras salieran de mi garganta, un pequeño crujido rompió la quietud.

Uno de los huesos de Volhallan —un desecado fragmento de costilla que unía dos de los barrotes de la jaula— se partió, levantando una nubecilla de polvo óseo. Los barrotes comenzaron a abrirse bajo el peso del Ave. Por un momento, el mundo se detuvo. Todos permanecimos inmóviles en nuestros lugares, y el único sonido era el rechinido de la jaula balanceándose suavemente en los dedos de Millmallow.

Entonces el fondo de la jaula se desprendió, y el Ave cayó al suelo con un graznido nada ceremonioso y perdiendo unas cuantas plumas llenas de hollín.

Millmallow y yo la vimos caer, y la vimos quedarse allí, aturdida, en el suelo. Luego nos miramos de nuevo.

—No hay esperanza —dijo Millmallow con una voz hueca y silbante desgarrada por muchos picos hambrientos.

Y entonces todo fue luz.

Una burbuja de silencio me envolvió y luego explotó. La habitación se deformó hacia fuera y fui consciente de cosas que se desplegaban, de un gran grito, de mil historias siendo contadas, todas a la vez, en un lenguaje más antiguo que la humanidad. El mundo era ruidoso, con polvo cayendo y madera astillándose, y luego fue silencioso, con el cielo y la luz clara y tranquila del sol.

Parpadeé. Estaba desplomada en el suelo.

El Ave había desaparecido, y el techo también.

Una ráfaga de aire me envolvió.

Amu Reza sostenía a Malloryn y me miraba con una expresión de asombro.

El hombre harapiento se incorporaba tambaleante, entrecerrando los ojos en dirección al cielo, con la piel del viejo oso a sus espaldas. Una sombra pasó volando encima de él, y luego se elevó.

Karl volvía a subir las escaleras, con los ojos muy abiertos por el asombro. Otra gran ráfaga de aire pasó junto a mí.

Millmallow estaba exactamente donde había estado un momento antes, con el cuerpo aún medio a la sombra del techo destruido. Los pájaros en su interior estaban quietos, aturdidos. El hilo azul había desaparecido, y la luz azul dentro de ella también.

La sombra volvió a pasar sobre nosotros. Otra ráfaga de aire me envolvió, nos envolvió a todos, una vez, y luego otra, y otra más, con un ritmo constante y poderoso, tan regular como la respiración, como si todo el mundo estuviera respirando.

Era el batir de unas alas enormes.

Miré hacia arriba. El Ave se extendía en el cielo. Sus plumas crepitaban con rayos de electricidad. Sus ojos ardían con llamas chisporroteantes. La luz del sol brillaba en sus alas.

Horáltica.

El Ave se cernía sobre el techo abierto, balanceándose en una corriente ascendente, con sus alas extendidas contra el viento. No era un fénix, ni una simurg, ni un pájaro de trueno, ni nada que hubiera existido antes. Era algo nuevo, algo fuerte, valiente y aún sin nombre, con ojos claros y garras afiladas. Gritó, y su grito atravesó el día interminable, como una lanza resplandeciente en el corazón del cielo azul sobre nuestras cabezas, la declaración de una nueva historia que comenzaba. *Érase que se era, érase que no era.*

Era enorme, tanto que no podía verla por completo. Con cada aleteo, un brillo fantasmal de su forma se repetía en los cielos —el polvillo de mil historias desprendiéndose de sus plumas, cada historia diferente, cada una verdadera—, hasta que el Ave estuvo envuelta en una turbulenta nube de sus propias cenizas.

Millmallow aulló al cielo, un agudo y angustioso grito de hambre y desesperación que atravesó el silencio, y el aullido se unió a los chirridos de los pájaros en su pecho. Ya comenzaba a parecer menos constante, menos presente. Ya comenzaba a desvanecerse. Los pájaros, las esperanzas abandonadas y revoloteantes, aún hambrientos, siempre hambrientos, desgarraban su interior. Avanzó tambaleante hacia mí, con los brazos extendidos y un brillo desesperado en sus ojos codiciosos. Intenté levantarme y descubrí que no podía.

Entonces, desde la gran nube que flotaba sobre nosotros descendió un par de garras. Agarraron a Millmallow con rudeza y las extremidades de ésta se agitaron salvajemente, como si fuera una araña de patas largas, sus ojos se abrieron de par en par y su boca formó una enorme y silenciosa O. Los pájaros en su interior graznaban y chillaban. Con un solo movimiento, las garras giraron en sentido inverso una de la otra, y Millmallow se desintegró. Los pájaros revolotearon libres fuera de su pecho, mientras la murmuración caótica y enfermiza de esperanzas abandonadas colapsaba y se disolvía en el aire. El resto de su cuerpo se desmoronó en jirones de plumas que se desvanecieron antes de llegar al suelo.

Las enormes garras desaparecieron de nuevo en el manto tormentoso. Con otro gran soplo de aire, el velo de historias se abrió por un instante, sólo el tiempo suficiente para ver el ojo del Ave una última vez. Estaba envuelta en fuego y ardía con una sabiduría cruel y feroz. Luego desapareció, y el cielo quedó despejado, y el sol brilló cegador a través del agujero donde había estado el techo.

El gran salón estaba tan quieto como una nube.

Por todas partes había madera astillada. Los regalos que me habían dado estaban negros y retorcidos. Una delgada columna de humo se elevaba perezosamente hacia el cielo abierto. Recogí lo único que quedaba: un pedazo de escama, todavía liso y reflectante una vez que le quité las cenizas. Malloryn estaba tendida frente a mí, con el rostro tranquilo; su pecho subía y baja apaciblemente. Amu Reza la recostó con cuidado y se levantó. Sus ojos mostraban una brillante calidez.

Respiré. La habitación respiró. El mundo respiró.

El Ave era libre.

El suelo crujió y todos se volvieron para ver a Karl, que en ese momento subía el último escalón para entrar en la habitación.

Levantó las manos en señal de disculpa, tanto por perturbar la paz y la maravilla del momento como por lo que estaba a punto de decir.

—Todavía hay un oso afuera.

—Mi oso —dijo el hombre harapiento.

Karl y Amu Reza ayudaron a Malloryn, primero cargándola de los hombros y pies para bajar la escalera y luego pasando los brazos alrededor de sus hombros. Yo todavía podía caminar, pero mis pies se sentían livianos y ajenos, como si por el momento no fueran realmente míos.

El hombre harapiento iba al frente, con pasos pesados y el hombro lastimado donde se estrelló contra la pared.

El patio estaba tan desierto y silencioso como cuando habíamos entrado. Los restos destrozados del techo del castillo estaban esparcidos entre la maleza. Avanzamos con cuidado entre vigas y tablones rotos.

—Ya se estaba derrumbando de todos modos —dijo el hombre harapiento—. Siempre se ha estado cayendo a pedazos.

Sus ojos estaban fijos en la puerta de madera en la muralla del castillo, la puerta que conducía al bosque y al oso. Cuando llegamos allí, puso su mano sobre la puerta y se detuvo.

Podía escuchar al oso resoplando al otro lado, podía sentir el calor de su aliento, casi podía escuchar su grasa y sus músculos, unidos a sus enormes huesos, moviéndose bajo su pelaje erizado.

—¿Qué va a pasar? —preguntó el hombre en voz baja.

—No lo sé —respondí.

—¿Va a doler? —preguntó.

—Podría ser —dije.

El oso emitió un bufido. Estaba esperando.

—Está bien —añadió el hombre—. No todos tienen la oportunidad de enmendar las cosas, ¿verdad?

—No —contesté.

—Lo siento —exclamó. Luego miró al cielo—. Lo siento —gritó—. Diles que lo siento —me dijo. Sabía a quién se refería.

—Creo que ya lo saben —respondí.

Susurró algo para sí, luego cerró los ojos y dijo:

—Estoy listo. Puedes cerrar tras de mí.

Levantó la barra y abrió la puerta, sólo un poco, y salió del castillo. A través de la rendija lo vi adentrarse en un mundo quieto y silencioso, un vasto murmullo verde de vida oculta.

Cerré la puerta y Karl volvió a colocar la barra en su lugar. Mientras lo hacía, miré hacia arriba y vi un destello en la muralla: un hada, un testigo solitario, observando desde lo alto de la pared con el rostro inexpresivo.

Al otro lado de la puerta, entre esos millones de pinos, había un oso, y había un hombre destruido, nacido de un falso héroe, caminando hacia el laberinto de los árboles para encontrarse nuevamente con el oso, por primera vez para hacerse amigo de él, o para hacer las paces con él, o para ser devorado por él, pero, de la manera que fuera, para sanar una herida en el corazón de la tierra.

Esperamos largo tiempo, hasta mucho después de que el hada hubo desaparecido en dirección al sol. No se escuchó ningún sonido al otro lado del muro. Ni oso, ni hombre. El bosque se los había tragado a ambos. Finalmente, salimos del castillo y descendimos los escalones de piedra hasta la base de la roca. Cuando llegamos abajo, los ojos de Malloryn se abrieron por un momento.

—Estuviste increíble ahí dentro —dijo con voz entrecortada y soñolienta.

—Realmente no sé qué me pasó —respondí—. Y ni siquiera sé si lo que hice importó, o si la jaula simplemente estaba muy vieja.

Una sonrisa perezosa y traviesa apareció en el rostro de Malloryn.

—Oh, creo que sí lo sabes —dijo. Me guiñó un ojo, se volvió hacia el camino e intentó soltarse de Karl y Amu Reza—. Bueno —murmuró—, creo que caminaré desde aquí.

—¿Qué tal si caminamos juntas? —propuse. Coloqué su brazo sobre mis hombros y cargué el peso que sus pies no podían sostener, que resultó ser la mayor parte.

Los agentes de los Fell estaban todos apiñados en una de las camionetas. El que se parecía a Humbug tenía una pierna rota. Se había caído en los escalones de piedra por la prisa de llegar a un lugar seguro y ahora gemía levemente por el dolor, pero nadie más estaba herido.

Resultó que ninguno de ellos había visto realmente al oso.

—Tal parece que debo conseguirles atención médica cerca —dijo Karl con una mirada irritada hacia el auto lleno de Fells—. Ustedes pueden regresar a casa por su cuenta.

Se alisó la chaqueta arrugada y se dispuso a subir al auto, pero no iba a dejarlo ir tan fácilmente.

—¿Por qué era tan importante para ti? —pregunté.

Karl dudó antes de responder, luego habló en voz baja para que nadie en el auto abarrotado pudiera escuchar.

—Nuestra riqueza está colapsando —dijo con pesar—. Pronto desaparecerá.

—En otras palabras, tal vez lo han estado haciendo mal.

—¿Quién puede saberlo con certeza? —respondió.

—Bueno, puedes decirle a tu familia que yo estoy fuera —dije—. No volveré a trabajar con ustedes hasta que cambien lo que hacen y cómo lo hacen. No me llamen a menos que vaya a ser distinto.

—No puedes hacer eso —aseguró Karl—. Nos necesitas tanto como nosotros te necesitamos a ti.

—Ya lo veremos —respondí.

Suspiró, demasiado exhausto para discutir.

—Mientras tanto, sigo contractualmente obligado a devolverte a casa sana y salva, gracias a tu insistente amiga. —Hizo una pausa—. Quien, a pesar de nuestra actual insolvencia, encontrará que un generoso acuerdo con el seguro le espera a su familia. Tal vez en el camino a casa reconsideres tu posición con respecto a nuestro futuro mutuo.

—No suena muy probable —dije—. Pero gracias por intentar arreglar las cosas. Es un comienzo.

Asintió con rigidez, luego subió al auto, encendió el motor y se fue agitando la mano en un torpe y forzado adiós.

Amu Reza levantó la llave del segundo auto.

—¿Vamos? Es un viaje un poco largo, pero acabo de recordar una historia que nos ayudará a pasar el tiempo.

EL AVE DE LAS MIL HISTORIAS

La bruja recibió cálidamente a las huérfanas cuando regresaron con el pajarillo. Las invitó a pasar a su casa, tomó la jaula y se dispuso a deshacer los encantamientos que la mantenían cerrada. Pronto la abrió y el Ave quedó libre.

—Ahora —dijo la bruja— deben hacerle sus preguntas, y su canto les revelará la verdad.

Las huérfanas le preguntaron al Ave quiénes eran sus verdaderas familias y dónde podrían encontrarlas. Mientras las huérfanas hacían sus preguntas, la bruja se tapó discretamente los oídos con pedazos de algodón, sacó un cuchillo de su túnica y lo escondió en la palma de su mano. Y cuando el Ave comenzó a cantar, observó cuidadosamente el punto exacto en su garganta donde comenzaba su canto, porque allí era donde clavaría el cuchillo.

El Ave cantó la verdad en la acogedora cabaña que la bruja llamaba hogar, y las huérfanas supieron por fin de dónde venían.

Éste era el momento que la bruja había estado esperando. La hoja surgió, desnuda y afilada, y cruzó la habitación hacia la garganta del Ave, y con ella iban todas las esperanzas y deseos de la vieja bruja. Porque una bruja que se come la voz del Ave de las Mil Historias llegará a poseer todo el conocimiento verdadero del mundo, todos los secretos arcanos, todos los misterios perdidos, todos los hechizos que se han aprendido y olvidado. Su poder no tendría límites.

Pero las huérfanas habían seguido el consejo del búho y estaban preparadas. Tan pronto como la bruja mostró su cuchillo, abrieron de golpe la puerta de la cabaña. Entraron cientos de aves —los gorriones de Nishapur, los pinzones de los campos, las tórtolas, los alcaudones, las grullas, los milanos— y en un salvaje remolino de plumas dominaron a la bruja, la golpearon con sus alas hasta dejarla sin sentido y la hicieron pedazos con sus garras y sus picos. Y cuando terminaron su trabajo, se fueron volando de nuevo, de regreso a los lugares de donde habían venido.

CAPÍTULO VEINTISÉIS

HORÁLTICA

Falaropo ya nos esperaba en el aeródromo. Esta vez definitivamente sonrió cuando subimos. Malloryn se durmió casi al instante, y cuando Amu Reza se quedó dormido un poco más tarde, me desabroché el cinturón de seguridad y me dirigí al frente para sentarme en el asiento adicional de la cabina.

—¿Y bien? —preguntó Falaropo—. ¿Descubriste qué era lo que el mundo necesitaba de ti?

—Creo que sí —dije—. De cualquier manera, me he quedado sin regalos por el momento, así que supongo que el mundo ha terminado conmigo por un tiempo.

Falaropo sonrió.

—Es muy osado asumir tal cosa —dijo—. ¿Té? —Me ofreció una taza y me sirvió un poco de té de su termo.

El horizonte se extendía a lo largo del parabrisas, amplio y de un azul brillante, como en un día que nunca habría de terminar. Bebimos nuestro té en silencio mientras los bosques y los lagos pasaban debajo de nosotros, hasta que las ventanas de Helsinki destellaron con el reflejo de la luz del sol a nuestras espaldas.

—Tu parada, creo —dijo.

Dejé en el portavasos la taza de té, ahora vacía, y busqué algo en mi mochila. La escama llegó fácilmente a mi mano. Era mucho más pequeña de lo que había sido y sus bordes estaban chamuscados. La coloqué sobre el panel de instrumentos, apoyada contra el parabrisas, de modo que reflejara a Amu Reza y Malloryn, que aún dormían en el compartimento de carga.

—Como nunca miras atrás —dije—, pensé que quizá querrías esto. Un regalo de una extraña.

Ella se volvió hacia mí, y por un momento me vi a mí misma en los lentes de sus gafas. Luego sonrió y devolvió su atención a los instrumentos.

—Lo atesoraré —contestó.

Sentí que el avión comenzaba a descender. Mientras nos acercábamos a nuestro destino, me pregunté si alguna vez volvería a ver una vista como ésta, sin los Fell y su vasta red. Me pregunté cómo encontraría a las criaturas que me necesitaban, cómo llegaría a ellas, cómo las ayudaría. Parecía imposible.

En la parte trasera del avión, Malloryn se movió en su sueño. Abandoné mis pensamientos. No había respuesta, no había solución, así que simplemente le sonreí a Falaropo, volví atrás y me abroché el cinturón para el aterrizaje.

Cuando bajamos del avión, Falaropo nos observó parada junto a la puerta. Cuando pasé junto a ella, me tocó el brazo, y yo me giré para mirarla.

—No eres una extraña —dijo.

El resto del viaje de vuelta a casa transcurrió sin incidentes. Desde Londres, Amu Reza volvió a Estambul, a sus alfombras y a su retiro, con la promesa de ayudarme y asesorarme cada vez que lo necesitara. Malloryn y yo regresamos a Berkeley.

Grace nos recibió en el aeropuerto, y cuando nos subimos a la Ballena Azul, nos interrogó con merecida furia sobre dónde habíamos estado, por qué no habíamos dado señales de vida mientras estábamos fuera y si habíamos hecho algo peligroso. Ninguna de las dos dijimos mucho, porque ¿qué podríamos haber dicho? Y, de todos modos, las respuestas no eran realmente el punto. A veces así era como se sentía el amor.

Zorro recibió a Malloryn con una andanada de besos, mordisquitos y chillidos, moviendo la cola con alegría desenfrenada y bailoteando con sus patitas, como si no supiera dónde pararse. Francesca nos ofreció sándwiches y abrazos cordiales.

—¿Tuvieron el mejor viaje de campamento? —preguntó.

—Nos fue bien —dije.

—Por supuesto que sí —respondió.

Durante esa semana se formó una extraña tormenta sobre el Atlántico, barrió salvajemente el país y arrojó una cantidad impresionante de lluvia sobre los peores incendios forestales, luego continuó hacia el oeste, limpiando las partículas del aire a su paso, hasta que finalmente se disipó sobre el Océano Pacífico. El día que llovió más fuerte en Berkeley, salí a la calle y entorné los ojos en dirección a las nubes para ver si podía vislumbrar a través de ellas un ala, una cola o el indicio de un pico. Pero la tormenta era demasiado espesa, y el Ave, si estaba allí, no se dejó ver.

Por primera vez en un mes, la atmósfera estaba limpia y el cielo tenía su color normal. Era difícil de creer, y aún más difícil me era relajar el pecho cada vez que respiraba, pero el aire era tan dulce que, la primera vez que realmente me permití saborearlo, mis ojos se llenaron de lágrimas de gratitud.

El día que dejó de llover se me ocurrió que Amu Reza nunca había terminado la historia del Ave. También se me ocurrió que no tenía que hacerlo. Ya había escuchado el final. Era claro y perfecto. Todos quienes lo merecían vivían felices para siempre, reyes, reinas, príncipes y princesas.

Pero ése no era el final que yo quería. No se sentía del todo bien. Así que lo llamé mientras Malloryn estaba en la tienda de ocultismo y le conté un final distinto. Escuchó en silencio y me agradeció por compartirlo con él.

Era una vieja historia. Había sido tomada de muchos lugares y había cambiado muchas veces. Ahora entendía que aún estaba cambiando, que aún estaba creciendo, como el Ave, como todo lo demás en el mundo.

EL AVE DE LAS MIL HISTORIAS

Las huérfanas se sentaron entre las plumas caídas, considerando las verdades que el Ave les había compartido. La primera huérfana, había cantado el Ave, era la hija de un rey en una tierra lejana, y había sido enviada lejos para protegerla de cortesanos que conspiraban por el trono. La segunda huérfana había sido arrastrada en su cuna cuando una inundación devastó la humilde granja de su familia, y hacía mucho tiempo que había sido llorada como muerta.

Una provenía de una vida de trabajo y dificultades, y, sin embargo, de un hogar lleno de amor. El mundo de la otra era un lecho de plumas, platos de frutas y joyas brillantes, pero rodeado de engaños, envidia y desprecio.

Dos vidas que no podían estar más lejos la una de la otra.

Mientras tanto, el Ave se sacudió los últimos encantamientos de la bruja: el glamur que lo había disfrazado. Ahora sus plumas brillaban en tonos naranjas y dorados, los relámpagos surcaban los pliegues de sus alas y las llamas parpadeaban en las profundidades de sus penetrantes ojos. Era fuego, era viento, era la simurg, era trueno y creación. Era mil historias, y todas eran verdaderas.

Miró por última vez a las huérfanas que la habían liberado, y después voló lejos.

Las huérfanas la vieron desaparecer.

Dijo una: "Tú y yo deberíamos ir juntas a mi granja. Mi familia seguramente te acogerá y serás amada como uno de ellos, tal como yo lo seré. Estamos acostumbradas a las dificultades, tú y yo. La vida en la granja no es más difícil que nuestra vida en la calle, y a menudo será más fácil".

Dijo la otra: "Deberías venir conmigo al palacio de mi padre y de mi madre. Serás como una hermana para mí y como una princesa para el reino. Aunque pueda haber intrigas y traiciones, seremos los ojos y los oídos la una de la otra, y nos protegeremos mutuamente de los peligros de la corte".

Pero no hicieron ninguna de las dos cosas.

Porque en ese momento se les ocurrió que al mundo no le hacía falta otra princesa. Y aunque una o dos campesinas más podrían haber sido útiles, no había trabajo que estuviera esperando sólo sus manos, ni tareas que fueran a quedar sin hacer si no las hacían ellas.

Las huérfanas también se habían desprendido de su glamur. Ya no eran simplemente huérfanas. Tampoco eran princesas, ni granjeras, o al menos no todavía. La verdad, más cierta incluso que la declaración del Ave, era que eran valientes y fuertes, pero también estaban llenas de compasión. Habían recorrido un largo y difícil camino hasta el final. Habían enfrentado el mal y habían ganado. Hablaban el lenguaje de los pájaros. Tenían esperanza, y se tenían la una a la otra.

Tenían todo lo que necesitaban. Podían ser cualquier cosa.

§ § §

Esa noche, Malloryn regresó a casa de la tienda y cocinó para nosotras calabacines rellenos y frijoles picantes. Nos sentamos una al lado de la otra en la mesa. Malloryn comió en silencio, con una mirada distante en sus ojos.

—Creo que se sentía sola, Mar —dijo después de unos minutos—. No fue lo de la magia. Quiero decir, cuando me mostró todo eso sí lo era, pero no al principio. Sólo pensé que parecía triste. Pensé que podía ayudarla.

—¿Qué era ella? —pregunté.

—Algo que el mundo olvidó —respondió Malloryn—. Tal vez era la pesadilla de alguien. O tal vez fue hermosa alguna vez. Pero luego todos la olvidaron y no fue nada.

—No me digas que sientes pena por ella —repliqué.

Malloryn suspiró.

—Sólo intentaba ser algo de nuevo. Era un refugio para otras cosas como ella. Todos esos pájaros que llevaba dentro… creo que ellos también intentaban ser algo.

—Esperanzas abandonadas —dije.

—Cada uno de ellos fue un sueño, alguna vez —continuó Malloryn—. Se habrían comido el mundo entero si no los hubiéramos detenido. Si tú no los hubieras detenido. —Hizo una pausa, y pensé que había terminado de hablar. Pero luego añadió: —Creo que le gustaba bailar.

Esa noche me fui a la cama sintiéndome completa, pensando que por la mañana le contaría a Malloryn la historia del Ave de principio a fin, tal vez no como Amu Reza me la había contado, sino de la manera que me parecía que era la correcta.

Me desperté antes del amanecer. El índigo de la noche se desvanecía. El cielo comenzaba a tornarse de un pálido neutro, la imprimatura de un lienzo en blanco a punto de ser pintado. Decidí buscar a Malloryn para ver juntas el amanecer. Le encantaría. Las dos, honrando en silencio la salida del sol, tal vez con una taza de té recién hecho. Estaba segura de que había algún ritual brujeril para eso.

Normalmente Malloryn se levantaba temprano, pero no vi rastro de ella ni en la cocina ni en ningún otro lugar de la planta baja. Así que subí a su habitación y llamé suavemente a la puerta. No hubo respuesta. Abrí la puerta en silencio.

La habitación estaba vacía. Sus cosas habían desaparecido. Zorro se había ido. Había una nota en la cama. La desdoblé y comencé a leer.

Mar,

Gracias por todo. Por acogerme, por permitirme ser quien siempre quise ser.

No.

Tiré la nota y bajé corriendo las escaleras y salí por la puerta principal.

Malloryn estaba parada en la acera, un poco más adelante en la misma calle, con una sudadera negra que cubría la mayor parte de sus rizos. Tenía su bolso de lona en la mano y una mochila en la espalda. Supuse que Zorro debía estar dentro. Parecía que había llegado hasta ese lugar y luego se había detenido. Ahora que yo estaba allí, se alejaba lentamente, retrocediendo un paso a la vez.

—Oh, no —dijo—. No se suponía que... Debí ser más rápida.

—¿Qué es esto, Mal? —pregunté—. ¿Qué estás haciendo?

Me miró con unos ojos suplicantes y llenos de tristeza.

—Lo siento.

—¿Te marchas?

Asintió, al borde de las lágrimas.

—¿Por qué? —Las palabras se quebraban en mi garganta—. ¿Por qué?

—No puedo... —dijo—. Lo escribí todo, Mar. En la nota que dejé. Por favor. Léela después de que me haya ido. Sólo déjame ir, ¿de acuerdo?

—No puedes simplemente… —Pero por supuesto que podía. Eso era exactamente lo que estaba haciendo, y yo no tenía derecho a detenerla. Sólo que yo no entendía—. ¿A dónde irás?

—Es difícil de explicar —contestó—. No me hagas hacerlo. Está todo en la nota. Lo siento, Mar. Ya me voy, así que déjame ir. —Su rostro se arrugó, a punto del llanto. Se dio la vuelta y comenzó a caminar.

—Espera —le pedí, y ella se detuvo—. ¿Vas a volver?

Durante un largo momento se quedó allí, temblando, a mitad de la cuadra, de espaldas a mí. ¿Qué se suponía que debía hacer? ¿Perseguirla? ¿Retenerla físicamente? ¿Llamar a sus padres? Finalmente, me miró por encima del hombro.

—Espero que sí —dijo—. De verdad, de verdad espero que sí.

Luego volvió a mirar hacia el frente, inhaló y dio un paso, y luego otro, y otro más. Cada paso se volvía un poco más decidido que el anterior, incluso si sus hombros se sacudían por los sollozos. Me quedé donde estaba, al pie de los escalones, y la vi hacerse cada vez más pequeña. Estaba paralizada por la confusión, por el impacto de que el mundo cambiara en un instante. Luego desapareció, y yo podría haber corrido tras ella, pero me había dicho que no lo hiciera, y en ausencia de cualquier otra cosa que tuviera sentido, seguí sus instrucciones.

Léela después de que me haya ido.

Cuando la calle tenuemente iluminada estuvo vacía de nuevo, cuando ya había estado vacía por un buen tiempo, subí los escalones y entré en la casa. La nota estaba donde la había dejado, en el suelo de la habitación de Malloryn. La recogí, la desdoblé y me senté contra la pared para leer.

Creo que siempre lo supe.

Todo lo que ella me dijo, todo lo que me prometió, sabía que era demasiado increíble para ser verdad. Siempre supe, en mi corazón, que ella no era buena. Que no podía ser buena.

Así que, o no escuché a mi corazón porque no quería escuchar lo que me decía, o quería todo ese poder más de lo que quería hacer lo correcto.

Siempre pensé que era una bruja buena. Pero ¿y si no lo soy? ¿Y si soy demasiado débil para ser buena? Ya no sé qué hay en mi corazón. Y necesito descubrirlo.

Hay un camino destinado a personas como yo, personas que se han perdido. Se llama el Rastro de la Bruja. Es diferente para cada quien. Comienzas donde estás. Renuncias a la magia. Caminas, y de-

jas que el universo te guíe hasta que te encuentres a ti misma. Podría tomar semanas. Podría tomar años. Algunas brujas pasan toda su vida en el Rastro. No quiero lastimar a nadie más. Y ahora mismo no sé qué pasará la próxima vez que la oscuridad me ofrezca un trato. Estoy haciendo esto porque te quiero, Mar.

Lamento irme así. Te mereces algo mejor. Pero si lo hiciera de otra manera, me habrías convencido de quedarme.

No se me permite hacer planes para volver a casa. El Rastro no funciona de ese modo. Así que no sé cuándo te volveré a ver. Pero estaré pensando en ti todos los días. Y si regreso, y todavía estás aquí, seré más fuerte. Lo prometo.

Con amor,
Mallory

Leí las palabras una y otra vez, tratando de darles sentido. Los ojos me ardían con lágrimas de rabia y confusión. La habitación se sentía diminuta. La casa se sentía enorme. El mundo exterior, el mundo que acababa de quitarme a mi amiga, se sentía imposible. Quería gritar.

Nada de esto era justo.

Lloré hasta que se me acabaron las lágrimas, y luego la casa quedó en silencio. Era un silencio vacío, fantasmal, un silencio que esperaba convertirse en algo más. Me pregunté por qué a las personas buenas les cuesta tanto manejar el poder, pero las personas malas nunca parecen soltarlo. Me pregunté cómo la esperanza podía ser tan hermosa y tan terrible a la vez.

También me pregunté sobre el Ave. ¿Encontraría su camino de regreso a una colina en Río, o Inácio ya tenía toda la esperanza que necesitaba? ¿Se mantendría salvaje, volando para siempre, sin que sus garras volvieran a tocar tierra? ¿Su luz expulsaría toda la oscuridad del mundo, todos los males e injusticias, grandes y pequeñas? ¿Su sombra caería algún día sobre la cabeza de las valientes mujeres y niñas de Irán, revelándolas de una vez por todas como las reinas que eran? ¿O ése era el trabajo de alguien más?

Me pregunté por qué las mismas cosas sucedían una y otra vez, por qué era tan difícil poner algo diferente en el mundo, cambiarlo de las maneras en que necesitaba cambiar. Necesitábamos nuevas historias: historias para niños que cultivan tomates en las colinas, historias para ciudades ahogadas en cenizas de incendios forestales, historias para niñas valientes que se mantienen firmes en lugares oscuros. Historias para huérfanas y brujas errantes.

Historias para elevarnos horálticas.

Poco a poco el cielo se tiñó de rosa al otro lado de las ventanas, que seguían selladas con cinta de pintor. Salí a sentarme en el escalón de la entrada. El aire sabía dulce y suave. Podría haberlo respirado para siempre.

Tal vez éste no era el final. Tal vez sólo tenía que aceptar que la historia no había terminado todavía, y aprender a vivir en esa falta de final mientras durara. El Ave era libre. El oso estaba en paz. Y Millmallow se había ido.

Era casi suficiente. Otras cosas también eran casi suficientes. Grace me había perdonado. Sentada aquí entendía mejor su dolor. Carrie conocía mis secretos, y no me había abandonado. Francesca todavía se preocupaba por mí. Todavía tenía amigas. No estaba sola, como tantos de los hircanianos que vinieron antes que yo.

Algo brilló en la periferia de mi visión. Algo atrapó los primeros rayos de la mañana en sus alas vibrantes e iridiscentes. Algo flotaba sobre mí, silencioso, observador.

—Hola —dije en dirección al cielo. Un par de ojos negros me miraron desde arriba—. No tienes por qué quedarte ahí arriba. No te haré daño.

Me recorrí hacia un lado en el escalón. Después de un momento, el hada descendió con cautela y se sentó junto a mí. Nos miramos por un segundo, y luego regresamos la vista a la cresta de las colinas doradas hacia el este.

Se me ocurrió una idea.

—Tal vez podríamos trabajar juntos —dije—. Tu gente y yo. Ustedes siempre parecen saber lo que está pasando, y a mí no me vendría mal la ayuda.

El hada no dijo nada y no dio ninguna señal de que hubiera entendido.

—Personalmente, creo que hicimos un buen equipo —continué—. Con excepción de los gritos. Eso no me gustó mucho. Como sea, ya sabes dónde encontrarme.

El hada me miró. Me observó de arriba abajo, evaluándome, curiosa. Me pregunté qué veía con esos ojos redondos, tan grandes como los de un búho, profundos y negros como el petróleo. Luego se volteó hacia las colinas, y sus ojos oscuros resplandecieron con el reflejo de la luz dorada.

Me sentí como una huérfana. Me sentí desgastada y pequeña, como un remiendo andrajoso de todos los que se habían ido. Las personas más importantes siempre parecían desaparecer de una manera que se sentía arbitraria e injusta.

Mi padre. Mi madre. Ahora Malloryn. Incluso con el hada a mi lado, incluso con una red de amigos y ayudantes más estrecha que nunca, no podía sacudirme el peso de la ausencia.

Esperaba que Malloryn regresara.

El sol subió por la colina y sus rayos me alcanzaron de lleno en la cara, una fuerza más brillante y cálida de lo que había sentido en semanas, un magnífico y cegador regalo de vida, de promesas. Un nuevo comienzo. Me levanté y me giré para quedar de frente a su delicioso resplandor. Hormigueó en mi piel. Lo sentí por todas partes, como si estuviera llegando a los sitios más oscuros de mí y quemando todo lo que me dolía. Cerré los ojos y abrí mis brazos y mi cuerpo y mi corazón adolorido a la luz, al calor, al día y al mundo que estaba amaneciendo.

AGRADECIMIENTOS

Para mi gran sorpresa, ahora he escrito dos novelas. Esto es, ante todo, un privilegio increíble, y me considero extremadamente afortunado. También ha sido un viaje asombroso y enormemente educativo, uno que se ha cruzado con una gran cantidad de personas inspiradoras y talentosas. ¡Qué alegría! ¡Qué suerte! Si no fuera por ellos, este libro probablemente no existiría, y si existiera, probablemente no sería muy bueno.

Kendra Levin es la editora que todo escritor merece. Vio la intención y la posibilidad detrás de un primer borrador escrito en un estado febril, y me desafió a respirar profundo y escribir después *ese* libro. A lo largo del proceso de escritura hizo preguntas difíciles y necesarias sobre la historia y los personajes, y luego me dio el espacio para responderlas a mi manera. Realmente no hay sensación más empoderante e inspiradora que la confianza de tu editor, y *El Ave de las Mil Historias* nunca habría llegado a buen puerto sin la inquebrantable confianza de Kendra.

Mi increíble agente, Katelyn Detweiler, creyó durante años en estos personajes y en este mundo antes de que encontraran un hogar, y por eso le estaré eternamente agradecido. Ella fue la primera en ver las páginas que se convertirían en esta historia, y ha sido y sigue siendo una caja de resonancia creativa esencial y una fuente de conocimiento y sabiduría sobre un proceso y un oficio que todavía es muy nuevo para mí.

Gracias también al personal de Jill Grinberg Literary Management por cuidar tan bien de mí. Han sido unos años increíbles, y le debo mucho a su diligencia y su trabajo duro.

En Simon & Schuster Books for Young Readers, mis agradecimientos a Jon Anderson por arriesgarse con un escritor desconocido; a Justin Chanda por recibirme tan cálidamente en la familia de S&S; a Krista Vossen por diseñar una hermosa hermana para *Érase una vez*; a Deeba Zargarpur por su orientación y apoyo editorial; a Alma Gómez Martínez por tantos correos electrónicos con buenas noticias; al equipo de marketing, especialmente Brendon MacDonald y Nadia Almahdi, quienes llenaron mi primer lanzamiento con cosas maravillosas, magia y objetos hermosos (todavía hoy llevo con orgullo mi pin de "Has sido elegido"); a todo el grupo de ventas, particularmente Emily Hutton, Victor Iannone y Karen Lahey, quienes abrazaron la historia de Marjan y la colocaron en las manos de tantos libreros increíbles; a Michelle Leo, Nicole Benevento, Caleigh Flegg y el resto del equipo de marketing educativo y de bibliotecas por compartir mis palabras con maestros y bibliotecarios (nada es más maravilloso para mí que ver mi libro en una biblioteca); a Deane Norton, Stephanie Voros y el resto del equipo de derechos internacionales por llevar la historia de Marjan a lectores de todo el mundo; a Arden Hagedorn y sus colegas de Simon & Schuster Canada y a Rachel Denwood y su equipo de Simon & Schuster UK por apoyar la historia de Marjan en el mundo angloparlante; a Nicole Valdez, Samantha McVeigh y Thad Whittier por hacer posible una gira, por presentarme a libreros independientes de todo el país y por organizar entrevistas y prensa; a Bara MacNeill por sus correcciones editoriales precisas como un láser; y a Jenica Nasworthy y Chava Wolin por asegurarse de que no nos perdiéramos nuestra ventana de impresión. Ha sido un honor trabajar con todos ustedes.

Gracias también a Sasha Vinogradova, quien creó la maravillosa ilustración de la portada de *El Ave de las Mil Historias*. Y porque olvidé agradecerle la última vez, quiero agradecer a Mike Heath por su increíble portada de *Érase una vez*.

Gracias a los bibliotecarios y libreros que han compartido su entusiasmo por Marjan y su mundo conmigo y con lectores de todas las edades. Ha sido una maravilla y un placer conocer a tantos de ustedes en el último año.

Y gracias a todos los que han leído *Érase una vez*. Son más de lo que jamás hubiera imaginado, y estoy abrumado por tanta gratitud.

El Ave de las Mil Historias se inspiró en muchos lugares, y me gustaría reconocer brevemente algunos de ellos. La historia central de las huérfanas y el ave está basada en un cuento antiguo que a veces se conoce como "El agua de la vida" o "El pájaro de la verdad". Se han escrito versiones de esta historia en numerosos idiomas desde el siglo XVI: en italiano por Giovanni Francesco Straparola; en francés por Antoine Galland, quien la tradujo de un manuscrito árabe o la escuchó de un narrador sirio llamado Hanna Diyab; en español por Cecilia Böhl de Faber; y finalmente en inglés por Andrew y Nora Lang en *The Orange Fairy Book*. He hecho algunos cambios para adaptarla a mi historia, tomando en serio las palabras del mitólogo y narrador Michael Meade: "Es una canción antigua. No puedes dañarla".

La idea de Millmallow se inspiró en la poesía de Walter de la Mare. La favela ficticia de Morro do Hélio está inspirada en parte en la comunidad muy real de Vale Encantado. Y, por último, la investigación y escritura de José Drummond sobre la increíble historia del bosque de Tijuca en Río de Janeiro nutrieron la historia de Inácio.

Me gustaría agradecer a Justin Wilkes e Imagine Entertainment por acompañar a mis extrañas criaturas desde el primer día; a Matthew Snyder, de CAA, por su apoyo y orientación durante tanto tiempo; a Robin Sloan por muchos años de notas, comentarios, inspiración ambiental y caminatas para tomar café; a Erin Craig por convertirse en una aliada increíble y a mi hermano Ramiz por presentarme la gracia feroz e inquebrantable de *El Peregrino* de J.A. Baker.

Mis padres siempre me han apoyado, y me siento honrado de poder contar historias que capturan algo de mi herencia cultural. Gracias, mamá y papá.

Por último, gracias a mi familia. Tilden y Sibley, ustedes me inspiran todos los días. No puedo esperar a leerles este libro. Y Jane, gracias por estar a mi lado en todo esto, por celebrar cada hito, por saborear cada buena noticia, por remar en kayak para ver a las marsopas, por las carreras en el puente, por las caminatas en la montaña, por los paseos a Sun Rock. La mejor decisión que he tomado en mi vida fue leer *Sweet Valley High #13: Kidnapped!* Te amo para siempre.

Esta obra se imprimió y encuadernó
en el mes de mayo de 2025, en los talleres
de Impregráfica Digital, S.A. de C.V.
Av. Coyoacán 100-D, Col. Del Valle Norte,
C.P. 03103, Benito Juárez, Ciudad de México.